JOURNAL
D'UNE ANNÉE
NOIRE

J. M. COETZEE

Prix Nobel de littérature

JOURNAL D'UNE ANNÉE NOIRE

roman

TRADUIT DE L'ANGLAIS (AUSTRALIE)
PAR CATHERINE LAUGA DU PLESSIS

ÉDITIONS DU SEUIL
27, rue Jacob, Paris VIe

C<small>E LIVRE EST ÉDITÉ PAR</small> A<small>NNE</small> F<small>REYER</small>-M<small>AUTHNER</small>

Les mots et expressions en italique suivis
d'un * sont en français dans le texte.

Titre original : *Diary of a Bad Year*
Éditeur original : Viking, New York
ISBN original : 978-2-670-01875-8
© J. M. Coetzee, 2007

ISBN 978-2-02-096625-2

© Éditions du Seuil, Octobre 2008,
pour la traduction française

www.editionsduseuil.fr

1 : Opinions tranchées

12 septembre 2005 - 31 mai 2006

01. Des origines de l'État

Toutes les explications des origines de l'État partent de la même prémisse : « nous » – non pas nous, les lecteurs, mais un nous générique si vaste que nul n'en est exclu – participons à son avènement. Mais en fait, le seul « nous » que nous connaissions – nous-mêmes et nos proches – est né au sein de l'État, et nos ancêtres, eux aussi, sont nés au sein de l'État, aussi loin que nous remontions. Toujours l'État nous préexiste.

(Jusqu'où pouvons-nous remonter ? Dans la pensée africaine, on s'accorde pour dire qu'au-delà de la septième génération, on ne saurait distinguer l'histoire du mythe.)

Si, en dépit de ce qui est une évidence pour le bon sens, nous acceptons la prémisse que nous ou nos ancêtres avons créé l'État, nous devons du même coup accepter ce qu'elle implique, à savoir que nous ou nos ancêtres, si nous l'avions voulu, aurions pu créer l'État sous une

---

Je l'ai vue pour la première fois dans la buanderie de l'immeuble. C'était en milieu de matinée par une belle journée de printemps et, de ma chaise, je regardais le linge tourner dans la machine, quand cette jeune femme tout à fait étonnante est entrée. Étonnante, parce que la dernière chose à laquelle je m'attendais était une apparition pareille ; mais aussi parce que le bout de robe rouge tomate qu'elle portait était étonnamment court.

forme différente ; et peut-être aussi que nous pourrions le changer si nous en décidions ainsi collectivement. Mais le fait est que, même collectivement, ceux qui sont « sous » l'État, qui « appartiennent » à l'État, auront les plus grandes difficultés à le changer dans sa forme ; ils sont – nous sommes – certainement impuissants à l'abolir.

Nous n'avons guère le pouvoir de changer la forme de l'État et il est impossible de l'abolir parce que, face à l'État, nous sommes justement impuissants. Dans le mythe de la fondation de l'État que nous donne Thomas Hobbes, notre descente vers l'impuissance a été volontaire : afin d'échapper à la violence de perpétuelles guerres sanglantes (représailles sur représailles, vengeance répondant à la vengeance, la vendetta), nous avons individuellement et solidairement cédé à l'État le droit d'user de la force physique (qui a le droit a la force, qui a la force a le droit), nous plaçant du même coup dans le domaine (sous la protection) de la loi. Ceux qui choisirent et qui choisissent aujourd'hui de n'être point partie prenante dans ce contrat deviennent des hors-la-loi.

La loi protège le citoyen respectueux des lois. Elle protège même, dans une certaine mesure, le citoyen qui, sans

---

Elle avait peut-être elle aussi de quoi s'étonner du spectacle que j'offrais : un vieux type ratatiné dans un coin qui, à première vue, pouvait être un clodo venu se réfugier dans ce local. Bonjour, a-t-elle dit sans chaleur et elle s'est mise à faire ce qu'elle avait à faire, c'est-à-dire à vider deux sacs de toile blancs dans une machine, le contenu des sacs en question semblant consister surtout en sous-vêtements masculins.

nier la force de la loi, use néanmoins de la force contre un concitoyen : le châtiment qu'encourt le délinquant doit être proportionné à la gravité du délit. Même le soldat ennemi, dans la mesure où il représente un État rival, ne sera pas mis à mort s'il est fait prisonnier. Mais aucune loi ne protège le hors-la-loi, l'homme qui prend les armes contre son État, c'est-à-dire l'État qui le revendique comme citoyen.

En dehors de l'État (la société civile, le status civitatis), dit Hobbes, l'individu a peut-être l'impression qu'il jouit d'une liberté totale, mais cette liberté ne lui vaut rien. Au sein de l'État, en revanche, « chaque particulier ne se réserve qu'autant de liberté qu'il lui en faut pour vivre commodément, et en une parfaite tranquillité, comme on n'en ôte aux autres que ce dont ils seraient à craindre... Enfin, hors la société civile, les passions règnent, la guerre est éternelle, la pauvreté est insurmontable, la crainte ne nous abandonne jamais, les horreurs de la solitude nous persécutent, la misère nous accable, la barbarie, l'ignorance et la brutalité nous ôtent toutes les douceurs de la vie ; mais dans l'ordre du gouvernement, la raison exerce son empire, la paix revient au monde, la sûreté publique est rétablie, les richesses abondent, on goûte les charmes

---

Belle journée, ai-je dit. Oui, a-t-elle répondu sans se retourner. Vous êtes nouvelle ? Je voulais dire nouvelle dans les tours Sydenham, bien que la question puisse se comprendre autrement, *Vous êtes nouvelle en ce monde ?* par exemple. Non, a-t-elle dit. Que de grincements pour démarrer une conversation. J'habite au rez-de-chaussée, ai-je dit. Je peux me permettre ce genre de tactique, qu'on mettra sur le compte d'un tempérament

de la conversation, on voit ressusciter les arts, fleurir les sciences, la bienséance est rendue à toutes nos actions et nous ne vivons plus ignorants des lois de l'amitié[1] ».

Ce que le mythe des origines selon Hobbes ne dit pas, c'est que la remise du pouvoir à l'État est irréversible. Nous n'avons pas le choix de changer d'avis, de décider que le monopole de l'exercice de la force détenu par l'État, codifié par la loi, n'est pas ce que nous voulions en fin de compte, et que nous préférerions retourner à l'état de nature.

Nous sommes nés sujets. Dès l'instant où nous voyons le jour, nous sommes sujets. Une des marques de cette sujétion est l'acte de naissance. L'État bien établi détient et reste le gardien du monopole de certifier les naissances. Soit l'État vous délivre l'acte (que vous portez sur vous) et vous acquérez par là une *identité* qui permet à l'État, tout au long de votre vie, de vous identifier, de garder votre trace (de vous traquer) ; soit vous vous passez d'identité et vous vous condamnez à vivre en dehors de l'État comme un animal (les animaux n'ont pas de papiers d'identité).

Non seulement vous ne pouvez entrer dans la société civile sans acte de naissance, mais, aux yeux de l'État, vous n'êtes pas mort tant qu'il n'y a pas d'acte de décès ; et vous ne pouvez être déclaré décédé que par un officier

---

bavard. Quel bavard, ce vieux type, dira-t-elle au propriétaire de la chemise rose à col blanc, j'ai eu un mal fou à m'en débarrasser, on ne veut pas avoir l'air mal élevée. J'habite au rez-de-chaussée, depuis 1995 en fait, et je ne connais pas encore tous mes voisins. Ah oui, a-t-elle dit, sans plus, mais il fallait comprendre *Oui, je vois ce que vous voulez dire, et je suis bien d'accord, c'est tragique de ne pas savoir qui sont les voisins, mais*

d'état civil qui lui-même (ou elle-même) est dûment habilité par l'État. L'État dresse les actes de décès avec un soin extrême – il n'y a qu'à voir l'armée d'experts médico-légaux et de bureaucrates dépêchés sur les lieux pour examiner, photographier, tâter et charcuter les monceaux de cadavres laissés par le tsunami de décembre 2004, afin d'établir l'identité des individus. On ne recule pas devant le coût de l'opération qui doit assurer le recensement exact et exhaustif des sujets.

Peu importe à l'État de savoir si le citoyen vit ou meurt. Ce qui compte pour l'État et ses archives, c'est de savoir si le citoyen est vivant ou mort.

*

Les Sept Samouraïs est un chef-d'œuvre de l'art cinématographique, mais assez naïf pour traiter simplement et sans détour de choses élémentaires. Plus précisément, il traite de la naissance de l'État, d'une manière claire et exhaustive digne de Shakespeare. En fait, *Les Sept Samouraïs* ne nous présente rien moins que la théorie de Kurosawa sur l'origine de l'État.

Le film raconte l'histoire d'un village à une époque de troubles politiques – une époque où de fait l'État avait

---

c'est comme ça dans une grande ville, et j'ai d'autres choses à faire à l'heure qu'il est, alors est-ce qu'on ne pourrait pas laisser cet échange de plaisanteries mourir de sa belle mort ?

Elle a les cheveux d'un noir d'encre, les attaches fines. Sa peau a un éclat doré, *irisé*, pourrait-on dire. Quant à la petite robe rouge vif, ce n'est peut-être pas la tenue qu'elle aurait choisie si elle s'était attendue à se trouver en compagnie d'un homme bizarre,

cessé d'exister –, l'histoire des relations des villageois avec une horde de bandits armés. Après s'être abattus sur le village, comme s'abat une tempête, pendant des années, violant les femmes, tuant les hommes qui leur résistaient et s'emparant des réserves de nourriture, les bandits eurent l'idée de rendre leurs visites plus systématiques et de ne venir au village qu'une fois par an pour lever tribut (l'impôt) par extorsion ou exaction. C'est-à-dire que les bandits ne sont plus des prédateurs mais des parasites.

On présume que les bandits ont d'autres villages ainsi « pacifiés » sous leur joug, qui sont tour à tour l'objet de leurs raids, et que l'ensemble de ces villages constitue la base des revenus fiscaux des bandits. Il est vraisemblable qu'ils doivent se battre contre des bandes rivales pour garder la haute main sur tel ou tel village, bien que le film ne montre pas cet aspect de leurs menées.

Les bandits ne se sont pas encore installés parmi leurs sujets, puisqu'ils peuvent pourvoir à leurs besoins au jour le jour, c'est-à-dire qu'ils n'ont pas encore fait des villageois une population d'esclaves. Kurosawa nous propose donc un stade très précoce de la croissance de l'État.

---

dans la buanderie, à onze heures du matin, un jour de semaine. Petite robe rouge et tongs – ces sandales avec une bride en V.

En la regardant, je me suis senti pris d'une douleur lancinante, une douleur métaphysique que je n'ai pas du tout tenté d'étouffer. Et intuitivement, elle le savait, elle savait qu'en ce vieil homme, assis dans le coin sur sa chaise en plastique, il se passait quelque chose d'intime, aux regrets et aux déchire-

L'action principale démarre lorsque les villageois conçoivent le projet d'embaucher une bande d'hommes endurcis, les sept samouraïs sans emploi du titre, pour les protéger des bandits. Ce plan de résistance s'avère efficace, les bandits sont battus (l'essentiel du film est constitué d'escarmouches et de batailles), les samouraïs ont le dessus. Ayant compris comment fonctionne le système de protection et d'extorsion, la bande de samouraïs, les nouveaux parasites, font une proposition aux villageois : contre rémunération, ils prendront le village sous leur aile, c'est-à-dire qu'ils se substitueront aux bandits. Mais le film se termine sur une note plutôt optimiste : les villageois refusent cette offre et demandent aux samouraïs de partir, et ces derniers s'exécutent.

L'histoire de l'origine de l'État selon Kurosawa est encore d'actualité aujourd'hui en Afrique, où des gangs d'hommes armés s'emparent du pouvoir – c'est-à-dire qu'ils s'approprient le trésor national et prennent le contrôle des mécanismes qui permettent d'imposer la population –, se débarrassent de leurs rivaux et proclament l'an un d'une ère nouvelle. Bien que ces gangs militaires d'Afrique ne soient souvent guère

---

ments de la vie. Ce qui ne lui plaisait pas particulièrement, et qu'elle ne souhaitait pas évoquer, bien que ce fût un hommage qu'il lui rendait, hommage à sa beauté, à sa fraîcheur et au petit bout de robe aussi. Si cela était venu de quelqu'un d'autre, et si le sens en avait été plus simple, plus direct, elle aurait peut-être été plus disposée à bien accueillir cet hommage, mais, venant d'un vieil homme, le sens en était trop diffus, trop

plus nombreux ou plus puissants que les gangs de criminels organisés d'Asie ou d'Europe de l'Est, les médias – même les médias des pays occidentaux – couvrent leurs activités avec respect dans leurs rubriques politiques (politique internationale) plutôt que dans les colonnes qui traitent d'affaires criminelles.

On peut citer des exemples de la naissance ou de la renaissance de l'État en Europe aussi. Dans la vacance du pouvoir qui a suivi la défaite du IIIᵉ Reich en 1944-1945, des gangs armés rivaux se sont précipités pour prendre en charge les nations récemment libérées ; ceux qui ont pris le pouvoir sont ceux qui ont pu faire appel au soutien de telle ou telle armée étrangère.

A-t-on en 1944 entendu une voix s'élever pour dire au peuple français : *Regardez donc, la retraite de nos maîtres allemands veut dire que, pendant une courte période, nous ne sommes sous l'autorité de personne. Voulons-nous mettre un terme à cet état de choses, ou voulons-nous le voir perdurer ? Voulons-nous être le premier peuple des temps modernes à abolir l'État ? En tant que peuple français, usons de cette nouvelle liberté soudaine pour débattre de cette question sans entraves ?* Quelque

---

mélancolique, par une belle journée où on se dépêchait d'en finir avec les corvées.

Je ne l'ai pas revue de toute une semaine – dans un immeuble résidentiel bien conçu comme celui-ci, il n'est pas facile de garder la trace des voisins – et encore n'ai-je fait que l'apercevoir comme elle passait la porte d'entrée en un éclair, vêtue d'un pantalon blanc qui mettait en valeur une croupe d'une perfection

poète aura peut-être prononcé ces paroles ; mais sa voix aura été immédiatement étouffée par les bandes armées, qui, dans ce cas comme dans tous les autres, ont plus de choses en commun entre elles qu'avec le peuple.

*

Au temps des rois, le sujet se faisait dire : *Tu étais le sujet du roi A, maintenant le roi A est mort, et ô merveille, te voilà le sujet du roi B*. Puis est venue la démocratie et, pour la première fois, le sujet s'est vu offrir la possibilité de choisir : *Voulez-vous (collectivement) être gouvernés par le citoyen A ou le citoyen B ?*

Le sujet est toujours mis devant le fait accompli : dans le premier cas, le fait de sa sujétion, dans le second, le fait qu'il doit faire un choix. Il ne lui est pas donné de discuter de la forme que prend le choix. Lors du scrutin, il n'est pas demandé à l'électeur : *Voulez-vous A ou B ou ni l'un ni l'autre ?* Le citoyen qui exprime son insatisfaction sur le choix proposé par le seul moyen à sa disposition – l'abstention ou le bulletin nul – ne figure tout simplement pas dans le décompte des voix, c'est-à-dire qu'il ne compte pas ; on ignore sa voix.

---

angélique. Ô Dieu, exauce un seul vœu avant que je meure, ai-je murmuré ; mais mon souhait était d'une telle précision que j'en ai été pris de honte et que je l'ai ravalé.

De Vinnie, qui s'occupe de la tour Nord, j'apprends que celle que j'ai la prudence de décrire non comme *la jeune femme dans la petite robe si seyante et qui aujourd'hui porte cet élégant pantalon blanc*, mais comme *la jeune femme aux cheveux noirs*, est

Ayant à choisir entre A et B, compte tenu du type de candidats qui se présentent d'habitude, la plupart des gens, des gens *ordinaires*, sont au fond enclins à ne choisir ni l'un ni l'autre. Mais il ne s'agit là que d'une inclination et l'État ne connaît pas les inclinations. Les inclinations n'ont pas cours en politique. L'État ne connaît que le choix. L'électeur de base aimerait dire : *Certains jours, je penche pour A, d'autres jours pour B, mais la plupart du temps j'ai envie de les voir disparaître l'un comme l'autre du scrutin ;* ou encore : *Un peu de A et un peu de B, parfois, et à d'autres moments, je me dis ni A ni B, mais quelque chose de tout* à *fait différent.* L'État hoche la tête : *Il faut choisir*, dit l'État, *soit A, soit B.*

*

Les États-Unis s'emploient aujourd'hui à « faire régner la démocratie » au Moyen-Orient, c'est-à-dire à imposer les règles de la démocratie. Cela signifie qu'on dit aux gens que si auparavant ils n'avaient pas le choix, aujourd'hui ils peuvent choisir. Auparavant, ils avaient A, et rien que A ; désormais, ils ont le choix entre A et B. « Faire régner la liberté » signifie qu'on crée les conditions qui

---

la femme ou du moins la petite amie du type pâle, pressé, rondouillard et toujours en nage, que je croise de temps à autre dans l'entrée de l'immeuble et que, pour mon usage personnel, j'ai surnommé M. Aberdeen ; on me dit de plus qu'elle n'est pas nouvelle au sens courant du mot, vu que depuis janvier (avec monsieur A) elle occupe un appartement de luxe au dernier étage de cette tour Nord.

permettent aux gens de choisir librement entre A et B. Faire régner la liberté et faire régner la démocratie vont de pair. Ceux qui œuvrent à promouvoir la liberté et la démocratie ne voient nulle ironie dans la description du processus qui vient d'être faite.

Durant la guerre froide, les États démocratiques occidentaux expliquaient l'interdiction de leurs partis communistes en disant qu'un parti dont l'objectif affiché était la destruction du processus démocratique ne saurait être autorisé à participer au processus démocratique, défini par la possibilité de choisir entre A et B.

*

Pourquoi est-il si difficile de dire quoi que ce soit sur la politique quand on se place hors du champ politique ? Pourquoi ne peut-il y avoir de discours politique qui ne soit pas en lui-même politique ? Selon Aristote, la réponse est que la politique est partie intrinsèque de la nature humaine, c'est-à-dire qu'elle fait partie de notre destin, comme la monarchie est le destin des abeilles. Il est vain de s'évertuer à tenir un discours systématique suprapolitique sur la politique.

Merci bien, ai-je dit à Vinnie. Dans un monde parfait, j'aurais peut-être trouvé le moyen de le faire parler un peu plus (Quel appartement ? Sous quel nom ?) sans faire montre d'une curiosité déplacée. Mais nous ne sommes pas dans un monde parfait.

La savoir liée à ce M. Aberdeen, au dos indubitablement criblé de taches de rousseur, est une grosse déception. Cela me fend le cœur de les imaginer tous les deux côte à côte, c'est-à-dire

02. De l'anarchisme

Quand le vocable « les salauds » est utilisé en Australie, les gens de tous bords comprennent à quoi il renvoie. « Les salauds » était jadis le terme qu'employait le forçat pour désigner les hommes qui se disaient valoir mieux que lui et qui le fouettaient s'il n'était pas de cet avis. Aujourd'hui, « les salauds » sont les personnalités politiques, les hommes et les femmes à la tête de l'État. Le problème est le suivant : comment affirmer la légitimité de l'ancien point de vue, le point de vue de bas en haut, le point de vue du forçat, alors que la nature de ce point de vue est d'être illégitime, *contre* la loi, *contre* les salauds.

L'opposition aux salauds, l'opposition au gouvernement en général sous la bannière libertaire, a acquis une mauvaise réputation parce qu'elle procède trop souvent d'une réticence à payer des impôts. Quelle que soit l'opinion qu'on ait du fait de payer tribut aux salauds, un premier pas stratégique s'impose : il faut se démarquer de ce

---

côte à côte au lit, puisque c'est ça qui compte finalement. Non seulement à cause de l'injure – injure à la justice naturelle – portée par un homme aussi quelconque en possession d'une aussi céleste créature, mais aussi à cause de ce que serait le fruit de leur union où son éclat doré serait terni ou éteint par la pâleur celtique du géniteur.

courant libertaire particulier. Comment s'y prendre ?
« Prenez la moitié de mes biens, prenez la moitié de ce
que je gagne, je vous le cède ; en contrepartie, laissez-moi
tranquille. » Cela suffirait-il à prouver sa bonne foi ? Le
jeune ami de Michel de Montaigne, Étienne de La Boétie,
dans un ouvrage de 1549, considérait la passivité des
populations face à leurs maîtres comme un vice d'abord
acquis, puis hérité, une « opiniastre volonté de servir si
avant enracinée qu'il semble que l'amour mesme de la
liberté ne soit pas si naturelle ».

> Il n'et pas croyable comme le peuple deslors qu'il
> est assujetti, tombe si soudain en un tel et si profond
> oubli de la franchise, qu'il n'est pas possible qu'il se
> resveille pour la ravoir, servant si franchement et tant
> volontiers qu'on diroit, à le voir, qu'il a non pas
> perdu sa liberté, mais gaigné sa servitude. Il est vrai
> qu'au commencement on sert contraint et vaincu par
> la force ; mais ceux qui viennent après servent sans
> regret et font volontiers ce que leurs devanciers
> avoient fait par contrainte. C'est cela que les
> hommes naissans soubs le joug, et puis nourris et
> eslevés dans le servage se contentent de vivre comme
> ils sont nés,[...] ils prennent pour leur naturel l'estat
> de leur naissance[2].

On pourrait passer des journées entières à combiner des
coïncidences heureuses qui permettraient de poursuivre
ailleurs le bref échange dans la buanderie. Mais la vie est trop
courte pour les manigances. Je dirai donc tout simplement que
la deuxième fois que nos routes se sont croisées ce fut dans un
jardin public, le petit parc de l'autre côté de la rue, où je l'ai

Bien dit. Néanmoins, sur un point important La Boétie se trompe. L'alternative n'est pas d'un côté la servitude placide et de l'autre la révolte contre la servitude. Il y a une troisième voie où s'engagent tous les jours des milliers et des millions de gens. C'est la voie du quiétisme, de l'obscurité volontaire, de l'émigration intérieure.

---

repérée en train de se prélasser sous un chapeau démesuré, feuilletant un magazine. Cette fois elle s'est montrée d'humeur plus affable envers moi, son ton était moins sec. J'ai pu me faire confirmer de sa bouche qu'elle était pour l'instant sans réel emploi, ou, comme elle l'a dit, *entre deux boulots* ; d'où le chapeau, le magazine et des journées de paresse. Son dernier

03. De la démocratie

Le problème capital dans la vie de l'État est le problème de la succession : comment s'assurer que la passation des pouvoirs se fera sans recours aux armes.

Dans les périodes de bien-être nous oublions les horreurs de la guerre civile qui dégénère si vite en massacres aveugles. La fable de René Girard sur les jumeaux ennemis est sur ce point pertinente : moins il y a de différences significatives entre les parties, plus farouche est leur haine mutuelle. On se souvient de ce que Daniel Defoe disait des conflits religieux en Angleterre : les adeptes de l'Église nationale juraient qu'ils abhorraient les papistes et le papisme sans même savoir si le pape était un homme ou un cheval.

Les premières solutions au problème de la succession ont un côté clairement arbitraire : à la mort du prince régnant, c'est son fils aîné qui lui succède, par exemple. L'avantage de la solution du premier enfant mâle est que cet aîné est

---

emploi avait été en qualité d'hôtesse dans l'industrie hôtelière ; un de ces jours (mais ça ne pressait pas), elle chercherait à se réinsérer dans ce secteur.

Tout le temps qu'elle me communiquait ces informations plutôt vagues, l'air que nous respirions crépitait littéralement, parcouru d'un courant qui ne pouvait venir de moi, je n'émets plus

unique ; l'inconvénient est que cet aîné n'a peut-être aucune aptitude à régner. Les annales des royaumes nous offrent maintes histoires de princes incompétents, sans parler des rois incapables de procréer des fils.

D'un point de vue pratique, peu importent les modalités de la succession, pourvu qu'elle ne précipite pas le pays dans la guerre civile. Un système selon lequel de nombreux candidats (mais en général il n'y en a que deux) à la magistrature suprême se présentent au peuple et se soumettent au verdict des urnes n'est qu'une méthode parmi beaucoup d'autres qu'on pourrait concevoir avec un peu d'imagination. Ce qui importe n'est pas le système lui-même mais l'accord consensuel par lequel il est adopté et selon lequel on respectera le résultat. Donc la succession qui met en place le premier-né n'est en soi ni meilleure ni pire que la succession par suffrage démocratique. Mais vivre à une époque démocratique signifie que l'on vit une époque où seul le système démocratique a cours et jouit de prestige.

Tout comme, au temps des rois, il eût été naïf de penser que le fils aîné du roi était le plus apte à gouverner, il est à notre époque naïf de croire que celui qui a été élu démocratiquement sera le plus apte à exercer le pouvoir.

---

le moindre courant, et qui devait donc venir d'elle sans viser personne en particulier, simplement émis dans l'air ambiant. Hôtesse, a-t-elle répété, ou alors peut-être dans les ressources humaines, elle avait aussi un peu d'expérience dans les ressources humaines (sans autre précision) ; et de nouveau a plané sur moi l'ombre de cette douleur, la douleur à laquelle j'ai déjà

Les règles de succession ne constituent pas une formule permettant d'identifier le meilleur gouvernant; c'est une formule qui donne à tel ou tel une légitimité et permet ainsi d'éviter la guerre civile. L'électorat – le *demos* – croit qu'il est de son devoir de choisir le meilleur homme mais, à dire vrai, sa tâche est bien plus simple : il s'agit d'oindre un homme (*vox populi, vox Dei*), peu importe lequel. Le décompte des voix peut sembler être un moyen de savoir quelle est la vraie *vox populi* (c'est-à-dire celle qui se fait le mieux entendre); mais la force de la formule des urnes, comme la force de la formule du premier-né, tient au fait que le résultat est objectif, sans ambiguïté, hors du champ de la contestation politique. Tirer à pile ou face serait tout aussi objectif, sans ambiguïté, tout aussi incontestable, et on pourrait prétendre (comme on l'a fait) que le résultat représente la *vox Dei*. Nous ne choisissons pas ceux qui nous gouvernent à pile ou face – jeter une pièce en l'air est associé aux jeux de hasard qu'on ne tient pas en haute estime – mais qui oserait prétendre que l'état du monde serait pire si ceux qui gouvernent avaient de tout temps été choisis au jeu de pile ou face?

Comme j'écris ces mots, je m'imagine que je défends la cause antidémocratique face à un lecteur sceptique qui ne

---

fait allusion, de nature métaphysique, ou en tout cas au-delà du physique.

En attendant, a-t-elle poursuivi, j'aide Alan pour ses rapports et tout ça, et il peut défalquer des frais de secrétariat sur ses revenus.

Alan, ai-je dit.

manquera pas à tout instant de comparer mes affirmations avec la réalité des faits : est-ce que ce que je dis de la démocratie cadre avec les faits observables dans l'Australie démocratique, les États-Unis démocratiques ou autres pays ? Le lecteur ne doit pas oublier que, pour chaque Australie démocratique, il y a deux Biélorussie, deux Tchad, deux Fidji ou deux Colombie où on pratique aussi la formule du scrutin.

Selon la plupart des critères utilisés, l'Australie est une démocratie avancée. C'est un pays où le cynisme en politique et le mépris pour les hommes politiques sont monnaie courante. Mais le système s'accommode sans difficulté de ce cynisme et de ce mépris. Selon le raisonnement démocratique, si vous avez des réserves envers le système et souhaitez le changer, faites-le dans le cadre du système : portez-vous candidat pour une fonction politique, soumettez-vous à un scrutin, au verdict du vote de vos concitoyens. La démocratie ne permet pas de jeu politique en dehors du système démocratique. En ce sens la démocratie est un système totalitaire.

Si on met la démocratie en question à une époque où tout un chacun prétend être un démocrate convaincu, on risque de perdre le contact avec la réalité. Pour retrouver

---

Alan, mon compagnon. Et elle m'a lancé un regard entendu. Ce regard ne disait pas *Oui je suis pratiquement une femme mariée, donc si vous allez de l'avant avec ce que vous avez en tête, il s'agira d'adultère clandestin avec tous les risques et les frissons que cela comporte*, rien de tel, au contraire, ce regard disait *Vous avez l'air de me prendre pour une gamine, faut-il*

ce contact, il faut avoir à chaque instant présent à l'esprit ce que c'est que se trouver face à face avec l'État – l'État démocratique ou autre – en la personne d'un employé de l'État. Et puis se demander : Qui est au service de qui ? Qui est le serviteur et qui est le maître ?

vous mettre les points sur les i ? Je ne suis pas du tout une gamine.

Moi aussi, j'ai besoin d'une secrétaire, ai-je dit, jouant mon va-tout.

Ah bon ?

Oui, il se trouve que je suis écrivain et j'ai une échéance

04. Sur Machiavel

Lors d'une émission de radio, dans un débat contra-dictoire, des auditeurs ont téléphoné pour dire que, s'ils reconnaissent que la torture est en général une mauvaise chose, il peut néanmoins être nécessaire d'y recourir. Certains vont jusqu'à avancer que nous pouvons parfois avoir à faire le mal dans l'intérêt d'un plus grand bien. En général ils méprisent ceux qui s'opposent avec intransigeance à la torture : ces gens-là, disent-ils, n'ont pas les pieds sur terre, et ne voient pas le monde tel qu'il est.

Machiavel dit que si en tant que souverain vous accep-tez que toutes vos actions soient jugées conformes à la morale, vous serez immanquablement vaincu par un adversaire qui ne se soumet pas à un tel examen moral. Pour se maintenir au pouvoir, il faut non seulement être passé maître dans l'art de la tromperie et de la traîtrise, mais il faut être prêt à recourir à l'une et l'autre si c'est

---

impérative, ce qui fait que j'ai besoin de quelqu'un pour taper le manuscrit. Peut-être corriger et éditer un peu le texte et mettre tout ça au propre.

Elle n'a pas réagi.

Je veux dire faire quelque chose de net, de soigné, de lisible.

Vous trouverez quelqu'un par une agence. Il y a une agence

nécessaire. La nécessité, *necessità*, tel est le principe directeur de Machiavel. La position plus ancienne, antérieure à Machiavel, était que la loi morale était le bien suprême. S'il arrivait que la loi morale soit parfois enfreinte, c'était certes regrettable, mais les princes n'étaient après tout que des hommes. La nouvelle position adoptée par Machiavel est qu'enfreindre la loi morale se justifie s'il y a nécessité.

C'est de là qu'est né le dualisme des mœurs politiques modernes, qui prônent simultanément des valeurs absolues et des valeurs relatives. L'État moderne invoque la morale, la religion, la loi naturelle comme fondement idéologique de son existence. En même temps, il est prêt à enfreindre l'une ou l'autre ou les trois à la fois pour assurer son maintien.

Machiavel ne nie pas que ce que la morale exige de nous a valeur d'absolu. *En même temps*, il affirme que dans l'intérêt de l'État, le Prince « est souvent obligé [*necessitato*] d'agir au défi de toute loyauté, sans merci, sans humanité et sans religion[3] ».

L'auditeur qui s'exprime dans le débat contradictoire à la radio et justifie l'usage de la torture pour faire parler des prisonniers est de ceux qui pareillement ont deux poids,

---

dans King Street à laquelle la société d'Alan s'adresse quand ils ont un travail urgent.

Ce n'est pas quelqu'un d'une agence qu'il me faut. J'ai besoin de quelqu'un qui puisse venir chercher les chapitres et me les rendre le plus vite possible. Cette personne devrait sentir, sentir d'instinct, ce que j'essaie de faire. Puis-je peut-être éveiller en

deux mesures : sans nier le moins du monde l'exigence absolue de la morale chrétienne (aime ton prochain comme toi-même), un tel homme approuve qu'on laisse les mains libres aux autorités – l'armée, la police secrète – pour faire ce qui peut s'avérer nécessaire pour protéger le public des ennemis de l'État.

La réaction typique des intellectuels libéraux est de dénoncer la contradiction inhérente à cette position : comment quelque chose peut-il être à la fois bien et mal, ou du moins à la fois mal et acceptable ? Ce qui échappe à ces intellectuels libéraux, c'est que cette prétendue contradiction exprime la quintessence du machiavélique, partant de la modernité en politique, quintessence qui a été totalement assimilée par l'homme de la rue. Ce qui règne sur le monde, c'est la nécessité, dit l'homme de la rue, et non quelque code moral abstrait. Nous devons faire ce qu'il y a à faire.

Si on souhaite apporter la contradiction à l'homme de la rue, on ne peut faire appel à des principes moraux, et encore moins exiger que les gens mènent leur vie en faisant en sorte qu'il n'y ait nulle contradiction entre ce qu'ils disent et ce qu'ils font. La vie quotidienne est pleine de contradictions ; les gens ordinaires savent s'en

---

vous un quelconque intérêt pour ce travail, puisque nous sommes proches voisins, et que vous êtes, comme vous dites, entre deux boulots ? Je paierai, ai-je ajouté, et j'ai indiqué le montant d'un salaire horaire qui, même si elle avait été naguère la tsarine des hôtesses, a dû lui donner à réfléchir. Parce que c'est urgent, ai-je ajouté. En raison de l'échéance très proche de la remise du texte.

accommoder. Ce qu'il faut faire plutôt, c'est attaquer le statut métaphysique, supra-empirique de la *necessità* et démontrer qu'il y a là une imposture.

Sentir d'instinct : c'est exactement ce que j'ai dit. C'était faire un pari, tirer à l'aveuglette, mais ça a marché. Quelle femme qui se respecte irait nier qu'elle n'est pas douée d'un tel sens instinctif ? Voilà donc comment il se fait que mes opinions, de leur premier jet aux révisions successives, vont passer sous les yeux et entre les mains d'Anya (c'est son nom), d'Alan et

05. Du terrorisme

Le parlement australien est sur le point de mettre en place une législation anti-terroriste qui aura pour effet de suspendre *sine die* toute une série de libertés individuelles. On a usé de l'adjectif *hystérique* pour qualifier la réaction des gouvernements des États-Unis, de Grande-Bretagne et maintenant d'Australie face aux attentats terroristes. L'épithète a ses mérites, une certaine force descriptive, mais aucune valeur explicative. Pourquoi nos gouvernants, d'habitude de tempérament flegmatique, ont-ils tout d'un coup une réaction hystérique aux agacements dérisoires du terrorisme, alors que des décennies durant, ils ont été capables de vaquer à leurs affaires sans s'émouvoir, sachant parfaitement que d'un bunker au plus profond de l'Oural un ennemi les observait, le doigt sur le bouton, prêt à les anéantir et faire disparaître leurs villes de la surface de la terre ?

Une explication possible de ce comportement est que le nouvel ennemi est irrationnel. Les ennemis soviétiques

---

d'Anya, A & A, appartement 2514, même si ladite Anya n'a jamais de sa vie édité une ligne de texte et même si Bruno Geistler des éditions Mittwoch Verlag GmbH a du personnel tout à fait capable de transformer des bandes de dictaphone en anglais en un manuscrit impeccable en allemand.

Je me suis levé en disant : « Je vous laisse à votre lecture. »

d'hier étaient peut-être rusés, voire diaboliques, mais ils n'étaient pas irrationnels. Ils jouaient le jeu de la diplomatie nucléaire comme ils jouaient aux échecs ; la prétendue option nucléaire faisait peut-être partie des manœuvres à leur disposition sur l'échiquier international, mais la décision d'y recourir serait en fin de compte prise rationnellement (la prise de décision fondée sur la théorie de la probabilité étant considérée ici comme éminemment rationnelle, bien que, par sa nature même, elle implique des paris et des risques à prendre), tout comme les décisions prises dans les pays occidentaux. La règle du jeu serait donc la même dans les deux camps.

Aujourd'hui cependant (pour poursuivre cette explication), la partie ne se joue pas selon des règles reposant sur la rationalité. Les Russes faisaient de la survie (la survie nationale, ce qui en politique signifie la survie de l'État et la capacité à continuer de jouer sur l'échiquier international) leur exigence la moins négociable. Les terroristes islamiques, en revanche, font fi de la survie, que ce soit au niveau de l'individu (la vie ici-bas n'est rien en comparaison de la vie après la mort) ou au niveau national (l'Islam dépasse les frontières de la nation ; Dieu ne permettra pas que l'Islam soit vaincu). Et de surcroît, ces

---

Si j'avais eu un chapeau, je l'aurais levé, cela aurait été le geste désuet à faire en cette occasion.

Ne partez pas tout de suite, a-t-elle dit. Dites-moi d'abord de quel genre de livre il s'agit. Ce que je suis en train de mettre en forme n'est pas à strictement parler un livre, mais une contribution à un livre. Le livre lui-même est l'idée d'un allemand. Il

terroristes ne font pas le calcul rationnel des profits et des pertes : porter un coup aux ennemis de Dieu suffit, le prix matériel ou humain du coup porté est sans importance.

C'est ainsi qu'on explique que « la guerre à la terreur » est une forme de guerre inhabituelle. Mais il y a une seconde explication, qui n'est pas aussi largement exprimée, à savoir que, puisque les terroristes sont l'équivalent non pas d'une armée adverse, mais d'un gang de criminels armés qui ne représentent aucun État et ne se réclament d'aucune nation, le conflit dans lequel ils nous entraînent est absolument différent d'un conflit où s'affrontent des États, et doit donc se jouer selon des règles tout à fait différentes. « Nous ne négocions pas avec des terroristes, pas plus que nous ne négocions avec des criminels. »

De tout temps, l'État s'est montré très pointilleux quand il s'agit de savoir avec qui il traite. Pour l'État, les seuls contrats valides sont les contrats entre États. Le mode d'accès au pouvoir des chefs d'État est d'importance secondaire. Une fois « reconnu », tout chef d'État rival se qualifie comme partenaire, il devient membre du club des participants à la partie qui se joue.

Les gouvernements nationaux veillent à leurs propres intérêts en fixant les règles qui déterminent qui peut

---

portera le titre de *Opinions tranchées*. Il est prévu de réunir les textes de six écrivains de différents pays qui donneront leur avis sur n'importe quels sujets de leur choix. Plus les propos seront polémiques, mieux cela sera. Six écrivains éminents s'expriment sur ce qui ne va pas dans le monde d'aujourd'hui. Le livre doit sortir en allemand au milieu de l'année prochaine. D'où le bref

participer au jeu de la guerre, et qui en est exclu et, que je sache, ces règles ne sont jamais soumises à l'aval des citoyens. En fait, ces règles définissent la diplomatie, y compris l'usage de la force armée comme ultime recours de la diplomatie, comme une affaire qui se traite exclusivement entre gouvernements. Toute infraction à cette métarègle est pénalisée avec la plus grande sévérité. D'où Guantanamo, qui est plutôt un spectacle qu'un camp de prisonniers : un étalage horrifiant de ce qui peut arriver à des hommes qui jouent en ignorant délibérément les règles du jeu.

La nouvelle législation en Australie comprend une loi qui interdit de tenir des propos favorables au terrorisme. C'est une atteinte à la liberté d'expression qui ne se donne pour rien d'autre.

Quelle personne intelligente irait dire du bien de terroristes islamistes – jeunes hommes inflexibles et sûrs de leur bon droit, qui se font sauter dans des lieux publics pour tuer des gens qu'ils définissent comme des ennemis de la foi ? Personne, évidemment. Alors pourquoi s'émouvoir de cette interdiction, si ce n'est de façon abstraite, comme une atteinte abstraite à la liberté d'expression ? Pour deux raisons. D'abord, parce que, bien que lâcher des bombes à haute altitude sur un village endormi ne soit

---

délai impératif. Les droits sont déjà vendus pour la traduction en français, mais pas pour l'anglais, que je sache.

Et qu'est-ce qui ne va pas dans le monde d'aujourd'hui ? a-t-elle demandé.

Je ne puis encore dire ce qui viendra en tête de notre liste – j'entends la liste que nous allons élaborer tous les six ensemble

pas un acte de terreur moindre que de se faire sauter au milieu d'une foule, il est parfaitement licite de dire du bien de tels bombardements aériens (« Traumatiser et semer l'effroi »). Ensuite, parce que la situation de l'auteur d'un attentat suicide n'est pas dépourvue de force tragique. Qui aurait le cœur endurci au point de n'avoir pas une once de sympathie pour l'homme dont la famille a péri dans une attaque israélienne, et qui se ceint de bombes, sachant parfaitement que nul paradis de houris ne l'attend, et qui, fou de chagrin et de rage, part anéantir autant de tueurs qu'il le peut ? *Il n'est d'autre voie que la mort* est une marque distinctive, peut-être même une définition du tragique.

Je repense à un recueil d'essais sur la censure que j'ai publié dans les années 1990. L'ouvrage est passé presque inaperçu. Un critique l'a jugé insignifiant parce qu'il ne se rapportait pas à l'ère nouvelle qui s'ouvrait avec la chute du mur de Berlin et le démantèlement de l'URSS. Dans la démocratie libérale, à l'échelle mondiale, sur le point de voir le jour, disait le critique, l'État n'aura aucune raison de restreindre notre liberté de dire et d'écrire ce que nous voulons et, de toute façon, les médias électroniques rendront impossibles la surveillance et le contrôle des communications.

– mais, si vous insistez, j'imagine que nous dirons que le monde est injuste. Répartition inéquitable des richesses, état de choses injuste. Nous voilà donc, six *éminences grises** qui nous sommes hissées aux sommets à la force du poignet, et maintenant que nous sommes au pinacle, que découvrons-nous ? Nous découvrons que nous sommes trop vieux et trop

Eh bien, à quoi assistons-nous aujourd'hui, en 2005 ? Non seulement nous voyons ressurgir les restrictions d'antan sur la liberté d'expression, sous une forme des plus insolentes – voir la législation mise en place aux États-Unis, en Grande-Bretagne et maintenant en Australie – mais aussi la surveillance (par des agences douteuses) des communications téléphoniques et électroniques dans le monde entier. Rien de nouveau sous le soleil.

Il n'y aura plus de secrets, disent les nouveaux théoriciens de la surveillance. Ce qu'ils entendent par là est assez intéressant : l'époque où les secrets comptaient, où les secrets avaient du pouvoir sur la vie des gens (pensez au rôle des secrets chez Dickens, chez Henry James) est révolue ; il n'est rien qui mérite d'être su qui ne puisse être mis au jour en quelques secondes, sans qu'on se donne beaucoup de peine ; la vie privée est pratiquement une chose du passé.

Ce qui est frappant dans une affirmation pareille n'est pas tant son arrogance que ce qu'elle révèle sur la conception du secret qui a cours dans les milieux officiels : un secret est un élément d'information et, en tant que tel, relève de la science de l'information, dont l'un des

---

égrotants pour goûter les fruits de notre triomphe. *Est-ce là tout ?* nous disons-nous en contemplant le monde de délices hors de notre portée. *Était-ce bien la peine de suer sang et eau pour en arriver là ?*

C'est là tout ce que j'ai dit à Anya lors de cette rencontre. Ce dont je n'ai pas fait état, parce que ce n'est guère à mon honneur,

domaines est une activité minière, l'extraction de pépites d'information (des secrets) de tonnes de données.

Les maîtres de l'information ont oublié la poésie, où les mots peuvent avoir un sens tout différent de leur sens lexical, où l'étincelle métaphorique a toujours un temps d'avance sur la fonction de décodage, où une autre lecture imprévue est toujours possible.

c'est que, lorsque Bruno m'a fait sa proposition, j'ai sauté sur l'occasion. D'accord, je suis partant, ai-je dit, et ce sera fait dans les délais. L'occasion de râler en public, l'occasion de me venger par magie du monde qui ne veut pas se conformer à mes fantasmes : ça ne se refuse pas.

06. Des systèmes de guidage

On a connu des périodes durant la guerre froide où les Russes prenaient un tel retard sur les Américains dans la technologie de l'armement que, si on en était venu à un conflit nucléaire total, ils auraient été anéantis sans être en mesure de se livrer à des représailles significatives. Durant de telles périodes, l'adjectif *mutuelle* dans l'expression « Destruction mutuelle certaine » n'était qu'une vue de l'esprit.

Ces ruptures d'équilibre survenaient parce que de temps en temps les Américains faisaient des progrès spectaculaires

---

En tant que simple dactylo, Anya du dernier étage est plutôt une déception. Elle s'acquitte du lot de travail quotidien, sans problème, mais la complicité que j'espérais, l'intuition pour saisir le genre de choses que j'écris n'est pas là. Par moments, je me

---

Comme je le croise, chargé de son panier de linge à laver, je ne manque pas de tortiller du cul, mon petit cul appétissant, étroitement moulé dans mon jean. Si j'étais un homme, je ne pourrais pas me quitter des yeux. Alan dit que les arrière-trains sont aussi variés que les visages. Miroir, mon miroir, dis-je à Alan, qui a le plus beau de tous ? C'est toi, ma princesse, ma reine, c'est toi, sans aucun doute.

en télémétrie, en navigation, en systèmes de guidage. Les Russes pouvaient bien avoir des missiles puissants et de nombreuses ogives nucléaires, leur capacité à les diriger avec précision sur leurs cibles a toujours été inférieure à celle des Américains.

Malgré cela, les Russes n'ont jamais menacé d'utiliser des pilotes volontaires qui sacrifieraient leur vie pour écraser des avions porteurs de bombes nucléaires sur des cibles en Amérique. Il y a peut-être eu de tels volontaires, mais les Russes n'ont jamais prétendu qu'ils les tenaient en réserve, ou que leur plan de guerre reposait sur une tactique d'opérations suicides.

Dans les entreprises ultérieures de conquête de l'espace, les uns comme les autres s'efforcèrent de ramener sur terre les astronautes et les cosmonautes qu'ils envoyaient

---

désole en voyant le texte qu'elle me remet. Selon Daniel Defoe, lis-je dans le texte transcrit, le véritable Anglais de souche déteste « papiers et paperasses ». Les généraux de Brejnev sont « quelque part dans l'urinal ».

Dans ce qu'il écrit, il ne parle que de politique – lui, El Señor, pas Alan. C'est très décevant. J'en baille d'ennui. J'essaie de le convaincre de laisser tomber, les gens en ont ras-le-bol de la politique. Ce ne sont pas les sujets qui manquent si on veut écrire. Il pourrait écrire sur le cricket, par exemple –, donner son point de vue sur ce sport. Je sais qu'il regarde les matches de cricket. Quand on rentre tard le soir, Alan et moi, il est là, avachi devant la

dans l'espace, bien qu'on ait certainement pu trouver des volontaires prêts à donner leur vie pour la plus grande gloire de la nation. Ni les uns ni les autres n'avaient le moindre scrupule à envoyer des souris, des chiens ou des singes en missions suicides. Les Russes auraient sans doute fort bien pu avoir des cosmonautes sur la Lune avant 1969 s'ils avaient été prêts à les laisser mourir là de mort lente après y avoir planté le drapeau.

Cette attitude à l'égard du sacrifice de la vie humaine est curieuse. Les responsables militaires n'hésitent pas un instant à envoyer des troupes au combat alors qu'ils savent fort bien que des hommes vont mourir en grand nombre. Les soldats qui n'obéissent pas aux ordres et refusent de monter en ligne sont punis, et passent même devant le peloton d'exécution. D'autre part, selon l'éthique des

---

Je tape ce que j'entends, puis je le passe au vérificateur d'orthographe, me dit-elle en guise d'explication. Il arrive peut-être au vérificateur de se tromper, mais ça vaut mieux que d'y aller au pifomètre.

---

télévision, on le voit de la rue, il ne baisse jamais les stores.

Personnellement, je n'ai rien contre le cricket, à petites doses. J'ai plaisir à voir le pantalon blanc tendu sur le fessier d'un jeune mec. Quel couple on ferait, Andrew Flintoff et moi, à parader dans la rue en tortillant du croupion. Il est plus jeune que moi, cet Andrew Flintoff, mais il a déjà femme et enfants. Bobonne doit faire de mauvais

officiers, il est inacceptable de choisir des soldats et de leur commander de donner leur vie, par exemple en les envoyant dans les rangs ennemis avec des explosifs et l'ordre de se faire sauter. Pourtant, et c'est encore plus paradoxal, les soldats qui prennent l'initiative de faire de tels actes sont traités en héros.

Les pays de l'Ouest continuent à avoir des sentiments ambivalents envers les pilotes kamikazes japonais de la Seconde Guerre mondiale. Ces jeunes hommes faisaient certes preuve de bravoure, s'accorde-t-on généralement à dire ; cependant on ne peut les qualifier de héros authentiques parce que, même s'ils sacrifiaient leur vie et s'étaient même peut-être portés volontaires pour le sacrifice suprême, ils étaient psychologiquement pris dans une éthique militaire et nationale qui faisait bon marché de la

---

Le vérificateur ne pense pas, dis-je. Si vous êtes disposée à laisser le vérificateur décider de votre vie, vous pourriez aussi bien vous en remettre à un coup de dés.

On ne parle pas de la vie, dit-elle. On parle de taper à la

---

rêves quand il part en tournée, des rêves où le petit mari succombe aux charmes de quelqu'un de mon espèce, une fille qui a de la classe, excitante, exotique.

La vue d'El Señor n'est pas très bonne à ce qu'il dit. Pourtant quand j'évolue en douceur devant lui, je sens qu'il a les yeux rivés sur moi. Nous jouons à ce jeu-là, lui et moi. Ça ne me dérange pas. Sinon, à quoi ça sert d'avoir une croupe ? On s'en sert, ou on la perd.

vie des individus. Se porter volontaire pour des missions suicides était ainsi un réflexe culturel plutôt qu'une décision relevant du libre arbitre de l'individu. Les pilotes kamikazes n'étaient pas plus authentiquement héroïques que des abeilles qui donnent instinctivement leur vie pour protéger la ruche.

De même au Viêtnam, on a vu chez les insurgés qui acceptaient de bon gré des pertes énormes lorsqu'ils attaquaient de front leurs ennemis américains un geste dicté non par quelque forme d'héroïsme individuel mais par le fatalisme oriental. Quant à leurs officiers, leur promptitude à donner l'ordre de telles attaques démontrait leur indifférence cynique à la valeur de la vie humaine.

Lors des premiers attentats suicides en Israël, l'Occident a peut-être d'abord réagi avec ambivalence. Pour se faire

---

machine. On parle d'orthographe. Et de toute façon, pourquoi s'embêter avec l'orthographe en anglais, puisque ça va être traduit en allemand ?

Quand je ne me coltine pas les paniers à linge, je suis sa segrétaire, son segrétariat, à temps partiel. Et de temps en temps, son aide ménagère. D'abord, j'étais censée être seulement sa segrétaire, sa secrète aria, la redoutable petite fée, même pas, en fait, tout juste sa dactylo, sa tapuscritaire, sa clic-clacquiste. Il dicte des pensées profondes à sa machine, puis il me passe les bandes, avec une liasse de feuilles noircies de ses gribouillis d'aveugle

sauter, il faut après tout plus de courage (« il faut être plus gonflé ») que pour déposer une bombe dans un lieu public et s'en aller. Mais cette ambivalence s'est bientôt dissipée. Comme les auteurs d'attentats suicides sacrifient leur vie au service du mal, s'est-on mis à raisonner, ils ne pouvaient être des héros véritables. De surcroît, puisque à leurs propres yeux leur vie ne valait rien (ils croyaient qu'en un clin d'œil ils seraient transférés au paradis), en un sens, ils ne sacrifiaient rien du tout.

Il fut un temps où on a vu des guerres (la guerre de Troie, par exemple, ou plus récemment la guerre des Boers) où les actes de bravoure des ennemis étaient reconnus, on leur rendait hommage, on en gardait la mémoire. Ce chapitre de l'histoire semble bel et bien clos. Dans les guerres d'aujourd'hui, on ne saurait admettre, même en

---

Je la ferme. Il est clair qu'elle prend mal les critiques. Peu importe, dis-je, ça sera de plus en plus facile.

Elle fait la moue. J'espérais qu'il y aurait un peu une histoire.

---

ou tout comme, où il a soigneusement écrit les mots difficiles en majuscules. J'emporte les bandes, je les écoute au casque et je tape tout ça religieusement. J'arrange un peu ici et là, quand je peux, quand il manque un petit quelque chose, bien que lui soit censé être le grand écrivain et moi la petite Philippine.

Segretaria. Ça a l'air d'un cocktail haïtien : du rhum, du jus d'ananas et du sang de taureau ; on secoue bien le

principe, que l'ennemi puisse avoir des héros. Les auteurs d'attentats suicides dans le conflit israélo-palestinien, ou dans l'Irak occupé, sont considérés à l'Ouest comme moins que rien, pas même comme de simples guérilleros : alors qu'on peut dire qu'au moins le guérillero, d'une certaine manière, livre combat, l'auteur d'un attentat-suicide, si tant est qu'il se batte, ne se bat pas à la loyale.

On souhaiterait continuer à avoir quelque respect pour toute personne qui préfère la mort au déshonneur mais, en ce qui concerne les attentats suicides islamistes, il n'est pas facile d'éprouver du respect au vu de leur nombre, ce qui montre (si on fait peut-être à mauvais escient un pas logique de plus, qui ne traduit peut-être que le vieux préjugé occidental contre la mentalité de masse de l'Autre) à quel point ils font peu de cas de la vie. Devant un tel

---

C'est difficile de trouver le ton quand le sujet change à tout bout de champ.

Parce que je ne peux tout de même pas attendre d'elle qu'elle déchiffre mon écriture, j'enregistre au dictaphone ce que je fais

---

mélange avec de la glace pilée et on sert décoré d'un ou deux testicules de coq au bord du verre.

À dire vrai, il n'a pas besoin de segrétaire, ni même de typiste, il pourrait très bien taper ses pensées lui-même, on peut acheter des claviers à grosses touches conçues pour les gens comme lui. Mais il n'aime pas taper sur un clavier (il a ça en horreur, une horreur insurmontable, comme il dit), il préfère presser le stylo et sentir les mots

dilemme, il serait peut-être utile de voir les attentats suicides comme une réaction de nature plutôt désespérée,
aux réalisations américaines (et israéliennes) dans le
domaine technologique du guidage qui dépassent de loin
les capacités de leurs adversaires. Les fournisseurs de la
Défense américaine travaillent à l'heure actuelle à créer
un champ de bataille pour l'avenir de l'empire où la présence physique du personnel américain sera superflue, où
l'ennemi (humain) sera frappé de mort et de destruction
par des soldats-robots téléguidés électroniquement par
des techniciens depuis un navire de guerre à des centaines de milles de distance, ou même depuis un centre
d'opérations au Pentagone. Face à un tel adversaire,
comment sauver l'honneur si ce n'est en sacrifiant sa vie
dans un acte de folie désespérée ?

---

dans la journée et je lui donne la bande et le manuscrit. Elle travaille à partir de ça. J'ai dans le passé eu recours à cette méthode
de travail, il n'y a aucune raison que ça ne marche pas, bien que,
on ne peut le nier, mon écriture se détériore. Je perds le contrôle

---

sortir à l'autre bout. Rien ne vaut de sentir les mots venir
au monde, dit-il, ça donne le frisson. Je me redresse de
tout mon haut, fais ma bouche en cul-de-poule. Vous ne
devriez pas dire des choses pareilles à une fille comme il
faut, Señor, dis-je. Je tourne les talons et m'en vais en me
dandinant pendant qu'il me dévore des yeux.

J'ai appris ça des canards, je pense : un petit coup de
queue, un frisson à peine. Coin-coin. On n'a pas à faire

07. Sur al-Qaïda

À la télévision hier soir un documentaire de la BBC qui cherche à démontrer que, pour des raisons qui lui appartiennent, le gouvernement des États-Unis s'attache à garder bien vivant le mythe qu'al-Qaïda est une puissante organisation terroriste secrète qui a des cellules dans le monde entier, alors qu'en vérité, al-Qaïda a été plus ou moins détruite et que les attentats auxquels nous assistons aujourd'hui sont le fait de groupes de radicaux musulmans autonomes.

---

de mes doigts. C'est le fait de ma maladie. Cela fait partie de ce qui m'arrive. Certains jours, je plisse les yeux pour relire ce que je viens d'écrire et c'est tout juste si j'arrive à me déchiffrer moi-même.

---

les bégueules. Est-ce que les canards n'ont pas des choses à nous apprendre ?

D'où êtes-vous ? a-t-il demandé ce premier jour dans la buanderie quand tout a commencé. Ben, de là-haut, mon bon monsieur. Ce n'est pas ce que je veux dire, a-t-il dit. Où êtes-vous née ? Et moi : pourquoi est-ce que ça vous intéresse ? Je ne suis pas le genre de belle aux yeux blonds et aux cheveux bleus qui vous plaît ?

Il ne fait pour moi aucun doute que, dans ses grandes lignes, le point de vue défendu dans ce documentaire est juste : « le terrorisme islamiste » n'est pas une conspiration orchestrée à partir d'un centre, et le gouvernement américain, de propos délibéré peut-être, exagère les dangers que court le public. S'il existait réellement une organisation diabolique avec des agents dans le monde entier, ayant pour objectif de démoraliser les populations occidentales et de détruire la civilisation occidentale, elle aurait déjà certainement, à l'heure qu'il est, empoisonné partout les ressources en eau ou abattu des avions de lignes commerciales ou répandu des microbes dangereux – actions terroristes qu'il n'est pas très difficile de mener à bien.

Une partie de ce programme de télévision racontait l'histoire de quatre jeunes musulmans américains qui

---

Ainsi, nous allons de l'avant, d'erreur en erreur. « Acquérant une identité italique. » Pour qui elle me prend ? Pour Énée ? « Surgélation. » Et voilà les citoyens de l'État alignés dans les congélateurs au rayon des surgelés. Images surréalistes. C'est

---

Là-haut ne voulait pas dire grand-chose, sauf qu'on occupe un appart au vingt-cinquième étage, vingt-cinq étages au-dessus de lui, avec terrasse ensoleillée et vue sur le port, si on écarquille bien les yeux. De sorte que lui et moi sommes voisins, d'une certaine manière, voisins éloignés, El Señor et La Segretaria.

Je le mets en garde : vous ne devriez pas laisser les stores levés le soir. Des étrangers peuvent voir ce que

passaient en justice pour avoir projeté un attentat à Disneyland. Au cours du procès, le ministère public a présenté comme preuve à conviction un film vidéo trouvé dans leur appartement. Ce film était d'un amateurisme navrant. Il comportait une longue séquence montrant une poubelle et les pieds de l'opérateur qui avançait pas à pas. L'accusation prétendait que l'amateurisme n'était qu'une feinte, que ce que nous visionnions était un outil de reconnaissance : la poubelle était un endroit possible pour dissimuler une bombe, les pieds en marche mesuraient la distance entre A et B.

L'accusation soutenait cette interprétation paranoïaque par le raisonnement suivant : c'est l'amateurisme même du film qui était suspect puisque, en ce qui concerne al-Qaïda, rien n'est ce qu'il paraît.

---

peut-être l'idée qu'elle se fait d'un écrivain : on dégoise dans un micro en disant ce qui nous vient à l'esprit ; et puis on passe cette bouillie à une fille ou à un système aléatoire quelconque et on attend de voir ce qui va en sortir.

---

vous trafiquez. Qu'est-ce que je pourrais bien trafiquer qui intéresserait des passants ? Je ne sais pas. Les gens font des trucs bizarres. Eh bien, dit-il, ils se lasseront vite de me regarder. Je suis quelqu'un de tout à fait ordinaire, comme eux. Foutaise, dis-je, tous les gens sont différents, avec des différences subtiles, nous ne sommes pas des fourmis, ni des moutons. C'est pour ça qu'on regarde en douce chez les gens quand les stores ne sont

Où les magistrats du ministère public ont-ils appris à raisonner de la sorte ? Réponse : dans les cours de littérature qui se donnaient dans les années 1980 et 1990 aux États-Unis, où on enseignait que la vertu principale du critique était le soupçon, que le critique ne doit rien prendre, absolument rien, pour argent comptant. À l'époque où les facultés de lettres passaient par la phase postmoderne, ces étudiants pas bien brillants ont retenu de la théorie littéraire enseignée une batterie d'outils analytiques dont ils sentaient confusément qu'ils pourraient leur être utiles au-delà des salles de cours, et qui leur a donné l'intuition que savoir convaincre que rien n'est tel qu'il paraît pourrait être un atout. Mettre ces instruments entre leurs mains fut la *trahison des clercs** de notre époque. « Vous m'avez enseigné le langage, et le profit pour moi, c'est que je sais maudire. »

Mine de rien, je lui demande quel genre de travail elle faisait, ce que recouvrent les termes d'« hôtesse » et de « ressources humaines ». Est-ce qu'en fait vous voulez savoir si j'ai un diplôme de dactylo ? me réplique-t-elle. Je me moque bien des

---

pas baissés : pour repérer les petites différences. C'est bien naturel.

Kurosawa. *Les Sept Samouraïs*. Voilà John Howard et les libéraux qui rejouent les sept samouraïs. À qui va-t-on faire croire ça ? Je me rappelle avoir vu *Les Sept Samouraïs* à Taiwan, en japonais, sous-titré en chinois. La plupart du temps, je n'ai rien compris à ce qui se passait. La seule image qui m'est restée est celle des longues

08. Des universités

De tout temps, on s'est un peu leurré en disant que les universités étaient des institutions autonomes. Néanmoins, ce qui est arrivé aux universités au cours des années 1980 et 1990 n'a guère été à leur honneur. Car, menacées de voir leurs subventions réduites, elles se sont laissé transformer en entreprises commerciales où les professeurs, qui auparavant menaient leurs recherches dans une liberté absolue, ont été changés en employés qu'on harcelait pour qu'ils remplissent des quotas sous la

---

diplômes, dis-je. J'essaie seulement de me faire une idée plus précise. J'ai fait toutes sortes de choses, dit-elle. Ci et ça, ici et là, je n'ai pas fait la liste. J'insiste : mais c'est quoi, au juste, ci et ça ? Bon, répond-elle, vous voulez un exemple, voilà : en juin

---

cuisses du fou au chignon. Les mollets cachés sous une armure, les cuisses nues et les fesses à l'air : la mode dingue de cette époque ! De quoi faire perdre la tête aux filles. Je lui suggère d'écrire sur le cricket. Écrivez vos mémoires. N'importe quoi, mais pas sur la politique. Votre style ne marche pas pour la politique. En politique, il s'agit de gueuler plus fort que tout le monde et d'avoir gain de cause. La logique n'entre pas en ligne de compte.

surveillance de professionnels de la gestion. Il est à douter que le professorat ne retrouve jamais les pouvoirs qui étaient naguère les siens.

Du temps que la Pologne était sous domination communiste, des dissidents donnaient des cours du soir à leur domicile, tenaient des séminaires sur des écrivains et des philosophes exclus du canon officiel (Platon, par exemple). Ils ne se faisaient pas payer, même s'ils recevaient peut-être une rémunération sous une autre forme. Pour que survive l'esprit de l'université, il faudra peut-être mettre en place quelque chose de ce genre dans des pays où l'enseignement supérieur s'est vu totalement subordonner à des principes commerciaux. En d'autres termes, la vraie université devra peut-être se replier

---

et en juillet, j'ai eu un emploi de réceptionniste. Temporaire. Dans une chatterie. Je la regarde, ahuri. Une chatterie, répète-t-elle sans ciller : vous savez bien, comme un chenil, mais pour les chats.

Écrivez sur le monde qui vous entoure. Sur les oiseaux. Il y a toujours une flopée de pics qui se pavanent dans le parc comme s'il leur appartenait. Il pourrait parler de ça. Je leur crie : allez, ouste, espèces de monstres ! Mais évidemment, ils s'en fichent. Pas de front, le crâne rejoint directement le bec, pas de place pour un peu de cervelle.

Ce qu'il dit de la politique m'endort. La politique est partout, comme l'air qu'on respire, comme la pollution.

chez des particuliers et délivrer des diplômes dont seules les signatures au bas du parchemin garantiront la validité.

Une chatterie. Je me la représente au bureau d'accueil. Asseyez-vous. Mettez-vous à l'aise, Ursula va descendre tout de suite. À moins que vous préfériez consulter Tiffany ?

Je m'obstine : Et avant la pension pour chats ?

On ne peut pas se battre contre la pollution. Il vaut mieux l'ignorer, ou s'y habituer, s'adapter.

Alan entre dans la pièce comme je suis en train de taper. Qu'est-ce que tu fabriques encore ? Je tape le texte du vieux. Ça parle de quoi ? Des samouraïs. Il s'approche pour lire par-dessus mon épaule. Des actes de naissance pour les animaux – il est fou ou quoi ? Il veut leur donner des noms ? Clifford John Rat. Susan Annabel Rat. Et

09. De Guantanamo

Quelqu'un devrait monter un ballet qui aurait pour titre *Guantanamo, Guantanamo !* Un corps de prisonniers, les fers aux chevilles, les mains dans des moufles de feutre épais, des cagoules noires sur la tête et coiffés d'oreillettes, exécutent les danses des persécutés et des désespérés. Autour d'eux des gardes en uniforme vert olive se pavanent avec un entrain endiablé, aiguillons à bétail et matraques au poing. Ils aiguillonnent les prisonniers, et les prisonniers font des bonds ; ils terrassent les prisonniers, leur enfilent leurs matraques dans l'anus, et les prisonniers se convulsent. Dans un coin, un homme

---

Si vous vouliez un curriculum vitæ, il fallait le demander au départ, au lieu de m'embaucher pour mon physique. Est-ce que vous souhaitez qu'on en reste là ? Ça m'irait très bien. Vous

---

pourquoi pas des actes de décès tant qu'il y est ? Tu viens te coucher bientôt ?

Ça fait trois ans qu'on est ensemble et je le fais encore bander, bander au point que parfois je me dis qu'il va éjaculer tout de suite. Il aime que je parle de mes ex quand il s'active au lit. Et après ? dit-il. Et après ? Après il me demande de le prendre dans ma bouche, dis-je. Cette

sur des échasses, le visage caché derrière un masque de Donald Rumsfeld, tantôt écrit à son pupitre, tantôt se lance dans une gigue frénétique, en extase.

Cela se fera peut-être un jour, mais je ne serai pas l'auteur. Cela sera même peut-être un gros succès à Berlin et à New York. Le spectacle n'aura pas le moindre effet sur ceux qu'il vise, car ils se moquent bien de ce que les spectateurs de ballets pensent d'eux.

trouverez quelqu'un d'autre qui sera à la hauteur. Ou bien adressez-vous à une agence, comme je l'ai suggéré tout d'abord.

bouche-là ? Ces lèvres-là ? Et il m'embrasse avec fougue, comme un fou. Oui, ces lèvres-là, Alan. Et je me dégage pour échapper à ses baisers, le temps de lui répondre, et il éjacule.

Rien que des mensonges, bien sûr, que je lui sers pour l'exciter. Tout ce que tu m'as raconté, c'est tout des mensonges, hein ? dit-il après. Rien que des mensonges, Alan,

10. De la honte nationale

D'après un article récent paru dans *Le New Yorker*, il est clair comme le jour que le gouvernement américain, à l'instigation de Richard Cheney, non seulement admet la torture des hommes faits prisonniers dans la prétendue guerre contre la terreur, mais s'emploie par tous les moyens à subvertir les lois et conventions qui interdisent la torture. Nous sommes donc fondés à parler d'un gouvernement qui, bien que légitime, puisqu'il a été élu en toute légalité, est illégal, ou antilégal, en ce sens qu'il agit en dehors des limites de la loi, qu'il se dérobe à la loi et résiste à la primauté du droit.

Je vous en prie, ne prenez pas ça mal.

Ne prenez pas quoi mal ? M'entendre dire que je ne sais pas taper ?

---

et je lui fais un sourire plein de mystère. Toujours laisser planer un doute avec un homme.

Et le vieux, dit-il, il n'a pas essayé avec toi, au moins ? Tu veux dire : Est-ce qu'il m'a tringlée ? Non, il ne m'a pas tringlée. Il n'a pas essayé. Mais s'il avait essayé, qu'est-ce que tu ferais ? Tu descendrais au rez-de-chaussée lui casser la figure ? Ça ferait un beau fait divers

Il est tout à fait extraordinaire de voir que ces dirigeants ont toute honte bue. Leurs dénégations sont sans vigueur. La distinction que font les juristes à leur solde entre torture et coercition manque manifestement de sincérité, n'est que de pure forme. Ce qu'ils disent implicitement, c'est que dans le nouvel ordre des choses que nous avons mis en place, le pouvoir que la honte avait jadis a été aboli. Vous pouvez nous avoir en abomination tant que vous voulez, cela ne compte pas. Nous sommes hors d'atteinte, nous sommes trop puissants.

Démosthène : Alors que l'esclave ne craint que la douleur, ce que l'homme libre redoute plus que tout, c'est la honte. Si nous tenons pour vraies les affirmations du *New Yorker*, il s'ensuit que les Américains, individuellement, ont à se poser une question morale : face à cette honte qu'on m'inflige, comment me comporter ? Comment sauver mon honneur ?

Mais si, bien sûr, vous savez taper. Je sais bien que ce travail n'est pas digne de vous. Je m'en excuse. Mais persévérons, continuons. Je fais de mon mieux pour l'amadouer. *Dieu merci,*

---

dans les journaux. Tu serais tourné en ridicule : Écrivain célèbre victime d'un amant jaloux.

Il n'a rien essayé pendant que je suis avec lui, mais ce qu'il fricote une fois que je passe la porte est une autre affaire. Dieu seul est témoin de ce qu'il fait alors. Dieu, la Vierge Marie et tous les saints. Il a piqué un slip à moi dans le séchoir, j'en suis sûre. J'imagine que dès que

Le suicide permettrait de sauver l'honneur et il y a peut-être déjà des Américains qui se sont suicidés pour l'honneur et on ne nous en dit rien. Mais quid de l'action politique ? L'action politique – non pas la résistance armée mais l'action dans le cadre des règles fondamentales du système démocratique (pétitions, réunions, lettres adressées en haut lieu) – suffira-t-elle ?

Le déshonneur se rit des nuances. Le déshonneur s'abat sur vous et, une fois qu'il pèse sur vos épaules, les supplications les plus insistantes, les plus astucieuses ne sauraient le chasser. Dans le climat de peur exacerbée que nous connaissons à l'heure actuelle, et en l'absence de toute vague de fond montant de la révulsion publique contre la torture, il est peu vraisemblable que les actions politiques des citoyens individuels aient le moindre effet pratique. Cependant, il se peut que, menées avec obstination et nourries par l'indignation,

---

je ne suis pas M. Aberdeen, me dis-je, *marié à cette petite teigne.* Mais je dis des bêtises, évidemment. Je donnerais n'importe quoi pour être M. Aberdeen.

---

je suis partie, il se déboutonne, il s'enveloppe dans ma petite culotte, ferme les yeux et appelle de ses vœux des visions de ma divine croupe qui le font jouir. Après quoi, il se reboutonne et retourne à John Howard et à George Bush pour dire comme ils sont méchants.

C'est ce que je voulais dire en parlant des stores qu'on ne baisse pas pour laisser voir de quoi choquer les gens.

de telles actions permettent au moins à tout un chacun de garder la tête haute. De simples gestes symboliques, en revanche, comme brûler le drapeau national, prononcer haut et clair les mots « j'ai en abomination les hommes à la tête de mon pays et je me désolidarise de leur politique », ne suffiront pas.

Impossible de croire que le spectacle de l'honneur de leur pays traîné dans la boue n'engendre pas dans le cœur de certains Américains des idées de meurtre. Impossible de croire que personne n'a encore fomenté un complot pour assassiner les criminels au pouvoir. Y aurait-il déjà eu une conjuration Stauffenberg dont on retrouvera un jour ou l'autre la trace dans les archives ?

Quoi qu'il en soit, les chances d'un renversement de politique étant bien faibles, il s'agit, non seulement pour les hommes de conscience aux États-Unis, mais plus largement pour tous les Occidentaux, individuellement, de

---

Est-ce que vous pensez que je pourrais faire mannequin ? dit-elle tout à coup.

Alan vote Howard. Moi, je pensais que je ne voterais pas pour lui aux élections de 2004, et puis, à la dernière minute, j'ai changé d'avis. Je me suis dit : on sait ce qu'on perd. On nous dit qu'on a trois ans entre deux élections pour se décider. Mais ce n'est pas vrai. On attend toujours la dernière minute pour se décider. C'est comme avec Alan, quand il m'a demandé : on essaie ? Je n'étais

trouver le moyen de sauver l'honneur, ce qui revient dans une certaine mesure à garder le respect de soi, mais il s'agit aussi de ne pas être obligé de comparaître avec les mains sales devant le tribunal de l'histoire.

Le jugement de l'histoire, c'est clair, est une des préoccupations du gouvernement américain aussi. L'histoire nous jugera au vu de ce que nous laisserons derrière nous, disent-ils en public ; et en privé ils se disent que nous avons un contrôle exceptionnel des archives. Qu'il ne reste aucune trace matérielle ou textuelle des plus noirs de nos crimes. Qu'on passe les dossiers à la déchiqueteuse, qu'on détruise les disques durs, qu'on brûle les corps, qu'on en disperse les cendres.

Pour Richard Nixon, ils n'ont que mépris. Nixon était un amateur, disent-ils. Nixon prenait la sécurité à la légère. Sur la liste de leurs priorités, la priorité des priorités, c'est la sécurité – par quoi ils entendent le secret.

Elle est venue m'apporter ce qu'elle a tapé dans la journée et elle est sur le point de partir, mais pour je ne sais quelle raison,

---

pas obligée de dire oui, j'aurais pu dire non. Mais je n'ai pas dit non. Alors nous voilà ensemble, M. la Motte de foin et Mlle l'Aiguille, inséparables, comme des jumeaux.

On essaie ? ou pas ? a dit Alan, ce soir-là au restaurant Ronaldo. J'y va-t-y ? J'y va-t-y pas ? me suis-je dit. Am stram gram. C'est comme ça qu'Howard a été élu. Un peu, beaucoup, passionnément. Tu parles, Charles.

Les pires de leurs méfaits, nous ne les connaîtrons jamais. Il faut nous faire à cette idée. Pour connaître le pire, il faudra extrapoler et faire preuve d'imagination. Il est vraisemblable que le pire sera ce dont nous les croyons capables (capables de donner tel ou tel ordre, capables de fermer les yeux); il n'est que trop clair qu'ils sont capables de tout et n'importe quoi.

Nous n'avons encore aucune preuve que les Australiens aient effectivement participé à des atrocités. Ou bien les Américains n'ont pas fait pression sur eux pour qu'ils soient de la partie, ou bien ils ont exercé des pressions auxquelles les Australiens ont résisté. Un agent de renseignements australien, du nom de Rod Barton, un scientifique qui a été amené à participer aux interrogatoires de scientifiques irakiens, a fait dissidence, a porté son histoire sur la place publique, puis, et c'est tout à son honneur, a donné sa démission.

---

elle s'attarde. Elle met ses mains sur ses hanches, rejette ses cheveux en arrière et me jette un regard provocant.

Mannequin, dis-je. Comme mannequins, on prend plutôt

Comme je le disais, il n'y voit plus rien, El Señor. « Ma vue baisse, et tout le reste aussi, mais surtout ma vue. » C'est pour ça qu'il parle des astimots qui sortent de son stylo. Les pages manuscrites qu'il me passe ne me servent à rien, pratiquement rien du tout. Il forme assez bien ses lettres, les m, les n, les u et les w compris, mais quand il rédige un passage il n'écrit pas droit, ses lignes

Le gouvernement australien, par ailleurs, a été le membre le plus abject de ce qu'on a appelé la « coalition de bonnes volontés », et s'est montré disposé à subir, avec à peine un petit sourire crispé, l'humiliation de ne rien recevoir en retour pour sa complaisance. Lors de négociations avec les États-Unis sur les conditions de commerce bilatéral, les concessions demandées, eu égard à sa fidèle collaboration en Irak, ont été quasiment ignorées. Le gouvernement a gardé un silence pieux sur le cas de David Hicks, le jeune musulman australien détenu à Guantanamo. Et qui plus est, son sort a éveillé chez certains ministres une soif de vengeance, une petitesse morale dignes de Rumsfeld ou de Bush fils lui-même.

Cependant, bien que l'Australie ait été complice des crimes de l'Amérique, dire que le pays est tombé dans l'antilégalité ou a passé les limites de la légalité serait aller trop loin. Cet état de choses est susceptible de changer dans

---

des filles plus grandes. Plus grandes et plus jeunes. Vous vous trouveriez en concurrence avec des petites maigres de seize ans.

---

plongent sur la page comme un avion qui va piquer dans la mer, ou comme un baryton qui s'essouffle. Jamais les lignes ne montent. Elles descendent toujours.

De mauvais yeux. Et les dents, c'est encore pire. À sa place, je me les ferais toutes arracher et je me ferais mettre un beau dentier. Pas une femme ne supporterait des dents pareilles, elle l'expédierait chez le dentiste en moins de deux, et que ça

un avenir proche. Dans les nouveaux pouvoirs de réglementation que le gouvernement australien est en train de s'arroger, on décèle un mépris semblable pour l'État de droit. Nous vivons une époque extraordinaire, psalmodie-t-on, qui exige des mesures extraordinaires. Il ne faudra peut-être pas grand-chose pour que l'Australie se laisse aller sur la pente suivie par l'Amérique, où sur la foi de dénonciations d'indicateurs (« de sources ») des gens disparaissent du jour au lendemain, ou sont éliminés de la société, et où le fait même de rendre publique leur disparition constitue un délit.

Le déshonneur est-il un mode d'existence qui connaît des nuances, des degrés ? S'il est un état de profond déshonneur, y a-t-il aussi un état de déshonneur bénin, de déshonneur léger, comme on a de la bière légère, *lite* ? On est tenté de répondre non : on est en état de déshonneur ou pas. Pourtant si on me disait qu'un Américain quelque part avait préféré se suicider plutôt

---

Je ne parlais pas de mannequin de mode. Ah bon, que vouliez-vous dire alors ? Poser comme modèle pour des photos, dit-elle. Elle fait une moue, tortille ses hanches. Vous savez

---

saute. Fais-toi arranger les dents ou je te quitte. Il a été marié. Je le sais parce que je le lui ai demandé. Alors, Señor C, vous n'avez jamais été marié ? Si, j'ai été marié. J'attendais qu'il en dise plus : combien d'enfants, quand sa femme était morte, si elle est morte, ce genre de détails. Mais rien de plus : *j'ai été marié*, comme si je devais comprendre, *Oui, j'ai été marié et je n'ai pas aimé ça et je ne veux pas en parler.*

que de vivre dans la disgrâce, je comprendrais parfaitement ce geste, alors qu'un Australien qui se suiciderait en réponse aux actions menées par le gouvernement Howard courrait le risque de paraître comique. Le gouvernement américain a haussé l'esprit de vengeance à un niveau infernal, alors que la petitesse des Australiens n'est encore que faute vénielle.

La génération de Sud-Africains dont je suis, ainsi que la génération suivante, et peut-être encore la génération d'après, ira tête basse sous la honte des crimes commis en son nom. Parmi eux, ceux qui essaient de sauvegarder leur fierté personnelle en refusant farouchement de s'incliner devant le jugement du reste du monde brûlent d'un ressentiment cuisant, se hérissent de colère à se voir condamnés sans pouvoir se défendre comme il convient et cela pourrait s'avérer être un fardeau aussi pesant sur leur psychisme. Ceux qui sont dans ce cas pourraient apprendre des

---

bien, dit-elle. Vous n'aimeriez pas avoir une photo de moi ? Vous pourriez la mettre sur votre bureau.

Il ne me demandait rien, mais j'ai dit : Alan était marié, je vous l'ai dit ? Il a quitté sa femme pour vivre avec moi. Ça lui a coûté beaucoup d'argent.

Je prends l'initiative de parler parce qu'il ne pose jamais de questions, jamais depuis qu'il a cherché à savoir d'où je venais. *D'où êtes-vous* ? a-t-il demandé le premier jour, et j'ai répondu, *Mais de là-haut, mon bon*

Anglais comment s'y prendre pour gérer la culpabilité collective. Les Britanniques ont tout bonnement déclaré leur indépendance de leurs ancêtres impériaux. L'Empire britannique n'est plus depuis longtemps, disent-ils, donc de quoi sommes-nous responsables ? Et de toute façon, ceux qui étaient à la tête de l'Empire étaient des victoriens, des hommes austères, rigides, vêtus de noir, nous n'avons rien de commun avec eux.

Il y a quelques jours, j'ai écouté la cinquième symphonie de Sibelius. Comme on en arrivait aux derniers accords, j'ai éprouvé cette émotion puissante, qui gonfle le cœur, et que cette musique est censée susciter. Qu'est-ce que cela aurait été, me suis-je demandé, d'être un Finlandais dans la salle de concert lors de la création de cette symphonie à Helsinki il y a près d'un siècle, et de se sentir bouleversé d'émotion ? Réponse : on aurait été fier, fier que *l'un de nous* soit capable de composer quelque

---

Est-ce que la dispute d'hier est oubliée – pardonnée et oubliée ? Peut-être. Ou peut-être cela ne lui a pas laissé le souvenir d'une dispute. Cela a peut-être à peine

---

monsieur. Ça ne lui a pas plu. Quelle pimbêche ! Beaucoup de bouteilles vides dans sa cuisine, que je ne suis pas censée remarquer. Et des cafards aussi. On voit que ça doit faire longtemps que sa femme est morte, ou partie. Les cafards cavalent le long des plinthes quand ils pensent qu'on ne regarde pas. Des miettes partout, même sur son bureau. Un paradis pour les cafards. Pas étonnant

chose de pareil. Quel contraste avec le sentiment de honte à la pensée que *nous, frères humains,* avons créé Guantanamo. La création musicale d'une part, une machine à infliger douleur et humiliation, d'autre part : le meilleur et le pire dont sont capables les êtres humains.

---

effleuré sa conscience comme un léger souffle de vent qui passe sur l'eau.

---

qu'il ait d'aussi mauvaises dents. Que je croque, que j'escribouille et bla-bla-bla. À bas les libéraux. Ce que disait Hobbes. Ce que disait Machiavel. Enfin, bon.

D'habitude les gens ont dans leur chambre une photo de leur conjoint à la fleur de l'âge. Ou une photo de mariage, le couple heureux. Et puis les enfants, l'un après l'autre, en rang d'oignons. Mais, dans sa chambre à lui,

11. De la malédiction

Dans un livre sur la religion dans la Grèce antique, on trouve un essai d'un certain Versnel de Leyde qui commente le texte de tablettes de plomb retrouvées dans les temples de l'Antiquité. Comme ces tablettes immanquablement demandent l'aide d'un dieu pour redresser quelque tort porté à un requérant, Versnel les appelle des « tablettes de malédiction ».

Sur une tablette de malédiction (texte en grec) laissée au temple d'Osérapis à Memphis quatre siècles avant notre

---

Comme tout ce qui sort de sa bouche est charmant, elle peut se permettre de dire tout ce qui lui passe par la tête. De même que, puisque tout ce qu'elle fait ne peut être que mignon, elle

---

rien. Au mur, un parchemin encadré, le texte est dans une langue étrangère (en latin ?) avec son nom en lettres pleines de fioritures, et un gros cachet de cire rouge dans le coin. Ses références ? Son diplôme ? La licence qui l'autorise à pratiquer son métier ? Je ne savais pas qu'il fallait une licence pour exercer comme écrivain. Je croyais qu'on faisait ça simplement parce qu'on était bon.

Mme Saunders dit qu'il est de Colombie, mais en fait elle a tort. Il n'est pas du tout d'Amérique du Sud.

ère, on lit : « Ô Seigneur Osérapis et vous, dieux qui siégez à ses côtés sur son trône, à vous j'adresse ma prière, moi Artemisia... contre le père de ma fille, qui lui a dérobé ses dons mortuaires [?] et son cercueil... Tout comme il a commis une injustice envers moi et mes enfants, Osérapis et les dieux devraient faire qu'il ne soit pas enterré par ses enfants et que lui-même ne puisse pas enterrer ses parents. Tant que l'accusation que je porte contre lui restera dans ce temple, qu'il périsse en misérable sur terre ou sur mer...[4] »

Il doit y avoir aujourd'hui dans le monde entier des gens qui refusent d'accepter qu'il n'y ait pas de justice dans l'univers et qui invoquent leurs dieux pour qu'ils leur viennent en aide contre l'Amérique, une Amérique qui s'est proclamée hors d'atteinte du droit des nations. Même

---

peut se permettre de faire tout ce qui lui chante. C'est là le raisonnement d'une enfant gâtée. L'ennui, c'est qu'elle n'est plus une enfant. Cela laisse un arrière-goût troublant. Je lui

---

Quand j'ai accepté ce travail, je ne me suis pas engagée à débarrasser les bouteilles vides, à nettoyer la salle de bains ni à éliminer les cafards à la bombe insecticide. Mais on ne peut pas laisser un homme vivre dans une crasse pareille. C'est insultant. Insultant pour qui ? Pour les visites. Pour les parents qui l'ont mis au monde. C'est faire injure à la décence élémentaire.

Alan veut savoir combien d'argent il a. Comment veux-tu que je sache ? Il ne me parle pas de ses finances. Va donc un

si les dieux ne répondent pas à ces prières aujourd'hui ou demain, les requérants se disent que les dieux pourront peut-être se laisser fléchir et réagir d'ici une génération ou deux. Leur demande de réparation devient ainsi en fait une malédiction : que le souvenir du tort causé ne s'efface point, que le châtiment frappe le coupable dans les générations à venir.

C'est là le thème profond de William Faulkner : la spoliation de la terre des Indiens, ou le viol des femmes esclaves, revient sous une forme imprévue hanter l'oppresseur des générations plus tard. Se tournant vers le passé, l'héritier de la malédiction hoche la tête tristement. *Nous pensions qu'ils étaient impuissants*, dit-il, *c'est pourquoi nous avons fait ce que nous avons fait ; maintenant nous voyons qu'ils n'étaient pas impuissants du tout.*

---

pose des questions sur Alan, sur ce qu'il fait dans la vie. Conseil en investissements, répond-elle. Il travaille seul ? C'est un bureau en partenariat, mais il est relativement indé-

---

peu voir dans les tiroirs, dans les placards de la cuisine. Cherche une boîte à chaussures : tu taperas dans le mille, il est du genre à planquer son fric dans une boîte à chaussures. Et moi : avec une ficelle autour ? Une ficelle ou un élastique, dit Alan. Alan ne se rend jamais compte que je me paie sa tête. Quel con. Et qu'est-ce que je fais quand je trouve la boîte ? Tu prends l'argent, et tu remets la boîte où tu l'as trouvée.

Moi, je demande : Et après ? Et après, quand il appellera la police ? Bon, d'accord, dit Alan. Attends qu'on l'em-

« La culpabilité tragique, écrit Jean-Pierre Vernant, se constitue ainsi dans une constante confrontation entre l'ancienne conception religieuse de la faute, souillure attachée à toute une race, se transmettant inexorablement de génération en génération [...] et la conception nouvelle, mise en œuvre dans le droit, où le coupable se définit comme un individu privé, qui sans y être contraint, a choisi délibérément de commettre un délit[5]. »

Dans le drame qui se déroule sous nos yeux, un chef d'État, George W. Bush (que Bush s'avère un jour avoir été manipulé par d'autres ne nous concerne pas ici) qui, par orgueil démesuré, ce que les Grecs appelaient *hubris*, nie la force de la malédiction qui pèse sur lui et des malédictions en général ; et qui va encore plus loin en affirmant

---

pendant, tous les associés sont relativement indépendants, c'est ce style de partenariat. Est-ce qu'Alan serait disposé à me donner des conseils pour des investissements ? Elle hésite.

---

barque pour la morgue, et tu prendras l'argent après, la boîte et l'argent, avant que les vautours s'amènent. Quels vautours ? La famille, dit Alan.

Alan se trompe sur toute la ligne, mais j'inspecte les placards quand même – les placards de la salle de bains, ceux de la cuisine, tous les tiroirs de la chambre. Dans l'unique boîte que je trouve, il y a un nécessaire à chaussures, des brosses qui perdent leurs poils, du cirage desséché depuis des années.

qu'il ne peut commettre un crime, puisque c'est lui qui fait les lois définissant les crimes.

Avec les outrages que lui et ses sbires perpètrent, notamment l'outrage de la torture, et dans la démesure de se prétendre au-dessus de la loi, Bush junior défie les dieux, et ce défi éhonté même assure que les dieux châtieront les enfants et les petits-enfants de sa maison.

Ce cas n'est pas unique, même à notre époque. De jeunes Allemands se défendent : *Nous n'avons pas de sang sur les mains, pourquoi alors nous considère-t-on comme des racistes et des meurtriers ?* Réponse : *Parce que vous avez le malheur d'être les petits-enfants de vos grands-parents ; parce que vous êtes frappés d'une malédiction.*

La malédiction prend effet à l'instant où l'homme au pouvoir commence à réfléchir un peu et se demande : *On*

Je vais lui demander, mais normalement, il n'aime pas travailler pour des amis. Je ne suis pas un ami, seulement quelqu'un qui habite au rez-de-chaussée de l'immeuble ; mais ça

---

Il doit avoir un coffre-fort, dit Alan. Regarde un peu derrière les tableaux accrochés aux murs. Ou alors, c'est à la banque, dis-je.

C'est là que les gens normaux mettent leur argent. Il n'est pas normal, dit Alan. Bien sûr qu'il n'est pas normal, Alan, pas extraordinairement normal, mais à quel point faut-il être normal pour mettre son argent à la banque ? Et de quel droit irions-nous lui voler son argent, de toute façon ? Ce n'est pas du vol, pas s'il est mort. Et

dit que si je commets cet acte, moi et ma maison serons maudits – vais-je aller de l'avant ? Puis il se répond : *Bof! Il n'y a pas de dieux, la malédiction, ça n'existe pas !*

L'impie attire une malédiction sur sa descendance ; en retour, ses descendants maudissent son nom.

---

ne fait rien, simple curiosité de ma part. Ça fait combien de temps qu'Alan est dans ce cabinet de conseil financier ?

Sept ans. Il était l'un de ceux qui ont créé le cabinet.

---

de toute façon, si ce n'est pas nous qui le prenons, ce sera quelqu'un d'autre. Ce n'est pas du vol s'il est mort ? dis-je. Première nouvelle. Arrête, tu m'énerves, dit-il. Tu sais très bien ce que je veux dire.

Au contraire, je ne vois pas du tout ce qu'Alan veut dire. Pourquoi est-il obsédé par le vieux et son argent ? Ce n'est pas comme s'il ne se faisait pas plein de fric lui-même. Mais il y a dans le tableau quelque chose qui lui déplaît, comme si le vieux était un galion espagnol sombrant en haute mer,

12. De la pédophilie

La réaction hystérique à laquelle on assiste aujourd'hui devant les relations sexuelles avec des enfants – non seulement des actes réels, mais des représentations fictives sous forme de ce qu'on appelle « pornographie avec mineurs » – s'accompagne de bizarreries illogiques. Lorsque Stanley Kubrick a filmé *Lolita* il y a trente ans, il a su éviter le tabou – relativement léger à l'époque – en

---

Et ça fait combien de temps que vous êtes mariés, lui et vous ?
Nous ne sommes pas mariés. Je croyais vous l'avoir dit. On n'en fait pas une affaire. Je veux dire, les gens pensent ce qu'ils veulent – qu'on est mariés, pas mariés –, on laisse dire.

---

la cale pleine d'or qu'il rapporte des Indes et qui serait à jamais perdu si lui, Alan, ne plongeait pas pour le récupérer.

Alan est allé voir sur Internet. C'est comme ça qu'il a appris qu'il n'est pas du tout de Colombie, pas Señor du tout. Ça disait qu'il était né en Afrique du Sud en 1934. Romancier et critique. Longue liste de titres avec des dates. Rien sur une femme éventuelle. Bella Saunders jure qu'il vient d'Amérique du Sud, ai-je dit. Est-ce que tu es sûr que ce type est le bon ? Alan m'a montré une photo à l'écran. Ce n'est pas lui, ça ? Et c'était bien lui.

utilisant une actrice dont tout le monde savait qu'elle n'était pas une enfant et qu'on a eu du mal à travestir en fillette. Mais dans le climat qui règne aujourd'hui, ce stratagème ne fonctionnerait pas : le fait (le fait fictif, l'idée) que le personnage est une enfant l'emporterait sur le fait que l'image à l'écran n'est pas l'image d'une enfant. Quand il s'agit de rapports sexuels avec des mineurs, la loi, soutenue par une opinion publique vociférante, n'est pas encline à faire de subtiles distinctions.

Comment ce climat s'est-il donc progressivement établi ? Avant que les féministes n'entrent dans la bagarre à la fin du XXᵉ siècle, les censeurs soucieux de morale ont subi défaite sur défaite et étaient partout sur la défensive. Mais

---

Alors, vous n'envisagez pas d'avoir des enfants.

Non. Alan ne veut pas d'enfants.

Il y a une façon innocente, conventionnelle même, pour se montrer sociable, de soulever la question des enfants. À l'instant où

Mais la photo avait dû être prise il y a des années, il n'était pas encore tout desséché, avec ce visage tiré que prennent les hommes en vieillissant.

Est-ce que je peux me permettre une critique ? ai-je dit hier en lui rapportant son texte tapé. Votre anglais est très bon, vu les circonstances. Mais on ne dit pas émission-débat, ça ne veut rien dire. On dit débat contradictoire.

Vu les circonstances ? Quelles circonstances ?

Vu que ce n'est pas votre langue maternelle.

sur la question de la pornographie, le féminisme, mouvement par ailleurs progressiste, fit le choix de partager la couche des conservateurs religieux, et on en arriva à une confusion totale. Ainsi, aujourd'hui, alors que d'une part les médias agissant en toute impunité sont les premiers à offrir des représentations de plus en plus obscènes d'actes sexuels, d'autre part l'argument, au nom de l'esthétique, qui soutient que l'art échappe au tabou (l'art « transforme » son matériau et le purge de sa laideur) et que l'artiste devrait être au-dessus de la loi, a été battu en brèche. Dans des domaines bien précis, le tabou a triomphé : certaines représentations, notamment les rapports sexuels avec des mineurs, ne sont pas seulement proscrites et impitoyable-

---

je prononce le premier mot, *alors*, ma curiosité est tout à fait innocente. Mais entre le *alors* et le mot suivant, *vous*, le diable me dévergonde et m'envoie une image de cette Anya, en nage, par une chaude nuit d'été, convulsée dans les bras de ce rouquin d'Alan

---

Langue maternelle, dit-il. Qu'est-ce que ça veut dire, langue maternelle ?

Ça veut dire la langue que vous avez apprise sur les genoux de votre mère.

Je sais bien, dit-il. Mais c'est votre métaphore qui me fait tiquer. Faut-il que j'aie appris une langue sur les genoux d'une femme ? Faut-il que je l'aie bue à la mamelle ?

Au temps pour moi. Recevez les excuses d'une personne indigne.

ment punies, mais toute discussion des fondements du tabou est accueillie avec désapprobation, voire interdite.

Les féministes, dans le sillage de gens comme Catharine MacKinnon, ont mené une attaque radicale contre la pornographie sur deux plans. D'abord on a prétendu que les images de mâles adultes ayant des rapports sexuels avec des enfants (c'est-à-dire des enfants qui jouent le rôle d'enfants, ou des acteurs de n'importe quel âge jouant des rôles d'enfants) encourageaient les abus contre de vrais enfants dans le monde réel. Ensuite, on prétendait que faire commettre des actes sexuels à des enfants, et même à des femmes, devant la caméra était une forme d'exploitation sexuelle (l'argument étant que les femmes sont

---

aux épaules tachetées de son, ouvrant son ventre consentant au flux de ses sécrétions de mâle. Une fois énoncé le monosyllabe *vous*, elle voit bien, par quelque transmission de pensée magique, ou peut-être simplement d'après l'image sur ma rétine, ce que je vois.

Il m'a décoché un regard perçant. Où est-ce que je parle d'émissions de radio ?

Je lui ai montré l'endroit. Il a bien regardé, en plissant les yeux, il a barré *émission*, et dans la marge, au crayon, à grand-peine, il a écrit *débat contradictoire*. Voilà, ça vous va comme ça ?

Beaucoup mieux. Votre vue n'est pas si basse.

La plupart du temps il porte un veston de tweed moutarde qu'on croirait sorti d'un film anglais des années cinquante, et qui sent mauvais, comme des vieux zestes

soumises à des contraintes inhérentes à l'industrie pornographique telle qu'elle existe aujourd'hui).

Dès lors se profilent quelques questions hypothétiques qui ne manquent pas de piquant. Devrait-on interdire de publier le texte d'une histoire, qui se présente comme fictive, dans laquelle une actrice de vingt ans avec le physique menu de l'emploi joue devant la caméra le rôle d'une enfant qui a des rapports sexuels avec un homme adulte ? Si une telle publication n'est pas interdite, pourquoi vouloir absolument interdire une version filmée de la même histoire, qui n'est rien d'autre qu'une transposition de signes conventionnels (verbaux) en signes naturels (photographiques) ?

Si rougir était dans son répertoire, elle rougirait. Mais ce n'est pas le cas. Est-ce que vous voulez savoir, son ton est sec, si nous utilisons une contraception ? Elle m'adresse un tout petit sourire, comme pour m'inviter à continuer. Oui, dit-elle, répondant à sa

---

de citron. Quand il me demande de venir derrière lui pour lire un texte, je trouve toujours une excuse pour me défiler. Je devrais venir en douce une nuit, emporter le veston pour le faire nettoyer. Ou le brûler.

Ces trucs que je tape, il va y en avoir encore beaucoup ?

Les trucs que vous tapez, a-t-il répondu, dans la mesure où c'est un ensemble d'opinions, émises au jour le jour, sont considérés comme des miscellanées, des œuvres mineures. Ce n'est pas la même chose qu'un roman qui a un début, un milieu et une fin. Je ne sais pas quelle sera la longueur du

Et qu'en est-il de la représentation de rapports sexuels non plus entre enfants et adultes, mais entre enfants ? La nouvelle orthodoxie semble dicter que ce qu'il y a de coupable dans de telles images n'est pas l'idée de rapports entre mineurs (nombre d'entre eux sont sexuellement actifs et mènent une vie sexuelle sans discernement), ni les actes sexuels eux-mêmes, qu'ils soient réels ou simulés, entre acteurs qui sont mineurs, mais c'est la présence d'un regard adulte quelque part, soit derrière la caméra, soit dans la salle obscure. Un film fait par des mineurs avec des acteurs mineurs ayant des rapports sexuels, montré exclusivement à des mineurs, violerait-il le tabou ? La question ne manque pas d'intérêt. La réponse est : probablement

---

propre question, nous pratiquons la contraception. Une forme de contraception.

Voyons si vous allez oser, dit son regard, *me demander quelle forme de contraception.*

---

texte. Il sera aussi long que les Allemands voudront.

Mais pourquoi est-ce que vous écrivez ces trucs-là ? Pourquoi pas plutôt un autre roman ? Est-ce que ce n'est pas ce que vous savez bien faire, des romans ?

Un roman ? Je n'ai plus l'endurance nécessaire. Pour écrire un roman, il faut être comme Atlas qui porte tout un monde sur ses épaules, et tenir bon des mois, des années durant, pendant que ce qui s'y passe trouve son dénouement. C'est trop lourd pour ce que je suis aujourd'hui.

Quand même, ai-je dit, des opinions, tout le monde en a, surpas. Pourtant récemment, aux États-Unis, un garçon de dix-sept ans a été mis en prison pour avoir eu des rapports sexuels avec sa petite amie de quinze ans (ce sont les parents de la fille qui ont porté plainte).

Pour ce qui est des rapports sexuels entre enseignants et élèves, la vague de réprobation est aujourd'hui telle que le moindre mot prononcé pour défendre ces pratiques revient (exactement) à se battre contre cette vague, sentant que vos efforts dérisoires sont mis en échec par le poids écrasant de l'eau qui vous entraîne en arrière. Ce que vous encourez dès que vous ouvrez la bouche pour parler n'est pas le coup porté par le censeur pour vous faire taire, mais un décret d'exil.

Une certaine forme… Mmm… Je ne vais pas demander laquelle. Mais permettez-moi un petit conseil bien intentionné : n'attendez pas trop.

---

tout en politique. Si vous racontez une histoire, au moins les gens se tairont et vous écouteront. Une histoire ou une blague.

Les histoires se racontent toutes seules, on ne les raconte pas, a-t-il dit. Au bout d'une vie passée à travailler sur des histoires, j'ai au moins appris ça. Il ne faut jamais chercher à s'imposer. Il faut attendre, laisser à l'histoire le temps de se conter. Attendre et espérer qu'elle n'est pas née sourde-muette et aveugle. J'en étais capable quand j'étais plus jeune. J'attendais patiemment des mois d'affilée. Maintenant je fatigue. Mon attention se disperse.

13. Du corps

Nous parlons du *chien qui a mal à une patte* ou de *l'oiseau qui a une aile brisée*. Mais le chien ne se perçoit pas en ces termes, ni l'oiseau. Pour le chien qui essaie de marcher, tout ce qu'il sent c'est *j'ai mal*, pour l'oiseau qui s'élance pour prendre son vol, c'est *je ne peux pas*.

Pour nous, il semble en aller différemment. Le fait qu'il existe des expressions aussi communes que « ma jambe », « mon œil », « mon cerveau », et même « mon corps » suggère qu'il existe une sorte d'entité immatérielle, peut-être fictive, qui entretient un rapport de possesseur à possédé avec les « parties » du corps, et même le corps entier.

On dirait que vous parlez d'expérience, dit-elle. Vous-même, vous n'avez jamais eu d'enfants ?

Et moi, est-ce que je vais finir par être dans vos opinions aussi ? Est-ce que vous avez des opinions à divulguer sur les secrétaires ?

Il m'a jeté un regard perçant.

Parce que si vous vous servez de moi, vous devez me payer un cachet de figuration.

J'ai trouvé que ce n'était pas mal pensé pour une simple Segrétaire. J'ai raconté ça à Alan plus tard. S'il

Ou bien l'existence de telles expressions montre que le langage ne saurait avoir prise, ne saurait se mettre en marche à moins de diviser l'unité de l'expérience.

Toutes les parties du corps ne sont pas investies à un degré égal. Si on procédait sur mon corps à l'ablation d'une tumeur, et si on me la présentait sur un plateau chirurgical en me disant « voici votre tumeur », j'éprouverais de la répulsion pour cet objet qui, en un sens, fait partie de moi mais que je désavoue, et dont je me réjouis qu'on l'ait éliminé ; alors que si on me coupait une main et qu'on me la montrait une fois amputée, j'éprouverais sans doute un très profond chagrin.

Les cheveux, les rognures d'ongles et autres n'éveillent aucun sentiment puisque leur perte entre dans un cycle qui implique une repousse.

Les dents sont des éléments plus mystérieux. Les dents dans « ma » bouche sont « mes » dents. Elles font

---

Non, je n'en ai pas eu. Les enfants sont un don du ciel. On dirait que je n'ai pas mérité ce don.

---

t'utilise dans son livre, tu peux engager des poursuites, a dit Alan du tac au tac. Il ne manque jamais une occasion, celui-là. Futé comme un renard. Tu le poursuis, lui et ses éditeurs : *crimen injuria* – atteinte à l'honneur. Ça ferait un tintouin du diable dans la presse. Ensuite, on réglerait l'affaire à l'amiable.

Et pourquoi est-ce que je voudrais le traîner en justice ?

partie de « moi », mais les sentiments que j'éprouve envers elles sont de nature moins intime que ce que j'éprouve pour mes lèvres, par exemple. Elles ne me semblent ni plus ni moins « à moi » que les prothèses de porcelaine ou métalliques qu'ont fabriquées des dentistes dont j'ai oublié jusqu'aux noms. Je me sens le propriétaire ou le gardien de mes dents ; je n'ai guère le sentiment qu'elles font partie de moi. Si on devait m'arracher une dent gâtée et me la montrer, je n'en aurais pas grande peine, bien que mon corps (« moi ») ne puisse jamais la régénérer.

Ces pensées sur le corps ne me viennent pas dans l'abstrait mais à propos de quelqu'un de précis, X, que je ne nommerai pas. Le matin du jour où il est mort, X s'est brossé les dents avec grand soin, comme on nous l'a appris dans notre enfance. Après ses ablutions, il était prêt à faire face à la journée qui s'annonçait, et avant la

---

Je suis désolée d'entendre ça, dit-elle.

*

Mais tu dors ou quoi ? Il ne peut pas faire ce qu'il veut de toi. Il ne peut pas t'accaparer pour nourrir ses fantasmes obscènes qu'il va vendre à profit au public. Et il ne peut pas non plus s'approprier tes paroles et les publier sans ton autorisation. C'est du plagiat. Pire que du plagiat. Tu es quelqu'un avec une identité qui n'appartient qu'à toi seule. C'est ce que tu possèdes de plus précieux, d'un certain point de vue. Et tu as le droit de la protéger. Fermement.

fin de cette même journée, il était mort. Son esprit l'a quitté, laissant derrière lui un corps bon à rien, pis encore que bon à rien parce qu'il allait commencer à se décomposer et représenterait une menace pour la santé publique. Une partie de ce cadavre était formée de toutes ces dents qu'il avait dûment brossées le matin même, des dents qui elles aussi étaient mortes en ce sens que le sang n'irriguait plus leurs racines et qui pourtant, paradoxalement, ne risquaient plus de se gâter car, le corps se refroidissant, les bactéries présentes dans la bouche se refroidissaient aussi, et n'étaient plus actives.

Si X avait été mis en terre, les parties de « son » corps qui avaient connu la vie la plus intense, qui étaient le plus « lui », auraient pourri et disparu, alors que « ses » dents, dont il pensait qu'elles n'étaient que des objets confiés à ses soins et à sa garde, auraient survécu jusque dans un lointain avenir. Mais X, bien sûr, n'a pas été enterré ; il a

---

La nuit dernière j'ai fait un mauvais rêve que j'ai noté en me réveillant : je mourais et j'étais conduit à la porte de l'oubli par

---

Ne dis pas de bêtises, Alan. Il ne va pas me donner ses fantasmes à taper, si c'est moi qui le fais fantasmer.

Pourquoi pas ? C'est peut-être ça justement qui le titille : il fait lire ses fantasmes à la femme qui le fait fantasmer. C'est logique, de la logique à l'envers. C'est un moyen d'avoir une femme en son pouvoir, quand on ne peut plus baiser.

Voyons, Alan ! Tu veux que j'endosse un uniforme de gamine élevée au couvent et que je me présente au

été incinéré; et ceux qui ont construit le four où il s'est consumé se sont assurés que la chaleur y serait assez forte pour que tout ne soit plus que cendres, même les os, même les dents. Même les dents.

une jeune femme. Ce que je n'ai pas consigné, c'est la question qui m'est venue alors que j'écrivais : *Est-ce que c'est elle ?* Cette

tribunal comme une pucelle qui rougit à l'idée qu'un homme pense à elle? J'aurai trente ans en mars. J'ai occupé les pensées de beaucoup d'hommes.

Ce n'est pas une question d'âge. Ce qu'on dirait au tribunal, c'est pourquoi paierait-il trois fois le tarif en vigueur pour une dactylo ? Réponse : parce que ce qu'il écrit sur ton compte est humiliant et l'objectif est de te faire accepter, approuver ta propre humiliation. Ce qui n'est, au fond, que

14. Des animaux qu'on abat

Pour la plupart d'entre nous, ce qu'on montre dans les programmes télévisés de cuisine paraît tout à fait normal : ustensiles de cuisine d'une part, et d'autre part divers ingrédients crus qu'on va transformer en mets cuisinés. Mais pour quelqu'un qui n'est pas habitué à manger de la viande, ce spectacle doit sembler contre nature à l'extrême. Car parmi les légumes, les huiles, les fines herbes et les épices s'étalent des morceaux de chair dépecés à peine quelques jours plus tôt sur le corps d'une créature tuée à cet effet, et par des moyens violents. La chair animale ressemble tout à fait à la chair humaine (pourquoi en

---

jeune femme qui se refuse à m'appeler par mon nom et qui au lieu de ça m'appelle *Señor* ou peut-être *Senior* –, est-ce elle qui a pour mission de me conduire à la mort ? Si c'est le cas, quel

---

la vérité. Il t'invite dans son appartement pour te faire écouter des cochonneries, ensuite il a ses fantasmes où il te fait des choses, et puis, une fois que tu as écouté ses fantasmes sur la bande et que tu les as transcrits, mot pour mot, il te paie, comme il paierait une pute. Ça va plus loin qu'une atteinte à l'honneur. C'est de la maltraitance psychologique et sexuelle. On peut le faire condamner pour ça.

serait-il autrement ?). Donc les yeux de celui qui n'est pas habitué à la cuisine pour carnivores n'infèrent pas automatiquement (« naturellement ») que la chair que l'on montre a été découpée sur une carcasse (d'animal) plutôt que sur un cadavre (humain).

Il est important que tout le monde ne perde pas cette façon de voir la cuisine – de la voir, comme dirait Viktor Shklovsky, d'un œil étranger, comme un lieu où, après les meurtres, les corps des morts sont apportés pour être préparés (déguisés) avant d'être dévorés (nous mangeons rarement de la chair crue ; en fait la chair crue est dangereuse pour la santé).

Il y a quelques jours, la chaîne de télévision nationale a montré en soirée, entre autres émissions de cuisine, un documentaire sur ce qui se passe à l'abattoir de Port-Saïd où les animaux de boucherie exportés d'Australie vers l'Égypte trouvent la mort. Avec une caméra

---

étrange messager ! Comme il convient mal ! Mais c'est peut-être le propre de la mort : tout ce qui l'entoure, jusqu'au moindre détail, doit nous frapper par son incongruité.

Tu es fou, Alan. Je n'apparais pas dans son livre. Le livre parle de politique. De John Howard et de George Bush. Ça parle de samouraïs qui ont le cul nu. Mais il n'y a rien de sexuel.

Qu'est-ce que tu en sais ? Ce qui a trait au sexe est peut-être dans des passages qu'il se garde bien de te montrer. Tu es peut-être dans le chapitre qu'il écrira

dissimulée dans son sac à dos, un reporter a filmé des scènes où on coupait les tendons des membres arrière afin de maîtriser les bêtes plus facilement ; de plus, il affirmait avoir des prises de vue trop macabres pour être diffusées : on plongeait un coutelas dans l'œil d'une bête ; le couteau enfoncé dans l'orbite permettait ensuite de faire pivoter la tête de l'animal pour présenter la gorge au couteau du boucher.

Le vétérinaire attaché à l'abattoir a été interviewé. Il ne savait rien de cette séquence filmée en douce et a nié que de tels agissements aient lieu. Son abattoir était un établissement modèle, a-t-il dit.

Les atrocités perpétrées aux abattoirs de Port-Saïd et dans l'exportation des bêtes sur pied en général préoccupent depuis quelque temps les Australiens. Des exportateurs de bétail ont même fait don à l'abattoir d'un lit d'abattage, énorme machine qui piège l'animal entre des

---

Un spectre venu du passé. Au bord de la route, à la sortie de Nowra, à demi dissimulé dans l'herbe, le corps d'un renard, une femelle, les yeux arrachés, le poil terni, aplati par la pluie de la

---

demain. Tu n'en sais rien. Pourquoi, à ton avis, t'a-t-il embauchée, toi, alors qu'il aurait pu trouver une dactylo qualifiée, une rombière avec de bonnes grosses chaussures et des verrues sur le menton ? Est-ce qu'il a demandé à voir ce que tu étais capable de faire ? Non. Est-ce qu'il a demandé des références ? Non. Est-ce qu'il t'a demandé de lui montrer tes nichons ? Je n'en sais

barreaux puis le soulève et le fait pivoter pour rendre le coup mortel plus facile à porter. Il n'est pas fait usage de cette machine. Les préposés au massacre l'ont trouvée trop compliquée à utiliser, a dit le vétérinaire.

Ce serait trop espérer qu'un unique programme télévisé d'un quart d'heure ait un effet durable sur les pratiques en cours dans le commerce du bétail. Et il serait ridicule d'attendre des employés endurcis d'un abattoir égyptien qu'ils repèrent les bêtes en provenance d'Australie pour leur accorder un traitement spécial, plus doux, lors de leur dernière heure sur terre. Le simple bon sens donne raison à ces employés. Quand un animal est sur le point d'avoir la gorge tranchée, importe-t-il vraiment que les tendons de ses pattes soient eux aussi tranchés ? Tuer avec compassion est une notion pleine d'absurdité. Ceux qui, avec de bonnes intentions, font campagne pour la protection des animaux semblent souhaiter que la bête arrive devant son

---

nuit. *Comme c'est incongru*, dirait le joli petit renard. Si on m'avait dit que, pour finir, j'irais m'éprendre d'une fille à l'allure provocante, qui a des accointances dans un bordel (*une*

---

rien. Ça se peut, et tu ne vas pas me le dire. Il a jeté son dévolu sur toi parce que tu éveilles sa concupiscence, Anya. Parce qu'il a des rêves lubriques où tu lui suces sa vieille bite ramollie et ensuite tu lui donnes du fouet à tour de bras. Au bout du compte, de quoi s'agit-il ? Publicité mensongère. Racolage. Harcèlement sexuel. On va l'avoir en justice !

bourreau dans un état calme et que la mort s'empare d'elle avant qu'elle ne se rende compte de ce qui se passe. Mais comment un animal peut-il être dans un état calme après avoir été poussé à coups d'aiguillon sur la passerelle d'un bateau pour être chargé à l'arrière d'un camion et conduit dans une circulation intense jusqu'à un lieu étrange qui pue le sang et la mort ? L'animal est en pleine confusion, éperdu, et sans nul doute difficile à maîtriser. C'est pourquoi on lui coupe les tendons.

chatterie – vous savez, une pension pour chats), j'aurais supposé que mon destin fût de connaître une de ces morts dont on rit, où le client de la maison mal famée a une crise cardiaque *in*

À ce stade, je pouffais de rire. Ça me plaît ce punch, ce côté dingue, chez Alan. Pour le meilleur ou pour le pire, ce sont les gens comme lui qui mènent le monde. Allez, viens un peu là, milord, et fais-moi voir pour de bon ce que c'est que le harcèlement sexuel. Et on s'est vautrés sur le lit. Rideau.

15. De la grippe aviaire

On dirait que certains virus, et tout particulièrement le virus qui cause la grippe aviaire, sont capables de migrer de l'espèce qui les héberge normalement chez les êtres humains. L'épidémie de grippe espagnole de 1918 aurait été, semble-t-il, due à un virus aviaire.

Si on peut raisonnablement dire que des virus possèdent une pulsion ou sont possédés d'une pulsion ou d'un instinct, c'est l'instinct de se reproduire et de se multiplier. En se multipliant, ils investissent des organismes

---

medias res et il faut se dépêcher d'habiller le cadavre et de le sortir en catimini pour le balancer dans une ruelle. Mais non, si je me fie au nouveau rêve, ça ne se passera pas comme ça. J'expirerai dans mon lit et c'est ma dactylo qui me trouvera,

---

Si vous êtes vraiment à court d'idées pour savoir quoi écrire, ai-je dit à Señor C, pourquoi ne pas écrire des réminiscences de votre vie amoureuse ? C'est ce que les gens préfèrent – les potins, le sexe, les amours, avec tous les détails croustillants. Vous avez dû connaître beaucoup de femmes dans votre jeune temps.

Cela l'a ravigoté. Les hommes aiment s'entendre dire qu'ils ont un passé scandaleux.

hôtes de plus en plus nombreux. Ils ne sauraient guère avoir l'intention (pour ainsi dire) de tuer leurs hôtes. Ce qu'ils souhaiteraient plutôt, c'est une population d'hôtes de plus en plus nombreuse. Le but ultime du virus est de conquérir le monde, c'est-à-dire de s'installer dans tout corps au sang chaud. La mort d'un individu hôte est donc une forme d'accident de parcours, une erreur, un mauvais calcul.

On ne peut dire que, pour passer d'une espèce à une autre, le virus en arrive à user de la méthode de mutation aléatoire – essayer tous les moyens et voir ce qui fonctionne – par une démarche rationnelle. Individuellement le virus n'a pas de cerveau et donc *a fortiori* ne saurait penser. Mais si nous tenons à une approche strictement matérialiste, nous pouvons dire que la démarche de pensée (de

---

qui me fermera les yeux et qui prendra le téléphone pour signaler la chose.

Ce dont je ne me suis pas rendu compte quand j'ai proposé le boulot à Anya, c'est que, ses journées étant plus ou moins vides,

---

Combien ! Oh ! combien, j'aimerais suivre votre avis, ma chère Anya, a-t-il dit. Mais, hélas, je me suis engagé à écrire un ensemble d'opinions, pas des mémoires. Mes réactions devant l'époque actuelle, où je me trouve.

Quand même, ai-je dit, vous pouvez toujours y faire figurer le passé. Ce n'est pas comme s'il ne vous revenait pas des souvenirs quand vous êtes à votre bureau et que vous laissez votre esprit battre la campagne. Racontez

pensée rationnelle) des êtres humains qui s'efforcent d'annihiler le virus, ou de refuser de l'accueillir dans la population humaine, est aussi un processus par lequel on essaie des voies biologiques, neurologiques, et qui obéit à un programme matriciel neurologique qu'on appelle le raisonnement et par lequel on détermine ce qui fonctionne le mieux. Pour le matérialiste pur et dur, on a affaire en gros à deux formes de vie qui chacune pense à l'autre à sa manière – les humains pensent à la menace virale à la manière humaine, et les virus pensent à des hôtes éventuels à la manière virale. Les protagonistes se livrent à un jeu stratégique, un jeu qui ressemble aux échecs en ce sens qu'un des adversaires attaque, manœuvre pour mettre l'autre en difficulté, tandis que l'autre se défend et cherche les points faibles pour contre-attaquer.

---

travailler apporte un soulagement salutaire à son ennui. Ses journées sont vides parce qu'elle ne fait rien pour trouver un emploi, comme hôtesse, dans les ressources humaines ou tout autre domaine. Quant à monsieur A, on dirait que ça lui suffit de se réveiller le matin

---

donc quelques histoires et vous paraîtrez plus humain, fait de chair et de sang. Vous ne m'en voulez pas de donner mon opinion, n'est-ce pas ? Parce qu'une dactylo n'est pas censée n'être qu'une machine à écrire.

Qu'est donc censée être une dactylo, si ce n'est une machine à écrire ?

Sa question n'avait rien d'agressif. Cela avait l'air d'être une vraie question, comme s'il voulait vraiment savoir.

Ce qu'il y a de troublant dans la métaphore qui présente les relations entre les virus et les hommes comme une partie d'échecs, c'est que le virus joue toujours avec les pièces blanches, et nous autres, humains, avec les pièces noires. Le virus avance sa pièce et nous réagissons.

Deux joueurs qui entament une partie d'échecs sont implicitement d'accord pour respecter les règles du jeu. Mais la partie que nous jouons contre les virus ne se joue pas sur la base d'une telle convention. Il n'est pas inconcevable qu'un jour un virus, dans ce qu'on pourrait appeler un bond conceptuel, au lieu de jouer le jeu, se mette à jouer le jeu de jouer, c'est-à-dire à changer les règles du jeu pour satisfaire son propre désir. Il pourrait, par exemple, décider d'ignorer la règle qui permet à un joueur de ne manœuvrer qu'une pièce à la fois. Qu'est-ce que

---

avec sa fille à ses côtés, et que la même fille soit là pour l'accueillir à son retour le soir, sur le pas de la porte, un verre à la main.

Ce qu'Anya fait surtout pour tuer le temps, c'est du shopping. Trois ou quatre fois par semaine, vers onze heures du matin, elle

---

Une dactylo est un être humain, homme ou femme selon le cas. Moi, je suis une femme. Ou préférez-vous ne pas me voir sous ce jour ?

Mais c'est sous ce jour, bien sûr, qu'il me voyait. Il aurait fallu qu'il soit de bois pour ne pas me voir ainsi, alors qu'il sentait mon parfum et qu'il avait mes nichons sous le nez. Pauvre vieux ! Que pouvait-il dire ? Que pouvait-il faire ? Sans défense, comme un nourrisson. *Qu'êtes-vous*

cela donnerait en pratique ? Au lieu de chercher, comme par le passé, à ne développer qu'une seule souche capable de venir à bout des résistances du corps hôte, le virus pourrait réussir à développer toute une série de souches dissemblables selon un processus qui serait analogue à des manœuvres multiples simultanées sur tout l'échiquier.

Nous présumons que, tant que nous l'utiliserons avec assez de ténacité, la raison humaine l'emportera (est destinée à l'emporter) sur d'autres formes d'activités visant à atteindre un objectif, parce que la raison humaine est la seule forme de raison qui soit, la seule clé qui puisse déverrouiller les codes selon lesquels l'univers fonctionne. La raison humaine, disons-nous, est la raison universelle. Mais s'il existait d'autres modes de « pensée » tout aussi puissants, c'est-à-dire des processus biochimiques aussi

---

passe déposer ce qu'elle a tapé. Entrez donc prendre un café. Elle fait non de la tête. J'ai des courses à faire, dit-elle invariablement. Vraiment ? De quoi pouvez-vous bien encore avoir besoin ? Elle me fait un sourire mystérieux. Des trucs, dit-elle.

---

donc si vous n'êtes pas une machine à écrire ? Quelle question ! *Et vous, alors ? Quel genre de machine êtes-vous ? Une machine à fabriquer des opinions, comme une machine à faire les pâtes ?*

Sérieusement, est-ce que je peux vous dire ce que je pense de vos opinions ? Vous dire franchement le fond de ma pensée ? Pour ce que ça vaut ?

Oui, dites-moi le fond de votre pensée.

efficaces pour vous conduire là où vos pulsions et vos désirs vous entraînent ? Si de la lutte pour déterminer les conditions de survie des créatures au sang chaud sur notre planète, la raison humaine ne sortait pas vainqueur ? Les succès récents de la raison humaine dans sa longue lutte contre la pensée des virus ne doivent pas nous tromper, car elle n'a eu le dessus qu'un bref instant sur l'échelle temporelle de l'évolution. Et si le courant se renversait ? Et si la leçon que donnerait ce renversement était que la raison humaine a trouvé aussi fort qu'elle ?

Par trucs, elle veut dire des vêtements. J'ai découvert cela lors de ma première visite dans leur penthouse. Sans que je le lui demande, elle m'a fait visiter l'appartement, y compris son dressing. Cela faisait longtemps que je n'avais pas vu une pièce

Cela vous semblera peut-être brutal, mais ce n'est pas dit dans cet esprit. Vous vous exprimez sur un ton – je ne trouve pas le mot pour le qualifier – un ton qui refroidit les gens. Le ton de Monsieur Je-sais-tout. Sec et péremptoire. *Je suis celui qui a réponse à tout, voilà ce qu'il en est, ne discutez pas, cela ne vous mènera à rien.* Je sais bien que vous n'êtes pas comme ça dans la vie, mais c'est l'impression que vous donnez, et ce n'est pas l'effet que

16. De l'esprit de compétition

UN.

Jadis, en athlétisme, dans les courses à pied, lorsque le juge de la ligne d'arrivée ne pouvait dire qui avait gagné, il déclarait les concurrents *ex aequo*. Le juge représentait là l'homme ordinaire qui avait en la matière l'œil le plus exercé. Lorsque, dans une épreuve d'athlétisme, l'œil le

---

consacrée à un dressing. Des rangées et des rangées de cintres avec assez de fringues pour équiper de pied en cap un boxon de taille moyenne. Et vous n'avez pas aussi une collection de chaussures ? Cela l'a fait rire. Vous me prenez pour Imelda.

---

vous recherchez. Si seulement vous pouviez vous dispenser de ce ton-là. S'il faut absolument que vous écriviez sur le monde tel que vous le voyez, je voudrais que vous vous y preniez mieux que ça.

C'est tout ?

Non, j'ai autre chose à dire, mais sur un autre sujet.

Alors, puis-je d'abord dire un mot pour ma défense ?

Allez-y.

Nous vivons une sombre époque. Vous ne pouvez attendre de moi que j'en parle sur un ton léger. Certainement pas quand ce que j'ai à dire vient du fond du cœur.

plus exercé du commun des mortels ne peut discerner aucune différence, alors, disions-nous jadis, il n'y a en fait aucune différence.

De même, dans un jeu comme le cricket, il était entendu que lorsque l'arbitre disait qu'il s'était produit une chose ou une autre – la balle avait touché la batte, par exemple –, alors, dans le cadre du jeu, cela s'était effectivement produit. De telles conventions cadraient avec le caractère quelque peu fictif conféré aux compétitions sportives : le sport n'est pas la vie ; ce qui se passe « réellement » en sport n'a pas vraiment d'importance ; ce qui est important en fait, c'est que nous soyons d'accord sur ce qui s'est passé.

D'un geste théâtral elle a ouvert l'armoire à chaussures. Il y avait une quarantaine de paires de chaussures, à vue de nez.

Elle aime se présenter comme une Philippine, une petite travailleuse étrangère originaire des Philippines. En fait, elle

---

Pourquoi pas ? Je ne vois pas pourquoi ces temps sombres vous amènent à monter sur un podium pour sermonner le monde. Et d'ailleurs qu'est-ce que notre époque a donc de si sombre ? Moi je trouve que c'est plutôt une belle époque. Disons donc que nous ne sommes pas du même avis sur ce point. Maintenant est-ce que je peux dire un mot sur le terrorisme ? Quand vous vous exprimez sur les terroristes, je pense – franchement – que vous n'avez pas les pieds sur terre. Vous êtes un tantinet idéaliste. Pas très réaliste. Je soupçonne que vous ne vous êtes jamais trouvé face à face avec un vrai fondamentaliste

De nos jours, cependant, les résultats des compétitions sportives sont donnés par des instruments plus précis que l'œil le plus exercé : des caméras électroniques divisent chaque seconde en une centaine d'instants et figent l'image de chacun de ces instants.

Ce transfert du pouvoir de décision à des machines montre à quel point a été repensée la nature des épreuves d'athlétisme, dont le modèle était les jeux auxquels jouaient les enfants – les concurrents *jouaient* à être des ennemis – et dont le *modus operandi* était le consensus. Ce qui jadis était jeu est devenu travail, et décider de qui sera vainqueur et qui sera perdant est devenu potentiellement

---

n'a jamais vécu aux Philippines. Son père était un diplomate australien qui avait épousé une femme rencontrée à un cocktail à Manille, en instance de divorce d'un mari dans l'immobilier. Puis il avait pris ses cliques et ses claques avec sa

---

musulman. Allons, répondez, dites-moi si je me trompe. Non ? Eh bien, moi si, et je peux vous dire que ce ne sont pas des gens comme vous et moi. Écoutez bien ce que je dis. J'ai un oncle, le frère de ma mère, qui a une scierie sur l'île de Mindanao. Les islamistes de Mindanao ont protesté contre la scierie, ils voulaient qu'on la ferme, elle leur volait leurs ressources, les ressources de l'île. Mon oncle a refusé. Il ne volait rien du tout, a-t-il dit, il avait un titre de propriété. Alors, un soir, les islamistes sont arrivés en force. Ils ont abattu le directeur sous les yeux de sa femme et de ses enfants, ils ont mis le feu aux installations et ont

trop important – c'est-à-dire trop coûteux – pour être laissé à l'œil humain qui est faillible.

C'est l'hippisme qui a fait prendre au sport ce tour antisocial et antihumain ; bien qu'il passe pour être le sport des rois, l'hippisme a toujours eu une réputation douteuse parmi les disciplines sportives, à la fois parce que les concurrents ne sont pas des êtres humains et parce que les courses de chevaux donnaient lieu de façon si flagrante aux paris. On dira plus simplement qu'on laissait la caméra décider du résultat d'une course parce que des sommes d'argent considérables étaient en jeu.

---

secrétaire et était allé ouvrir un restaurant à Cassis (gros scandale). Anya est allée dans des écoles internationales un peu partout (Washington, Le Caire, Grenoble). Le profit qu'elle a tiré de cette éducation internationale n'est pas

---

regardé tout ça brûler. Au nom d'Allah. Au nom du Prophète. Voilà pour Mindanao. Pareil à Bali. Pareil en Malaisie. Pareil partout où les fondamentalistes ont pris pied. Vous avez vu vous-même ce qu'ils ont fait à Bali.

C'est peine perdue d'avoir pitié des fondamentalistes, monsieur C. Ils n'ont que mépris pour votre pitié. Ils ne sont pas comme vous. Ils ne croient pas à la discussion, au raisonnement. Ils ne cherchent pas à se montrer intelligents. Ils méprisent l'intelligence. Ils préfèrent être stupides. Ils sont délibérément stupides. Vous pouvez discuter avec eux tant que vous voulez, vous n'arriverez

L'abandon des anciennes méthodes « naturelles » d'arbitrage au profit de nouvelles méthodes mécaniques faisait écho à un changement historique à plus grande échelle : de la compétition sportive considérée comme récréative pour de jeunes mâles en bonne santé (et à un moindre degré pour des femelles), que les membres du public qui en avaient le loisir, s'ils en avaient envie, regardaient sans payer, on en est venu à un spectacle organisé destiné aux masses qui paient leur billet d'entrée au stade, spectacle mis en scène par des hommes d'affaires qui emploient des sportifs professionnels. Ici, c'est la boxe professionnelle qui a fourni le modèle et, bien avant la boxe, les combats de gladiateurs.

évident. Elle parle français avec un accent que les Français trouvent sans doute charmant, mais elle n'a jamais entendu parler de Voltaire. Elle croit que Kyoto est l'orthographe erronée de Tokyo.

à rien. Ils ont décidé de ce qu'ils veulent faire. Ils savent très bien ce qu'ils savent, ils n'ont pas besoin d'en savoir davantage. Et ils n'ont pas peur. Ils mourront volontiers si cela peut hâter le jour du Jugement.

Le jour du Jugement ?

Le jour du combat qui mettra fin à tous les combats, le jour où les infidèles seront vaincus et que l'Islam régnera sur le monde.

Je crois que vous confondez les musulmans et les chrétiens. Ce sont les intégristes chrétiens qui attendent le combat qui mettra fin à tous les combats. Ils appellent

Pour la génération élevée sous ce nouveau système, les lamentations sur ce qui a été perdu ont aussi peu d'intérêt que les lamentations sur la disparition de la raquette de tennis au cadre en bois. Les Jérémies de ce monde devraient-ils donc se taire ? La réponse qui s'impose est : oui. Mais pourrait-on trouver moyen de répondre : non ?

En sport, même dans la conception moderne du sport, nous voulons voir s'affronter des adversaires de force égale. Une rencontre dont l'issue est connue d'avance ne nous intéresse pas, sauf peut-être quand le plus faible des adversaires en lice se défend avec assez de courage pour gagner notre sympathie et emporter notre admiration. Car

---

Alan doit gagner beaucoup d'argent pour financer tous vos achats. Elle a haussé les épaules. Il aime que j'aie de l'allure. Il aime me montrer pour impressionner les gens. Est-ce que cela ne le contrarie pas que vous travailliez pour moi ? ai-je demandé. Ce

---

cette lutte suprême Armageddon. Ils attendent l'Armageddon et l'avènement du règne du Dieu chrétien sur l'univers. C'est pour cela qu'ils sont si téméraires quand ils partent en guerre. C'est pourquoi ils sont indifférents à l'avenir de notre planète. Notre demeure n'est pas ici-bas, se disent-ils. Notre demeure est aux cieux.

Voilà que vous recommencez. Vous mêlez la politique à tout. J'essaie de vous expliquer ce que sont les fondamentalistes purs et durs, et vous en faites un match de boxe, vous opposez votre opinion à la mienne. Les musulmans contre les chrétiens. Comme je vous l'ai dit, ça devient vite

affronter vaillamment un rival supérieur est bien sûr l'une des leçons que nous apprend le sport, en tant qu'institution culturelle ; c'est à cette fin qu'il a été inventé.

En opposant une conception nostalgique du sport tel qu'il était jadis, et la conception qui a cours aujourd'hui, on peut mettre au jour une valeur culturelle analogue. C'est-à-dire qu'on ne réussira pas à faire prévaloir l'idée que le passé était meilleur que le présent, mais on peut au moins défendre cette idée avec vaillance.

*

---

n'est pas un travail ordinaire, ce que je fais pour vous. Si c'était un travail ordinaire, il dirait que je me gaspille. Mais taper pour un écrivain célèbre, c'est autre chose. Elle s'essuie le front d'un geste ostentatoire. Il fait chaud, dit-elle. Je vais me changer. Excusez-moi.

---

ennuyeux. Mais vous aimez probablement la boxe, vous et les terroristes. Moi pas. La boxe, ça me laisse froide.

Alors changeons de sujet. Si la boxe vous laisse froide, et la politique encore plus, qu'est-ce qui vous échauffe le sang ?

Ah Ah ! me suis-je dit, *c'est ça qui vous intéresse, ce qui m'allume, hein ?* Ce qui me plaît, c'est une bonne histoire, ai-je dit, sans m'énerver. Je vous l'ai déjà dit. Une histoire qui a un intérêt humain, que je peux comprendre. Il n'y a rien de mal à ça.

*

DEUX.

Compte tenu du fait qu'on a largement de quoi manger en Australie et que le climat est propice à l'agriculture, pourquoi faut-il qu'un gouvernement – qui vient de passer de nouvelles lois permettant aux patrons de licencier plus facilement des employés – presse les Australiens de travailler plus dur et plus longtemps ? La réponse qu'on nous donne est que, dans une économie mondialisée, nous devrons travailler plus dur pour *rester en tête* ou même, en fait, pour *ne pas nous faire devancer*. Les Chinois, nous dit-on, ont des journées de travail plus longues et sont moins bien rémunérés que les Australiens ; ils vivent plus

---

Et elle m'a doucement chassé du dressing, mais elle a laissé la porte ouverte, de sorte que, si je m'étais retourné (ce que je n'ai pas fait), j'aurais pu la voir sortir de son jean et enfiler le petit bout de robe rouge tomate qu'elle portait la première fois qu'elle m'est apparue.

Avec Alan, on a de nouveau parlé de lui, hier soir. Il m'a raconté un de ses rêves, ai-je dit à Alan. Un rêve vraiment triste dans lequel il mourait, et son fantôme s'attardait, ne voulait pas partir. Je lui ai dit de le noter avant de l'oublier, et de le placer quelque part dans son livre. Il a dit que non, il ne pouvait pas faire ça : le livre devait être constitué d'opinions, et un rêve n'est pas une opinion. Alors trouvez quelque chose où il aura sa place, lui ai-je dit (c'est ce que j'ai raconté à Alan). C'est un bon rêve, un rêve de grande qualité, qui a un début, un milieu et une fin. Mes rêves à moi n'ont ni queue ni tête. Et à

chichement et ont des vies plus étriquées. Ainsi, la Chine est en mesure de produire à plus bas prix que l'Australie. À moins de travailler plus dur, les Australiens *perdront du terrain* et finiront *perdants* dans la grande course de la mondialisation.

Derrière ce coup porté à une vie d'oisiveté (du latin *otium* : temps de loisir qui peut être ou non mis à profit pour s'améliorer personnellement) et la justification d'un commerce à mener sans relâche se tapissent des présupposés qui n'ont plus à être énoncés, tant ils semblent d'une évidence criante : à savoir que tout un chacun sur cette terre doit appartenir à une nation ou à une autre, trouver sa

---

Il fait si chaud ici, l'été, dit-elle en venant me rejoindre. C'est parce qu'on est en hauteur. Vous ne voulez pas faire un échange d'appartements, rien que pour l'été ? Je parie qu'il fait plus frais dans le bas de l'immeuble.

---

propos (ai-je demandé à Alan), qui est Eurydice ? Elle était dans son rêve.

Orphée et Eurydice, a répondu Alan, des amants célèbres. Orphée était l'homme et Eurydice la femme qui fut changée en statue de sel.

Je commence à avoir pitié de lui, ai-je dit. Il n'a personne. Il passe ses journées enfermé dans son appartement, ou dans le parc à parler aux oiseaux.

Eh bien, il peut toujours se mettre à boire quand il se sent trop seul.

Qu'est-ce que tu veux dire, se mettre à boire ?

fonction dans une économie nationale ou une autre, et que les économies nationales sont en concurrence les unes avec les autres.

La représentation de l'activité économique sous la forme d'une course ou d'une compétition est plutôt vague dans le détail, mais il semblerait que, s'il s'agit d'une course, il n'y ait pas de ligne d'arrivée, partant pas de terme naturel. Le seul but du coureur est de se placer en tête et de s'y maintenir. On ne soulève pas la question de savoir pourquoi la vie doit être comparée à une course ou pourquoi les économies nationales doivent faire la course entre elles plutôt que de pratiquer de concert, en bons

---

Elle sort des bêtises de ce genre (elle ne propose évidemment pas un échange) sans la moindre gêne. Je vais vous montrer mon album de photos, a-t-elle proposé l'autre jour. Je ne l'ai pas prise au mot. Je n'ai nulle envie de voir la petite, adorée, gâtée et

---

Est-ce que tu ne m'as pas dit qu'il boit en douce ? Quoi qu'il en soit, ne te désole pas trop pour lui. Il n'est pas donné à tout le monde de gagner sa vie en monnayant ses opinions inutiles. C'est plutôt ingénieux, quand on y réfléchit, comme mode de fonctionnement dans les deux dimensions en même temps.

Les deux dimensions, la dimension individuelle et la dimension économique – c'est comme ça qu'Alan voit le monde : la dimension individuelle ne regarde personne d'autre que soi, la dimension économique, c'est le cadre plus large. Je suis sans doute d'accord avec lui, c'est loin

compagnons, un jogging salutaire pour la santé. Une course, une épreuve sportive : ainsi va le monde. De nature nous appartenons à des nations distinctes ; de nature les nations sont en concurrence avec d'autres nations. Nous sommes ce que la nature a fait de nous. Le monde est une jungle (ces métaphores prolifèrent) et dans la jungle toutes les espèces sont en concurrence pour s'approprier l'espace et se nourrir.

La vérité sur les jungles est que parmi les nations (les espèces) d'une jungle typique, il n'y a plus de gagnants ni de perdants : les perdants ont disparu depuis bien longtemps. Une jungle est un écosystème où les espèces

---

probablement très contente d'elle qu'elle a dû être. Cette année où l'orbite de sa comète croise la mienne marque son apogée. D'ici dix ans, son corps va épaissir, ses traits se durcir ; elle sera une de ces femmes oisives de plus, habillées trop élégamment,

---

d'être idiot, mais je discute quand même et je demande s'il n'y a rien d'autre, et Alan défend son point de vue, de sorte qu'il voit bien que celle pour qui il a quitté sa femme n'est pas une imbécile bien roulée, mais quelqu'un qui a des idées à elle, quelqu'un qui a des couilles au cul, comme il dit (mais pas autant que mon seigneur et maître, c'est ce que je lui réponds d'habitude).

Voilà ce que je dis, mais est-ce que Señor C est un frimeur de première ? Est-ce que nous n'avons pas tous des opinions que nous essayons d'appliquer au monde tel qu'il est ? Moi, par exemple, j'ai mes opinions sur la couleur et

survivantes sont parvenues à vivre en symbiose. Une fois atteint, cet état de stabilité dynamique est ce qu'on appelle un écosystème.

Mais en dehors même de l'analogie minable avec la jungle, prétendre que le monde doit être divisé entre économies concurrentes, parce que la nature du monde est telle, c'est aller trop loin. Si nous avons des économies en concurrence, c'est parce que nous avons décidé que c'est ainsi que nous voulons que notre monde fonctionne. La compétition est une forme sublimée de la guerre. La guerre n'a rien d'inéluctable. Si nous voulons la guerre, nous pouvons choisir la guerre, si nous voulons la paix,

---

qui doivent se faire à l'idée que dans la rue les hommes ne leur accordent pas un regard.

Ça fait trois ans que nous sommes ensemble, Alan et moi, m'a-t-elle dit. Avant j'étais avec quelqu'un d'autre, un

---

le style de mes vêtements, sur ce qui va bien ensemble. Alors, quand je vais dans un magasin de chaussures, j'achète des chaussures qui, à mon avis, vont bien avec la robe que j'ai achetée hier. Et cette opinion fait que le magasin gagne de l'argent, le fabricant gagne de l'argent, l'importateur qui les a importées gagne de l'argent, et ainsi de suite. Est-ce que c'est différent en ce qui concerne Señor C ? Señor C rêve qu'il meurt, se réveille dans tous ses états, se demande s'il n'est pas malade. Alors il va voir son médecin pour faire faire un bilan de santé. Son médecin gagne de l'argent, la secrétaire du médecin aussi, ainsi que

nous pouvons tout aussi bien choisir la paix. Si nous voulons la compétition, nous pouvons choisir la compétition ; l'autre voie possible est celle d'une amicale collaboration.

Ce que ceux qui colportent l'analogie avec la jungle entendent réellement par là, mais se gardent bien de dire, parce que c'est une vue trop pessimiste, trop entachée de prédestination, c'est : *homo homini lupus*. Nous ne pouvons collaborer parce que la nature humaine, sans parler de la nature du monde, est déchue, mauvaise, prédatrice. (Pauvres bêtes qu'on calomnie ! Le loup n'est pas prédateur pour les autres loups : *lupus lupo lupus* serait une diffamation.)

Français. On était fiancés. Il s'appelait Luc. Lucky Luc. Originaire de Lyon. Il travaillait dans le commerce du vin. Il a parlé à sa mère de nos projets de mariage, lui a envoyé une photo de nous deux, Luc et Anya. Elle a piqué une crise. Elle a

---

le laboratoire qui fait les examens sanguins, etc., et c'est le rêve qui a déclenché tout ça. Alors est-ce que la dimension économique n'est pas rien d'autre, en fin de compte, que la somme des prolongements de nos dimensions individuelles, nos rêves, nos opinions et tout le reste ?

Bonne question, répond Alan. Sauf que tu oublies une chose : les rêves de chaussures ne peuvent pas prendre de dimension économique si tu n'as pas les moyens d'acheter les chaussures. Même chose pour les rêves angoissants : l'angoisse ne prend pas de dimension économique si tu ne peux rien faire pour la traiter, faute d'argent. Mais

17. Du dessein intelligent

Récemment, aux États-Unis, un tribunal a statué que les établissements scolaires publics, dans une ville de Pennsylvanie, ne pouvaient inclure dans l'enseignement scientifique une description de l'univers connue sous le nom de Dessein intelligent, et plus particulièrement n'étaient pas autorisés à enseigner le Dessein intelligent comme une alternative au darwinisme.

---

dit qu'elle ne voulait pas avoir deux Cambodgiennes dans la famille. Le frère aîné de Luc était déjà marié à une fille du Cambodge, une hôtesse de l'air. J'ai dit à Luc, dis à ta mère que je ne suis pas cambodgienne, et tant que tu y es, dis-lui

---

il y a quelque chose de plus qui t'échappe. (Alan adore pouvoir dire, *tu passes à côté de la question, il y a quelque chose qui t'échappe,* et ça m'amuse aussi de le voir s'exciter). La première donnée est dans la dimension individuelle, d'accord, avant de prendre une dimension économique. Mais c'est là qu'il se passe quelque chose. Quand les données atteignent une masse critique, on passe du quantitatif au qualitatif. De sorte que l'économique non seulement est la somme des données individuelles, mais en plus il les transcende.

Je ne souhaite aucunement m'associer à ceux qui sont derrière ce mouvement du Dessein intelligent. Cependant je persiste à croire que l'évolution selon un processus de mutation aléatoire et de sélection naturelle est non seulement une vue peu convaincante, mais en fait une explication ridicule pour rendre compte de l'apparition d'organismes complexes. Tant que nul d'entre nous n'aura pas la moindre idée de comment s'y prendre pour fabriquer une mouche domestique à partir de rien, comment pouvons-nous dire avec mépris que conclure que la mouche domestique doit avoir été produite par une intelligence supérieure à la nôtre relève de la naïveté intellectuelle ?

---

d'aller se faire foutre. Et tu peux aller te faire foutre, toi aussi. Et voilà. Fin de Luc.

Vous avez un sacré caractère, ai-je dit.

Elle a pris ça comme un compliment.

Tout de même, dis-je en prenant mon air penaud, prête à faire machine arrière et à m'avouer battue (dans une discussion avec Alan, il ne faut pas l'emporter, le jeu n'en vaut pas la chandelle, je sais ça depuis longtemps), le vieux me fait de la peine (Alan comprend que je veux dire *En tant que femme, je revendique mon droit naturel de n'avoir pas un cœur de pierre*). Pas de mal à ça, dit Alan, tant que tu ne te laisses pas emporter par tes sentiments. *Pas de mal à ça* voulant dire *Je comprends, je sais que tu ne peux pas t'en empêcher, c'est*

S'il y a dans ce contexte quiconque de naïf, c'est bien celui qui élève les règles en vigueur dans la science occidentale au niveau d'axiomes épistémologiques, arguant que ce qui ne peut scientifiquement être démontré comme vrai (ou pour utiliser le vocable plus timoré qu'on préfère dans les disciplines scientifiques, *valide*) ne peut être vrai (valide) non seulement selon les critères de vérité (validité) qu'utilisent les scientifiques, mais selon tout critère digne d'être invoqué.

D'un point de vue philosophique, il ne me semble pas rétrograde de doter d'intelligence l'univers dans son ensemble, plutôt qu'un seul sous-ensemble de mammifères sur la planète Terre. Un univers intelligent évolue avec le temps vers un but, même si le but en question peut

---

Pourquoi est-ce qu'elle me rappelle à tout bout de champ qu'elle n'est pas mariée ? Je pourrais lui offrir ma main, ma main et ma fortune. *Plaquez Alan, et soyez à moi !* Serais-je assez fou pour me jeter ainsi à l'eau ? J'ai déraillé une fois, a-t-elle dit. Pas

---

ce qui me plaît en toi, cela fait partie de ton charme féminin.

On discute beaucoup, Alan et moi, mais au lit on s'entend très bien, ça marche du feu de Dieu. Nous pourrions un jour devenir des amants célèbres. Une bonne discussion, ça affûte l'esprit, dit Alan. Il m'apprend aussi beaucoup de choses. Il lit tout le temps, il assiste à des séminaires, des conférences sur les idées les plus récentes. Il lit *The Wall Street Journal*, *The Economist* sur Internet. Il est abonné à *The National Interest* et à

à jamais rester au-delà de ce que peut saisir l'intelligence humaine et en fait au-delà de l'idée que nous pourrions avoir de ce qui constitue un but.

Dans la mesure où on souhaiterait aller plus loin et faire une distinction entre une intelligence universelle et l'univers comme un tout – et je ne vois aucune raison d'aller jusque-là –, on pourrait donner à cette intelligence le nom commode, monosyllabique, de *Dieu*. Mais même si l'on voulait aller jusque-là, on resterait bien loin de postuler – et d'accepter – un Dieu qui exigerait qu'on croie en lui, un Dieu qui s'intéresserait à ce que nous pensons de sa divinité (de « lui »), ou un Dieu qui récompenserait les bonnes actions et punirait les scélérats.

---

longtemps. Alan m'a sortie d'affaire. C'est comme ça que je l'ai connu.

Je me suis ressaisi et j'ai attendu qu'elle me dise comment elle avait déraillé.

Quadrant. Ses associés le taquinent et le traitent d'intello. Mais c'est sans méchanceté, il a toujours un temps d'avance sur le marché, et pour ça, ils le respectent.

Quand on s'est connus, il ne savait pas grand-chose de la sexualité, de ce qu'une femme veut, ce qui était bizarre pour un homme marié. Alors, je l'ai cajolé, et petit à petit je lui ai appris comment s'y prendre, et à présent au lit il vaut les meilleurs. Il y a en lui une flamme qui brûle toujours pour moi, et une femme peut passer sur beaucoup de choses quand il y a ça. Monsieur Lapin, c'est comme ça

Ceux qui prétendent que, sous chaque caractéristique de tout organisme se lit l'histoire d'une sélection selon un processus de mutation aléatoire, devraient essayer de répondre à la question suivante : Comment se fait-il que l'appareil intellectuel qui s'est développé chez les êtres humains semble incapable de comprendre, *dans le moindre détail*, sa propre complexité ? Pourquoi nous, êtres humains, avons-nous en propre de connaître cet effroi – cette horreur qui fait reculer l'esprit comme devant un gouffre – quand nous essayons de comprendre – de *saisir* – certaines choses comme l'origine du temps et de l'espace, l'être du néant, et la nature même de ce qui nous permet de comprendre ? En termes d'évolution, je ne vois pas l'avan-

---

Alan est très bien pour ce genre de choses. Très stable. Très paternel. Peut-être parce qu'il n'a pas eu de père. Vous saviez ça ?

Je ne sais rien d'Alan, dis-je.

---

que je l'appelle parfois, Monsieur Chaud Lapin. Un jour on a fait ça quatre fois dans l'après-midi. Est-ce qu'on a battu un record, a-t-il demandé après le quatrième coup. Oui, c'est un record, monsieur Lapin, monsieur le Roi de la Carotte, de la grosse Bite.

Au fait, Señor C m'a posé des questions sur ses place-ments à venir. Bien sûr, a dit Alan, je vais m'occuper de lui. T'occuper de lui, en quel sens ?

Dans le bon sens, dit Alan. Qu'est-ce que ça veut dire dans le bon sens ? Ne pose pas de questions, et tu

tage que nous donne cette combinaison qui allie une compréhension intellectuelle insuffisante à la conscience que cette compréhension est bel et bien insuffisante.

Eugène Marais, qui est de la première génération à avoir totalement assimilé la doctrine darwinienne, se demandait dans quelle direction l'évolution allait l'entraîner lui-même et s'il n'était peut-être pas un exemple d'une mutation qui n'était pas destiné à prospérer et qui donc était condamné à disparaître. En fait, les gens comme Marais se demandaient si toute la catégorie qu'ils représentaient dans l'espèce humaine, caractérisée par une hypertrophie de l'intellect, n'était pas un phénomène expérimental de l'évolution condamné, sur une voie que

---

Il était orphelin. Il a été élevé dans un orphelinat. Il a dû se faire tout seul. C'est un homme intéressant. Vous devriez apprendre à le connaître.

---

n'entendras pas de mensonges, répond-il. Je ne veux pas que tu te payes sa tête. Je me paierai pas sa tête, dit-il, *au contraire**, je serai son ange gardien. Il est vieux et triste, dis-je, il ne peut s'empêcher d'éprouver ce qu'il éprouve pour moi, tout comme toi. Tu n'as pas à me le rappeler, dit Alan. Ma Princesse de la Chatte. Ma Reine du Con. Ne lui fais pas de mal, lui dis-je. Promets-le-moi. Je le promets, dit-il.

Est-ce que je crois Alan ? Bien sûr que non, et lui ne s'imagine pas un instant que je le crois. Il y a la dimension

l'humanité dans son ensemble ne pouvait et ne voulait pas suivre. Aussi, leur réponse à la question posée ci-dessus : un appareil intellectuel doté d'une connaissance consciente de ses insuffisances est du point de vue de l'évolution une aberration.

Règle numéro deux : Ne jamais avoir affaire au mari. Vous avez déraillé, ai-je dit.

Oui, mais depuis je mène une vie rangée. Et vous ? Est-ce que vous avez jamais déraillé ?

---

individuelle, et puis il y a le contexte plus large. Un mensonge à l'échelle individuelle ne compte pas nécessairement comme un mensonge dans le tableau à grande échelle. Il peut transcender ses origines. Je n'ai pas besoin d'Alan pour comprendre ça. C'est comme le maquillage. Le maquillage est peut-être du trompe-l'œil, mais pas si tout le monde se maquille. Si tout le monde se maquille, le maquillage devient la nature réelle des choses. Et qu'est-ce que la vérité si ce n'est pas la nature réelle des choses ?

18. Sur Zénon

Comment comptons-nous ? Comment apprenons-nous à compter ? Quand nous comptons, faisons-nous la même chose que lorsque nous apprenons à compter ?

Pour apprendre à un enfant à compter, il y a deux méthodes. L'une consiste à placer une rangée de boutons (il reste à décider de la longueur de la rangée) et à demander à l'enfant d'aller de gauche à droite en

---

Non, ai-je dit, je ne crois pas. Et c'est trop tard maintenant. Si je déraillais maintenant, je n'aurais plus le temps de retrouver le droit chemin.

Vous avez de la chance. Elle marque une pause. Vous n'avez aucune idée du genre de personne que je suis, n'est-ce pas ?

Alan est persuadé que Señor C mérite une correction pour les mauvaises pensées qu'il a à mon endroit : six bons coups de canne sur son derrière décharné (Alan n'a pas dit ça textuellement, mais je sais que je ne me trompe pas). Mais est-ce que des pensées sont si mauvaises que ça, je me le demande, quand on est trop vieux pour passer à l'acte, et qu'on les garde pour soi, sous globe ? Pour un vieil homme, après tout, que reste-t-il d'autre au monde que de mauvaises pensées ? Señor C ne peut pas s'empêcher de me désirer, tout comme moi, je n'y peux

commençant par placer l'index d'une main (une seule main) sur le bouton le plus à gauche en prononçant en même temps un mot (*nomen*, nom) – en français *un* – d'une liste donnée, puis l'enfant place l'index sur le bouton suivant en prononçant le nom suivant de la liste, *deux*, et ainsi de suite jusqu'à ce que l'enfant saisisse l'idée de ce qu'il fait (on verra plus loin ce qu'est cette idée); à ce stade, on peut dire que l'enfant a appris à compter. La liste des noms à apprendre varie d'une langue à l'autre, mais dans tous les cas, il est entendu que cette liste est infiniment longue.

La seconde méthode consiste à poser un bouton devant l'enfant en lui demandant de prononcer le premier nom

---

Non, c'est vrai. Elle avait raison. Exactement la même pensée m'était à l'instant venue à l'esprit : alors que j'avais une idée très claire de son physique, tel qu'il était aujourd'hui et tel qu'il serait dans l'avenir, comme on peut très clairement saisir ce qu'est une fleur – son éclat, sa corolle

---

rien si on me désire. D'ailleurs, Alan aime que d'autres hommes me regardent. Il ne veut pas l'admettre, mais je sais que c'est vrai. Tu es à moi, hein, dit-il quand il me tient dans ses bras. À moi, c'est bien vrai? C'est bien vrai? Et il me serre les poignets si fort qu'il me fait mal. Je suis à toi, toujours à toi, dis-je dans un souffle, et il jouit, et je jouis à mon tour. C'est comme ça entre nous. Du feu de Dieu.

*

(*un*) de la liste, de poser ensuite un autre bouton en lui demandant de prononcer le nom suivant (*deux*), puis on pose un autre bouton et ainsi de suite, jusqu'à ce que l'enfant *saisisse l'idée*.

L'enfant saisit par induction, mais quelle est l'idée à saisir ? L'idée est que, bien que la liste soit sans fin (et donc impossible à mémoriser, à apprendre), les noms individuels qu'elle comporte sont peu nombreux ; de plus, il y a un ordre dans cette liste et il y a un système par lequel les noms individuels se combinent et se recombinent selon une règle, une règle qui vous dit comment, si on sait le nom du nombre du bouton sur lequel on place le doigt, on

---

courageusement dressée, son poids dans le monde –, je ne saisissais pas vraiment ce qui se passait dans la tête de cette femme par laquelle – par ennui, sans nul doute, par désœuvrement, à cause du vide dans ma tête – je me trouve, semble-t-il, maintenant obsédé, dans la mesure où on peut dire d'un

---

Parmi les opinions les plus récentes de Señor C, il y en a une qui me trouble, qui me fait me demander si je me suis trompée du tout au tout sur son compte. Il est question de rapports sexuels avec des enfants. Il ne se prononce pas exactement pour, mais il n'est pas contre non plus. Je me demande si c'est sa façon de dire que son appétit sexuel se porte dans cette direction. Sinon, pourquoi écrirait-il sur le sujet ?

Je comprends qu'il bande pour une minette menue dans mon genre. Beaucoup d'hommes sont comme ça. Je serais comme ça si j'étais un homme. Mais les petites

peut prédire le nom du bouton suivant (première méthode d'apprentissage) ; ou qui vous dira comment, une fois prononcé un nom, prédire le nom qu'il faut prononcer ensuite quand on présente le bouton suivant (seconde méthode).

Dans les sociétés francophones, qui utilisent le système décimal, quasi universel, la règle dit qu'il suffit de se rappeler douze noms seulement (*un, deux... onze, douze*), dans cet ordre, après quoi on peut *trouver* (on peut aussi dire *construire*, ou encore *prédire*) comment se poursuit cette liste de noms. Mais cela est déjà une exigence démesurée. En théorie, on peut se débrouiller avec seulement

---

homme qu'il est obsédé quand les pulsions sexuelles se sont calmées et qu'il ne lui reste qu'une vague incertitude de ce qu'il cherche, de ce qu'il attend en réalité de l'objet dont il est épris.

---

filles, c'est une autre affaire. Des vieux et des petites filles, j'en ai vu assez au Viêtnam, plus qu'assez.

Sa discussion – qui semble porter sur la pornographie, mais derrière ce sujet, c'est de sexualité qu'il s'agit – se développe de la façon suivante : filmer un homme dans un rapport sexuel avec une enfant de douze ans, une enfant qui a réellement douze ans, devrait être interdit ; il n'a rien à redire à ça, puisque tout rapport sexuel avec des enfants, devant l'objectif de la caméra ou non, est un crime. Mais quelqu'un de dix-sept ans qui fait semblant d'avoir douze

deux noms, *un* et deux, ou avec un seul nom, *un*, et un concept, additionner (ajouter un à quelque chose).

Il y a une autre manière, plus concise, et indépendante du langage, de raconter la même histoire, en utilisant, non pas le nom des nombres, mais des symboles abstraits (abstraits en ce sens qu'ils ne sont liés à aucune réalité phonique) : *1, 2, 3 …* Mais cette concision a un prix : on perd le contact avec la voix de l'enfant qui apprend en récitant dans l'ordre la liste comme il déplace son doigt de bouton en bouton.

Dès l'instant où l'enfant a *pigé*, c'est-à-dire comprend la règle qui permet de nommer le bouton suivant, toute la

---

C'est l'avantage de n'être qu'une humble dactylo. Et puis, comme si elle lisait mes pensées, elle a dit : Alors qu'il lui est donné d'étudier son Señor au plus profond de lui-même, son Señor ne sait rien de ce qui se passe en elle.

Avancez-vous avec prudence, ai-je dit. Vous voyez peut-être

---

ans, c'est tout autre chose. Quand on tourne une scène de sexe avec des acteurs qui ont légalement l'âge d'être consentants, tout d'un coup, c'est de l'art. Et l'art, c'est O.K.

Ma première réaction est de retourner le voir pour lui demander : Comment savez-vous qu'un acteur qui a l'air d'un enfant et qui joue le rôle d'un enfant n'est pas en fait un enfant ? Depuis quand voit-on l'âge des acteurs de cinéma entre parenthèses après leur nom au générique avec copie certifiée conforme de leur acte de naissance ? Revenez sur terre ! J'ai fait écouter la bande

mathématique lui est ouverte. Les mathématiques reposent entièrement sur ma capacité à compter – ma capacité, si m'est donné le nom N, à nommer N+1 sans en connaître le nom à l'avance, sans avoir mémorisé une liste infinie.

Une grande partie des mathématiques consiste dans des astuces pour reconfigurer des situations où je ne peux pas compter (je ne peux pas induire le nom de l'élément suivant de la série – le nom du nombre irrationnel suivant, par exemple) à partir des situations où je peux compter.

La plupart des mathématiciens professionnels pratiquent les mathématiques en acceptant le fait que nous construisons les nombres au fur et à mesure : soit *un*, et nous construisons

---

moins du plus profond de moi-même que vous ne le croyez. Les opinions que vous tapez ne viennent pas nécessairement du plus profond de moi.

« Le déshonneur s'abat sur vos épaules », a-t-elle répété doucement. Voilà qui paraît venir du plus profond de soi.

---

magnétique à Alan, et il a tout de suite mis le doigt sur le point faible. Alan pige vite, il repère les conneries en un rien de temps. Il essaie de distinguer la réalité de la perception, a dit Alan. Mais tout est perception. C'est ce que Kant a démontré. La révolution kantienne, c'est ça. Nous n'avons pas accès au noumène, tout simplement. Donc toute la vie est un ensemble de perceptions, en fin de compte. Et le cinéma, c'est la même chose, en plus concentré – vingt-quatre perceptions par seconde, saisies par un œil mécanique. Si le public dans la salle a

deux en appliquant la règle : *ajouter un au nombre donné* ; puis nous construisons *trois* en appliquant la même règle au nombre deux ; et ainsi de suite, à l'infini. Les nombres ne sont pas là à l'avance en attente d'être trouvés (attendant d'être atteints au fur et à mesure que le processus de comptage progresse) : en appliquant la règle, nous les construisons effectivement à partir de rien, l'un après l'autre, à l'infini.

Les noms des nombres ne sont ainsi pas tout à fait comme les autres mots d'une langue, bien qu'ils semblent appartenir à la langue. Le dictionnaire de langue nous laisse déjà entrevoir que les noms de nombres ne sont pas vraiment de vrais mots puisqu'il n'en donne

---

Je suis resté là, bouleversé, le souffle coupé.

Alors, qu'est-ce qui va vous sauver du déshonneur, Señor C ? Et comme je ne répondais pas : De qui attendez-vous du secours ?

Je ne sais pas, ai-je dit. Si je savais, je ne serais pas si perdu.

Eh bien, votre petite dactylo philippine ne peut pas le faire

---

l'impression qu'une enfant est violée, bon, il s'agit d'une enfant qu'on viole, un point c'est tout, tout le monde est d'accord, fin de l'histoire. Et s'il s'agit du viol d'une enfant, alors vlan ! Vous allez en taule, avec les bailleurs de fonds, le metteur en scène, et toute l'équipe de tournage, avec tous ceux qui ont participé au crime – c'est la loi, noir sur blanc. Alors que si le public ne se laisse pas berner, si l'actrice a de gros nichons et qu'il est clair que c'est une adulte qui joue la comédie, c'est autre chose, rien d'autre en fait qu'un film raté.

qu'une poignée. Dans aucun dictionnaire français, par exemple, on ne trouvera une entrée pour le mot *vingt-trois*. Les mots normaux, contrairement aux noms des nombres, sont constitués de sons choisis plus ou moins arbitrairement. Ainsi, cela ne ferait guère de différence si le mot *crap* devait remplacer *parc* à chaque occurrence du mot *parc*. On plongerait les mathématiques dans la confusion si 3618 devait remplacer 8163 à chaque occurrence de 8163 (par exemple : $8162 + 1 = 3618$; $907 \times 9 = 3618$). Il y a, on doit l'admettre, certaines règles élémentaires de formation des mots dans la langue elle-même – règles qui connaissent de multiples exceptions –, qui nous

---

pour vous. Votre petite dactylo philippine avec ses sacs pleins d'emplettes et rien dans le crâne.

Je n'ai jamais dit que vous n'aviez rien dans le crâne.

Non, c'est vrai, vous ne l'avez jamais dit, vous êtes trop bien élevé, mais vous l'avez pensé. C'est ce que vous avez

---

Donc si on fait de la bonne pornographie avec des enfants – de la porno convaincante, j'entends –, on va en prison, et si on fait de la mauvaise porno avec des enfants, on ne se fait pas coffrer – c'est ça ? ai-je dit. Ça revient à peu près à ça, dit Alan. C'est le risque qu'on prend. Tu fais un navet et tu ne gagnes pas d'argent, mais tu ne vas pas en prison. Tu fais un bon film, qui risque de rapporter beaucoup d'argent, mais tu vas en prison. Tu pèses les avantages et les inconvénients, et tu décides. Tout marche comme ça, avec des avantages et des inconvénients. C'est la justice naturelle.

permettent, à partir d'un nom, par exemple, de prédire ce que seront un autre nom, l'adjectif et l'adverbe qui en dérivent (*acte – action – actif – activement*) ; mais il n'y a pas de procédé de construction des mots aussi vaste que la règle qui nous permet de prédire (ou construire ou découvrir) des mots nouveaux (de nouveaux noms de nombres) à l'infini.

Cette thèse selon laquelle c'est nous qui construisons les nombres en comptant se heurte à certains obstacles. On peut démontrer, par exemple, qu'il y a une suite infinie de nombres premiers. Cependant, étant donné le nombre premier N^x, aucune règle ne nous permet de construire le

---

pensé dès le premier instant. *Quel joli petit cul,* vous êtes-vous dit, *un des plus jolis petits culs que j'aie jamais vus. Mais rien dans la tête. Si seulement j'étais plus jeune*, avez-vous pensé, *comme j'aimerais la baiser.* Avouez donc. C'est ce que vous avez pensé.

Je voudrais bien qu'Alan et Señor C se rencontrent pour discuter de cette histoire de pédophilie. Alan le démolirait là-dessus. Même moi, je pourrais le démolir là-dessus si je voulais. Je le démolirais et je prendrais la porte. *Vous me prenez pour une idiote ?* dirais-je. *Vous croyez que je ne sais pas lire entre les lignes ? Gardez vos sous, je n'en ai pas besoin, tapez votre texte vous-même.* Je m'offre une grande sortie. Rideau.

Je suis prête à parier que Señor C a tout un stock de pornographie quelque part chez lui. Je devrais aller mettre le nez dans ses étagères et voir s'il n'y a pas une ou deux cassettes

nombre premier $(N+1)^x$; et nous ne savons pas non plus combien de nombres il nous faudrait tester pour conclure que nous l'avons atteint. En d'autres termes, le nombre premier $(N+1)^x$ existe bien, et doit donc pouvoir être construit, mais nous ne pouvons à coup sûr dire ce que sera son nom dans la vie de l'univers.

Mais si on s'engage sur la voie alternative, dire que les nombres ne sont pas construits par nous, mais qu'ils sont déjà là, attendant que nous arrivions jusqu'à eux et que nous plantions des marques (des noms) pour les identifier, soulève des problèmes encore plus redoutables. Ma règle pour compter peut me permettre d'aller tant bien

---

À peu près. C'est à peu près ce que j'ai pensé, mais pas en ces termes.

Ça ne fait rien, j'ai l'habitude. Ce n'est pas comme si vous aviez essayé de me violer. Ce n'est pas comme si vous me chuchotiez des obscénités à l'oreille. Vous êtes trop bien élevé pour

---

vidéo *verboten*, camouflées derrière les livres. *Emmanuelle Quatre!* dirais-je. *Je me demande de quoi ça parle. Et les Poupées russes XXX! J'avais des poupées russes quand j'étais une petite fille avec des nattes. Est-ce que je peux vous emprunter ces vidéos? Je les rapporte dans un jour ou deux.* Qu'est-ce qu'il répondrait à ça? Il ne saurait pas où se mettre. *Ces vidéos sont des documents de recherche* – un beau mensonge – *pour un livre que j'écris. De la recherche?* dirais-je. *Vous voulez dire de la recherche scientifique? Je ne savais pas que vous étiez sexologue, Señor C.*

que mal de 1 à N, nommant (énumérant) chaque nombre auquel j'arrive, mais qui pourra dire que le bouton qui m'attend immédiatement à droite du bouton dénommé N est bien le bouton dénommé N + 1 ?

C'est là l'inquiétante possibilité au cœur des paradoxes de Zénon. Avant que la flèche ne parvienne à son but, elle doit d'abord parcourir la moitié de la distance qui l'en sépare ; avant d'atteindre le mi-chemin, elle doit faire le quart du parcours ; et ainsi de suite : 1, 1/2, 1/4, … $1/2^n$, $1/2^{(n+1)}$… Si nous acceptons que la série de marqueurs à franchir pour atteindre le but est infiniment longue, comment la flèche y arrivera-t-elle jamais ?

ça. À vos yeux, cela serait dérailler. Et maintenant le déshonneur s'abat sur vos épaules, et vous ne savez pas comment vous en débarrasser.

Vous mélangez deux choses, ai-je dit. Deux sources de honte, qui ne sont pas du même ordre.

Une antiquité qui date des années soixante, voilà ce qu'il est, dit Alan, un socialiste hippie et sentimental à l'ancienne, qui est pour l'amour libre et la liberté de parole, sentimental parce qu'il ne restait rien du socialisme, un léger arrière-goût à peine, après la chute du mur de Berlin et qu'on s'est rendu compte que l'Union soviétique n'était pas un des grands empires de l'histoire mais rien d'autre qu'une énorme décharge de déchets toxiques avec des usines antédiluviennes qui produisaient de la camelote dont personne ne voulait. Mais monsieur C et ses cama-

En inventant un moyen d'ajouter le nombre infini d'étapes infinitésimales sur le parcours de la flèche pour arriver à un total fini, Isaac Newton a cru qu'il était venu à bout du paradoxe de Zénon. Mais le paradoxe comporte de profonds mystères qui dépassent Newton. Et si, dans l'intervalle entre l'étape énième N^x qui vient d'être franchie et l'étape – jamais encore atteinte dans l'histoire de l'univers – $(N+1)^x$, la flèche allait se perdre, tomber dans un trou, disparaître ?

Jorge Luis Borges a écrit en pince-sans-rire une fable philosophique, « Funes ou la Mémoire », sur un homme pour qui la règle qui permet de compter et, en fait, les règles encore plus fondamentales qui nous permettent

---

Ça se peut, je mélange peut-être deux sources. Mais y a-t-il réellement différentes sortes de honte ? Je pensais que c'était tout un, une fois que ça s'était installé en vous. Mais je m'incline devant vous, c'est vous l'expert, vous êtes celui qui sait ce qu'il en est. Et qu'allez-vous faire à propos de la honte qui est la vôtre ?

---

rades des années soixante refusent d'ouvrir les yeux. Ils ne peuvent pas se le permettre. Ça balaierait leurs dernières illusions. Ils préfèrent se retrouver pour boire une bière de Pilsen et agiter leur petit drapeau rouge en chantant *L'Internationale* et parler du bon vieux temps où ils étaient sur les barricades. Réveillez-vous donc ! Voilà ce que tu devrais lui dire. La roue tourne. Nous sommes au siècle suivant. Il n'y a plus de méchants patrons, ni d'ouvriers qui meurent de faim. Ces divisions artificielles ont disparu. Nous sommes tous dans le même bateau.

de saisir le monde par le langage sont tout simplement étrangères. Au prix d'un énorme effort intellectuel solitaire, Funes construit une façon de compter qui n'est pas un système, une façon de compter qui ne présuppose en rien ce qui vient après N. Lorsque le narrateur de Borges le rencontre, Funes en est arrivé aussi loin que ce que les gens ordinaires appelleraient le nombre vingt-quatre mille.

> Au lieu de sept mille treize, il disait (par exemple) *Maxime Pérez*; au lieu de sept mille quatorze, *le chemin de fer*; d'autres nombres étaient *Luis Melián Lafinur, Olimar, soufre, le bât, la baleine, le gaz, la chaudière, Napoléon, Augustin de Vedia.* Au lieu de

---

Je ne sais pas. Je n'en ai pas la moindre idée. J'allais dire (ai-je dit) que lorsqu'on vit dans des temps de honte, la honte vous tombe dessus, et il n'y a plus qu'à la supporter, c'est votre lot et votre châtiment. Ai-je tort? Éclairez-moi.

Je ne voudrais pas couper les cheveux en quatre, dis-je, mais n'est-il pas plutôt anarchiste que socialiste? Les socialistes veulent que l'État contrôle tout, non? Alors que lui n'arrête pas de dire que l'État n'est qu'un gang de bandits.

Ce qui est vrai, dit Alan. Je ne suis pas en désaccord avec cet aspect de son analyse. Et plus l'État intervient, plus on a de banditisme. Regarde un peu l'Afrique. L'économie ne décollera jamais en Afrique parce qu'il n'y a que des appareils d'État qui se comportent en bandits, avec le soutien d'armées de bandits qui lèvent tribut

cinq cents, il disait *neuf* [...] J'essayai de lui expliquer que cette rhapsodie de mots décousus était précisément le contraire d'un système de numération. Je lui dis que dire 365 c'était dire trois centaines, six dizaines, cinq unités : analyse qui n'existe pas dans les « nombres » *Le Nègre Timothée* ou *couverture de chair*. Funes ne me comprit pas ou ne voulut pas me comprendre[6].

La fable cabalistique, kantienne, de Borges nous fait clairement comprendre que l'ordre que nous voyons dans l'univers ne réside peut-être pas du tout dans l'univers, mais dans des paradigmes de pensée que nous lui appliquons. Les mathématiques que nous avons inventées (selon certains) ou découvertes (selon d'autres), et que nous croyons ou

---

Elle a dit : Je vais vous raconter une histoire que vous trouverez peut-être utile, peut-être pas. Il y a quelques années, je me trouvais à Cancún, dans le Yucatán, où je voyageais avec une copine. Nous buvions un pot dans un bar et nous avons engagé la conversation avec de jeunes étudiants américains qui

---

sur le monde des affaires et la population. La racine du problème de ton gars est là : en Afrique. C'est de là qu'il vient, et c'est là qu'il reste bloqué, mentalement. Dans son raisonnement, il ne peut pas s'arracher à l'Afrique.

Ce n'est pas mon gars, dis-je.

Où qu'il tourne les yeux, il voit l'Afrique, il voit le banditisme, dit Alan qui ne m'écoute pas. Il ne comprend pas la modernité. Il ne comprend pas l'État gestionnaire.

Qui n'est pas un État bandit, dis-je.

espérons être une clé de la structure de l'univers, pourraient aussi bien être un langage privé – particulier aux êtres humains qui ont des cerveaux humains – dans lequel nous gribouillons sur les murs de notre caverne.

---

nous ont invitées à venir voir leur bateau. Ils avaient l'air sympa, alors, bon, après tout, pourquoi pas. Nous sommes allées avec eux. Alors ils ont dit, Et si on allait faire un tour ? Bon, ils nous ont embarquées, et je ne vais pas entrer dans les détails mais ils étaient trois, nous n'étions que deux, et ils ont

---

Alan me lance un drôle de regard. Est-ce que tu es en train de tomber sous son influence ? dit-il. Tu es dans quel camp ?

Je ne suis pas en train de tomber sous son influence. Je veux entendre une simple explication : pourquoi l'État gestionnaire n'est-il pas un État bandit ?

Bon. Je vais t'expliquer. L'État est mis en place pour protéger les citoyens. C'est pour ça qu'il est là : il assure notre sécurité pendant que nous vaquons à nos affaires, dont l'ensemble, *aufgehoben,* constitue l'économie.

19. De la probabilité

Dans une déclaration célèbre, Einstein a dit que Dieu ne jouait pas aux dés. Il exprimait une croyance (une foi ? un espoir ?) selon laquelle les lois qui régissent l'univers ont un caractère déterministe plutôt que probabiliste.

---

dû se dire que nous n'étions que des petites minettes, deux *putas*, alors qu'eux étaient fils de médecins, d'avocats, ce genre de monde. Ils nous emmenaient en croisière dans les Caraïbes, nous leur devions donc quelque chose, donc ils

---

L'État ménage un bouclier pour protéger l'économie. Et pour l'instant, faute d'une meilleure agence qui ferait cet office, il prend au niveau macro-économique les décisions à prendre et en assure l'application ; mais c'est une autre histoire et on en parlera un autre jour. Protéger l'économie n'est pas du banditisme, Anya. Cela peut dégénérer en banditisme, mais structurellement, ce n'est pas du banditisme. Le problème de ton Señor C est qu'il est incapable de penser en termes de structures. Où qu'il se tourne, il ne veut voir à l'œuvre que des mobiles personnels. Il veut voir la cruauté. Il veut voir partout l'appât du gain et l'exploitation. Tout ça pour lui est un spectacle édifiant, le bien contre le mal. Ce qui lui échappe ou qu'il

Pour la plupart des physiciens contemporains, la notion qu'avait Einstein de ce qui constitue une loi physique semble quelque peu naïve. Néanmoins, Einstein est un allié de poids à qui peuvent faire appel ceux qui ont du mal à se défaire de leurs soupçons en ce qui concerne les déclarations probabilistes et leur valeur explicative. Par exemple, voici une proposition plutôt vague comme on en rencontre tous les jours : les hommes qui ont un surplus de poids courent un risque accru de crise cardiaque. Que signifie cette proposition, à strictement parler ? Cela signifie que, si on pèse

---

pouvaient faire de nous ce qu'ils voulaient. Ils étaient trois. Trois beaux garçons.

Nous ne sommes pas rentrés au port en fin de journée. Durant le deuxième jour en mer, ma copine a craqué et a essayé de sauter

---

refuse de voir est que les individus jouent un rôle dans une structure qui transcende les mobiles individuels, qui transcende le bien et le mal. Même les gars à Canberra et dans les capitales des États de la fédération, qui sont peut-être des bandits en tant que personnes – je veux bien l'admettre –, qui font du trafic d'influence et qui chapardent et s'en mettent plein les poches pour veiller à leur avenir personnel, même ces gars-là opèrent à l'intérieur d'un système, qu'ils le sachent ou non.

À l'intérieur du marché, dis-je.

À l'intérieur du marché, si tu veux. Qui est au-delà du bien et du mal, comme disait Nietzsche. Les bons comme les mauvais mobiles ne sont en fin de compte que des

des centaines ou des milliers d'hommes du même âge et qu'on les classe en deux catégories, en surplus de poids et en non-surplus de poids (« normaux »), usant d'un critère ou d'un autre pour définir le surpoids, et si on suit leurs cas sur une certaine période, on trouvera que le nombre d'hommes en surpoids qui ont eu des crises cardiaques arrivés à un certain âge est proportionnellement plus grand que le nombre d'hommes « normaux » qui ont eu des crises cardiaques ; et même si le nombre dans le groupe particulier d'hommes que vous étudiez ne s'avère *pas* en fait être plus grand, si vous

---

par-dessus bord, et cela leur a fait peur. Alors ils sont allés accoster dans un petit village de pêcheurs et ils nous ont plantées là. Fin d'une petite aventure, se sont-ils dit, on est prêts pour la prochaine.

---

mobiles, des vecteurs dans la matrice, qui finissent par s'équilibrer. Mais ça, ton gars ne le voit pas. Il vient d'un autre monde, d'une autre époque. Le monde moderne le dépasse. Le phénomène que représentent les États-Unis d'aujourd'hui le dépasse totalement. Il considère les États-Unis et tout ce qu'il voit, c'est la lutte entre le bien et le mal, l'axe du mal Bush-Cheney-Rumsfeld d'un côté, et les bons terroristes de l'autre avec leurs amis qui prêchent le relativisme culturel.

Et l'Australie ? ai-je dit. Qu'est-ce qui le dépasse en Australie ?

Il ne comprend rien à la politique australienne. Il cherche à cerner les grands problèmes et, comme il n'en

répétez l'enquête maintes fois, en maints lieux, avec des hommes différents sur des laps de temps différents, le nombre *finira par s'avérer* plus grand ; et même si le nombre n'est *pas encore* plus grand, si vous poursuivez obstinément l'enquête assez souvent, il finira par s'avérer plus grand.

Si vous demandez au responsable de l'enquête comment il ou elle peut s'assurer que les nombres finiront pas donner une preuve et qu'ainsi la relation postulée de cause à effet entre le surpoids et la crise cardiaque sera démontrée, votre

---

Mais ils se trompaient. Ce n'était pas la fin de l'histoire. Nous sommes retournées à Cancún et nous avons porté plainte. Nous avions leurs noms, tous les détails les concernant, alors la police a établi un mandat d'amener et ces mecs

---

trouve pas, il nous juge : les Australiens sont bornés, des insulaires sans pitié (pour preuve le cas de ce pauvre David Hicks), et pour ce qui est de la politique chez nous, c'est du vent, des affrontements de personnalités, des joutes oratoires. Bon, bien sûr, il n'y a pas de grands problèmes en Australie. Aucun État moderne n'a plus de grands problèmes. C'est justement ce qui définit la modernité. Les grands problèmes, les problèmes qui comptent, ont été réglés. Même les hommes politiques le savent bien, au fond. La politique n'est plus l'arène où l'action se déroule. La politique est une attraction sur le champ de foire. Et ton bonhomme devrait s'en réjouir, au lieu de porter des jugements sévères comme un

question sera reformulée et recevra une réponse en ces termes : « Je suis sûr(e) à 95 % », ou « Je suis sûr(e) à 98 % ». « Qu'est-ce que cela veut dire être sûr à 95 % ? » demanderez-vous peut-être. « Cela veut dire que j'aurai raison dans au moins 19 cas sur 20 : ou sinon dans 19 cas sur 20, dans 19 000 cas sur 20 000 », répondra votre enquêteur. Et quel est le cas que nous considérons, demandez-vous, le dix-neuvième ou le vingtième, le dix-neuf millième ou le vingt millième ?

Quel est le cas que nous considérons ici ? Et quel cas suis-je, *moi* ? Ce que vous avancez sur la suralimentation

---

ont été appréhendés dès qu'ils sont entrés dans un port. Leur yacht a été confisqué, l'histoire a paru dans les journaux au Connecticut ou ailleurs, et ils étaient dans la merde jusqu'au cou.

---

grincheux qu'il est. S'il veut de la politique à la papa, où on monte des coups d'État et où on s'entre-tue, où tout le monde vit dans l'insécurité et planque ses sous sous son matelas, il n'a qu'à retourner en Afrique. Il se sentira tout à fait chez lui là-bas.

Alan a quarante-deux ans. Moi, j'en ai vingt-neuf. C'est vendredi soir. On pourrait se payer du bon temps. Mais au lieu de ça, qu'est-ce qu'on fait ? On est là, tout seuls, entre quat'z-yeux, à descendre des bières en regardant le flot de voitures le long de Darling Harbour, dans l'étroit créneau qui est tout ce qu'on peut apercevoir entre les grands immeubles, et à parler du vieux du rez-de-chaussée pour savoir si c'est un socialiste ou un

et sur les conséquences de la suralimentation, qu'est-ce que cela veut dire pour *moi* ? *Si* je veux éviter une crise cardiaque, je dois *donc* manger avec modération, voilà la leçon que je dois tirer de tout cela. Mais me garantit-on que *si* je mange avec modération, *alors* je n'aurai pas de crise cardiaque ? Non. Dieu joue aux dés. Il n'est pas dans la nature des déclarations probabilistes de pouvoir être infirmées par un exemple. Elles ne peuvent être confirmées ou infirmées que sur le mode probabiliste, par d'autres recherches statistiques menées sur d'autres sujets en grand

---

Alors pourquoi est-ce que je vous raconte cette histoire ? Parce que lorsque nous sommes allées à la police, le *jefe*, le commissaire, un homme très gentil, qui nous écoutait avec sympathie, a dit : Vous êtes bien sûres que vous voulez poursuivre cette

---

anarchiste. Ou plutôt, on est là tout seuls et Alan me dit ce qu'il faut penser du vieux du rez-de-chaussée. Je ne critique pas Alan, mais nous ne voyons jamais personne. Alan n'aime pas les amis que j'avais avant de le connaître, et lui n'a pas d'amis, sauf les collègues qu'il voit bien assez pendant la semaine, à ce qu'il dit. Alors on est là, comme deux vieux corbeaux solitaires perchés sur une haute branche.

Tu ne crois pas qu'on passe trop de temps à discuter de Señor C ? dis-je.

Je suis bien d'accord, dit Alan. De quoi d'autre voudrais-tu parler ?

Je ne veux pas parler. Je veux faire quelque chose.

nombre ; et l'infirmation ne peut survenir que sous la forme « la déclaration que les hommes trop gros courent un plus grand risque de crise cardiaque ne peut être soutenue sur la base de probabilités et en ce sens n'est donc probablement pas valide ».

Comment dans la vie réelle les gens réagissent-ils quand on leur dit que, s'ils mangent trop, « ils courent un plus grand risque » de crise cardiaque ? Une réaction, entre autres, est : « À quoi bon vivre, si je ne peux trouver plaisir à manger ? », voulant dire que, en pesant les avantages et les

---

affaire (il voulait dire est-ce que vous êtes bien sûres que vous voulez que cette histoire se sache), parce que, vous savez, le déshonneur, *infamia*, c'est comme le chewing-gum, ça colle à tout ce que ça touche.

On pourrait aller au cinéma, dit Alan, s'il y a quelque chose de bien à voir. Tu veux qu'on fasse ça ?

Si tu veux, dis-je. Ce que je ne dis pas, c'est : Est-ce qu'on ne pourrait pas faire quelque chose de nouveau pour changer ?

Señor C a ses opinions sur Dieu, sur l'univers et tout le reste. Il enregistre ses opinions (ronron monotone) que je tape pieusement (clic clic), ensuite les Allemands achètent son livre, le lisent et le méditent (*ja ja*). Quant à Alan, il passe sa journée penché sur son ordinateur, puis il rentre et me donne ses opinions sur les taux d'intérêt et les dernières décisions de la banque Macquarie, que j'écoute pieusement. Mais moi, dans tout ça ? Qui écoute mes opinions ?

inconvénients, une vie courte et grasse vaut mieux qu'une vie longue et maigre. Autre réaction possible : « Mon grand-père était gros, et il a vécu jusqu'à quatre-vingt-dix ans », voulant dire « Ce que vous proposez comme loi qui vaut pour tous les hommes, je viens de l'infirmer par un exemple ». Ma propre réaction est la suivante : « Je ne comprends pas l'expression *courent un plus grand risque*. Pouvez-vous la paraphraser en langage plus simple, en un langage qui ne comporte pas de mots abstraits comme *risques, probabilité ?* » (Cela n'est pas possible.)

Vous savez ce que j'ai répondu ? J'ai dit, *capitano*, on est au vingtième siècle (on était encore au vingtième siècle à l'époque). Au vingtième siècle, quand un homme viole une femme, c'est l'homme qui se déshonore. Le déshonneur colle

---

Il y a autre chose qui me tracasse. Alan dit que Señor C affirme que les Australiens ont le cœur endurci, comme le montre leur indifférence au sort de David Hicks. Eh bien, Señor C n'a jamais parlé de David Hicks avant le chapitre que j'ai tapé hier, chapitre dont je n'ai jamais discuté avec Alan (je n'en ai pas eu l'occasion). Alors comment se fait-il qu'il soit au courant de l'affaire David Hicks ? Est-ce qu'il va fouiner dans mes documents derrière mon dos ? Et pourquoi irait-il faire ça ?

Je lui demande : Qu'est-ce que tu penses de ce que dit Señor C de la science – des nombres, d'Einstein et tout ça ?

Alan n'est pas un scientifique. Il a un diplôme d'études commerciales mais il est devenu un crack en modélisation

Les propositions probabilistes constituent un petit monde à part. Ce qui est exprimé en termes probabilistes ne peut s'interpréter qu'en termes probabilistes. Si vous ne pensez pas déjà en termes probabilistes, les prédictions qui émanent du monde probabiliste semblent vides de sens. Peut-on imaginer que le Sphinx prédit à Œdipe que probablement il tuera son père et épousera sa mère ? Peut-on imaginer que Jésus annonce qu'il reviendra probablement ?

Qu'est-ce que je manque de prendre en compte dans les propos que je tiens ? Que les lois probabilistes de la

---

à l'homme, pas à la femme. Du moins il en est ainsi là d'où je viens. On a signé les papiers, mon amie et moi, et on est parties.

Et puis ? ai-je dit.

---

mathématique. Il a organisé des séminaires sur le sujet. Il lit beaucoup. Il sait beaucoup de choses.

Il ne dit que des conneries. C'est ce que j'appelle du mysticisme mathématique. Les mathématiques, ce n'est pas un charabia abscons pour parler de la nature du nombre un et l'opposer à la nature du nombre deux. Il ne s'agit pas de la nature de quoi que ce soit. Les mathématiques, c'est une activité, une activité qui a un but, comme courir. Courir n'a pas de nature. Courir, c'est ce qu'on fait quand on veut aller de A à B en vitesse. Les mathématiques, c'est ce qu'on fait quand on veut aller de Q à R, de la question à la réponse, vite et en toute sûreté.

J'attends la suite, mais il en reste là.

physique quantique nous permettent de mieux comprendre l'univers que les lois obsolètes du déterminisme, mieux, parce que la substance de l'univers est en un sens indéterminée, et ces lois sont donc plus en accord avec la réalité ?

Que le mode de penser la relation entre le présent et l'avenir, dont l'acte de prédire est le type, relève d'un sens temporel archaïque ?

À quoi ressemblerait la vie si on s'avisait de déclarer nulle et non avenue *toute* règle qui ne peut s'exprimer qu'en termes probabilistes ? « Si vous misez sur tel ou tel

---

Et puis rien. C'est tout. Le reste ne vous regarde pas. Quand vous me dites que vous allez courbé sous votre fardeau de déshonneur, je pense à ces filles d'autrefois qui avaient eu la malchance de se faire violer et qui devaient s'habiller de noir pour le restant de leurs

---

Et les probabilités ? dis-je. Qu'est-ce que tu penses de ce qu'il dit sur les probabilités – que c'est encore un truc pour tromper son monde, et tout ça ?

Des conneries, tout pareil, dit Alan. De l'ignorance crasse. Il a cent ans de retard. On vit dans un univers de probabilité, de quanta. Schrödinger l'a prouvé. Heisenberg l'a prouvé. Einstein n'était pas d'accord, mais il se trompait. Il a bien dû finir par admettre qu'il se trompait.

Et avant l'univers des quanta ? dis-je. Si on remonte à plus de cent ans en arrière ? Est-ce qu'on vivait dans un univers tout autre ?

Alan me décoche un autre de ses regards perçants, très perçant cette fois, comme pour me dire *C'est moi qui*

cheval, vous allez probablement perdre votre argent. » « Si vous commettez un excès de vitesse, vous allez probablement être arrêté. » « Si vous écrivez une pièce pour elle, on vous la refusera probablement. » Dans le langage courant, le terme utilisé pour ne pas tenir compte des probabilités est *prendre des risques*. Qui dira qu'une vie où on prend des risques ne vaut (probablement) pas mieux qu'une vie vécue selon les règles ?

---

jours et demeurer dans leur coin sans jamais sortir s'amuser, ni se marier. Vous avez tout faux, m'sieur C. Raisonnement dépassé. Erreur d'analyse, dirait Alan. Maltraitance, viol, torture, peu importe : la bonne nouvelle, c'est que ce n'est pas votre faute, et

---

commande, ne l'oublie pas. Mais de quel côté es-tu, Anya ? Il ne m'appelle jamais Anya, sauf quand il est fâché.

Je suis de ton côté, Alan. Je suis toujours de ton côté. Mais je veux t'entendre développer ton argumentation.

C'est vrai, je suis du côté d'Alan. Je suis avec Alan, et être avec un homme, cela veut dire qu'on est de son côté. Mais tout récemment, j'ai commencé à me sentir écrasée entre lui et Señor C, entre les certitudes absolues d'un côté et les opinions arrêtées de l'autre, au point qu'il m'arrive d'avoir envie de me retirer et de faire cavalier seul. Si les opinions de Señor C te font bouillir à ce point, voudrais-je lui dire, tu n'as qu'à faire la dactylo et les

20. Des raids

La génération de Sud-Africains blancs avant la mienne, celle de mes parents, a été témoin d'un moment historique significatif, lorsque les gens de la vieille Afrique tribale ont commencé leur exode massif vers les villes, grandes ou petites, en quête de travail, s'y sont établis et y ont eu des enfants. Cet exode rural qui a marqué l'époque a été interprété de façon calamiteuse par la génération de mes parents. Sans réfléchir, ils ont cru que les jeunes Africains nés dans les villes devaient, d'une manière ou d'une autre, porter le poids du souvenir de cette migration, se percevoir comme une génération pivot, incarnant la transition entre l'ancienne et la nouvelle Afrique et considérer leur milieu urbain comme un milieu nouveau à découvrir, étonnant – comme le don généreux de l'Europe à l'Afrique.

---

tant que vous n'êtes pas responsable, le déshonneur ne vous colle pas à la peau. Vous vous êtes rongé les sangs pour rien.

---

taper. Sauf qu'il ne se donnerait pas la peine de les taper, il arracherait la bande et la flanquerait à la poubelle en criant « Des conneries, tout ça ! Il a tout faux ! ». Le vieux taureau et le jeune taureau qui se bagarrent. Et moi ? Je

Mais la vie n'est pas comme ça. Le monde dans lequel nous naissons, tous autant que nous sommes, est *notre* monde *à nous*. Les trains, les voitures, les grands immeubles (qui datent de plusieurs générations), les téléphones mobiles, les vêtements bon marché, les fast-foods (génération actuelle), voilà ce qui constitue le monde *tel qu'il est*, que nul ne met en question, et qui n'est certainement pas le don d'étrangers, un don digne de s'émerveiller et qui mérite la reconnaissance. L'enfant né en ville ne porte pas la marque du bush ou de la brousse. Il n'y a nulle douloureuse transition vers la modernité à subir. Les enfants noirs que mes parents traitaient de haut étaient plus modernes qu'ils ne l'étaient eux-mêmes qui, encore jeunes, avaient migré de leurs fermes, et des régions rurales arriérées, pour gagner les villes et avaient gardé des comportements acquis dans les campagnes où ils avaient été élevés.

Et je n'étais moi-même pas exempt de l'erreur qu'ils commettaient. Durant les années où j'habitais au Cap, cette ville était pour moi « ma » ville, non seulement parce que j'y étais né, mais surtout parce que je connaissais assez bien son histoire pour percevoir son passé en

---

Voilà, elle avait dit ce qu'elle avait à dire, C. Q. F. D. À moi de parler.

---

suis la petite génisse qu'ils essaient d'impressionner et que leurs pitreries commencent à ennuyer.

Il dit, c'est Alan qui dit ça, que si on se place en dehors du discours probabiliste, les déclarations de probabilité

palimpseste sous sa physionomie présente. Mais pour les bandes de jeunes Noirs qui traînent aujourd'hui dans les rues, c'est leur ville à eux et c'est moi qui suis l'étranger. L'histoire ne prend pas vie à moins qu'on ne l'accueille dans sa conscience ; c'est un fardeau que nul homme libre ne peut être contraint de porter.

Les gens voient ce qu'ils appellent une vague de criminalité déferler sur la nouvelle Afrique du Sud et hochent la tête. Où va-t-on dans ce pays ? disent-ils. Mais cette vague n'a rien de nouveau. Quand ils se sont installés sur ces terres il y a trois siècles, les colons venus du nord-ouest de l'Europe se sont mis à pratiquer le raid (enlèvement de bétail, enlèvement de femmes) qui était le propre des relations entre les bandes ou tribus qui habitaient ces régions avant eux. Les raids, en Afrique australe aux premiers temps de la colonisation, avaient un statut conceptuel bizarre. Comme les relations entre les divers groupes n'étaient pas régulées par un ensemble de lois, on ne pouvait pas dire que le raid était un délit au regard de la loi. Mais ce n'était pas non plus une forme de guerre. C'était plutôt un sport, une activité culturelle où

Nul homme n'est une île, ai-je dit. Elle n'a pas eu l'air de comprendre. Nous sommes tous sur le même continent. Les

---

n'ont aucun sens. Bon, on peut dire ça, si on veut. Mais ce qu'il oublie, c'est que dans un univers probabiliste, *on ne peut trouver place en dehors des probabilités.* Cela ne fait qu'un avec son idée que les nombres représentent

quelque chose de sérieux était obscurément en jeu, comme dans les tournois ou jeux annuels, sublimations de la bataille, qui avaient lieu entre villes voisines de l'Europe d'hier, et dans lesquels les jeunes gens d'une ville essayaient de s'emparer par la force d'un objet à valeur de talisman gardé et défendu par les jeunes gens d'une autre ville. (De tels tournois furent par la suite formalisés en jeux de balle.)

Il y a des milliers de gens dans les zones noires d'Afrique du Sud, des hommes jeunes en particulier, qui se lèvent chaque matin et, soit individuellement, soit en bandes, partent faire des coups de main dans les zones blanches. Le raid, c'est ce qui les connaît, c'est leur métier, leur forme de loisir, leur sport : il s'agit de voir de quoi ils peuvent s'emparer pour le rapporter chez eux, de préférence sans avoir à se battre, de préférence en échappant à ceux dont le métier est de protéger la propriété, c'est-à-dire la police.

La pratique du raid était une épine lancinante dans la chair des gouverneurs de la colonie, menaçant de déclencher une série de coups pour coups en représailles, une

---

choses n'ont pas changé, petite madame. Le déshonneur ne sera pas lavé, ne sera pas levé par des vœux pieux. Ça poisse, ça colle

---

quelque chose en dehors d'eux-mêmes, bien qu'il ne puisse pas dire quoi. Le fait est que les nombres ne sont que des nombres. Ils ne représentent rien. Ce sont des vis et des écrous, les vis et les écrous des mathématiques.

escalade qui mènerait à la guerre. Ce qu'on a appelé par la suite l'apartheid était un train de mesures sociales d'un nouveau genre pour contrecarrer une pratique que des générations de fermiers armés n'avaient pas réussi à éradiquer. Après les deux premières décennies du XXᵉ siècle, comme les villes d'Afrique du Sud commençaient à prendre leur physionomie multi-ethnique, face aux raids qui partaient des quartiers noirs, les descendants de ces fermiers devenus citadins eurent en gros le choix entre deux solutions. L'une était réactive : On définissait le raid comme un délit et on y répondait en employant les forces de police pour pourchasser et punir les auteurs. L'autre solution était de nature volontariste : on établissait des frontières entre les zones noires et les zones blanches, on surveillait ces frontières et toute intrusion non autorisée d'un Noir dans une zone blanche était définie comme une infraction.

La solution réactive se solda par des échecs répétés pendant trois siècles. En 1948, les Blancs votèrent en faveur de la voie volontariste, et la suite appartient à l'histoire. La mise en place des frontières a rendu l'ascension

---

à l'âme. Vos trois jeunes garçons – je ne les ai jamais vus, mais ils me déshonorent quand même. Et je serais bien surpris si, au

---

Nous les utilisons quand nous nous servons des mathématiques dans le monde réel. Regarde autour de toi. Regarde donc les ponts, le flux de la circulation, les mouvements d'argent. Les nombres, ça marche bien. Les

sociale pour les Noirs, et l'inverse pour les Blancs, pratiquement impossible, figeant les antagonismes de classe et de race de façon impénétrable ; en même temps, les mécanismes mis en place pour faire la police sur ces frontières devinrent la bureaucratie coûteuse et tentaculaire de l'État d'apartheid.

plus profond de vous-même, ils ne continuaient pas à vous déshonorer.

mathématiques aussi. Les probabilités, ça marche. Nous n'avons pas besoin d'en savoir davantage.

Alan, est-ce que tu m'espionnes ? Je pose la question calmement.

21. Des excuses

Dans un nouveau livre intitulé *Sense and Nonsense in Australian History*, John Hirst revient sur la question de savoir si les Australiens blancs devraient s'excuser auprès des Aborigènes d'avoir conquis le continent et de s'être approprié leur terre. Sur un ton sceptique, il demande si des excuses sans restitution veulent dire quelque chose, si ce n'est pas, en fait, absurde.

C'est là une question brûlante, non seulement pour les descendants des colons en Australie, mais pour leurs homologues en Afrique du Sud. En un sens, la situation est meilleure en Afrique du Sud qu'en Australie : le transfert des terres arables des Blancs aux Noirs, même s'il doit se faire sous contrainte, est, en pratique, possible en Afrique du Sud, alors qu'il ne l'est pas en Australie. La propriété de la terre, le type

---

Je n'avais jusque-là jamais vu en Anya une femme dure ou douce. S'il m'arrivait de penser à elle en termes matériels, c'est

---

Alan me jette un regard noir. Tu es folle, ou quoi ? Pourquoi est-ce que je t'espionnerais ?

Alan fait bien beaucoup de choses, mais mentir n'est pas son fort. S'il ment, je le vois tout de suite. C'est pour

de terre qui se mesure en hectares et sur laquelle on peut faire des cultures et élever du bétail, a une énorme valeur symbolique, même si l'agriculture sur de petites exploitations a de moins en moins d'importance dans l'économie nationale. Chaque parcelle de terre qui passe des mains d'un Blanc aux mains d'un Noir semble ainsi marquer un pas de plus dans le processus de juste restitution, dont l'aboutissement sera la restauration du *statu quo ante*.

On ne peut rien envisager d'aussi spectaculaire en Australie, où les pressions venues d'en bas sont, en comparaison, faibles et intermittentes. Parmi les non-indigènes, tous les Australiens, en dehors d'une petite minorité, espèrent que le problème va simplement disparaître, de la même manière qu'aux États-Unis la question des droits à la terre des Indiens a été évacuée, on l'a fait disparaître.

Dans le journal d'aujourd'hui, une annonce d'un avocat américain, spécialiste des questions de responsabilité légale, qui propose au tarif de 650 dollars de l'heure d'entraîner des entreprises australiennes à

---

l'idée de saveur qui me venait : sucré qui s'oppose à salé, comme l'or s'oppose à l'argent, la terre à l'air. Mais voilà que tout d'un

---

ça qu'il me regarde avec colère : pour m'intimider, pour me faire peur.

À ce jour, je ne t'ai pas soufflé mot de la probabilité, dis-je. Alors comment sais-tu ce que Señor C pense sur ce sujet ?

rédiger des excuses sans reconnaître leur responsabilité. Peu à peu les excuses en bonne et due forme, qui avaient un statut symbolique considérable, se trouvent dévaluées, comme les hommes d'affaires et les politiques apprennent que, dans le climat actuel – ce qu'ils appellent la « culture » actuelle –, il y a moyen de se montrer respectueux de la morale sans pour autant courir le risque de pertes matérielles.

Cette évolution n'est pas sans lien avec la féminisation, ou le sentiment se substituant à la raison, qui a commencé à marquer nos mœurs il y a vingt ou trente ans. L'homme trop coincé pour pleurer ou trop inflexible pour s'excuser – plus exactement qui ne fera pas (de manière convaincante) l'acte de pleurer, qui ne fera pas (de manière convaincante) l'acte de s'excuser – est aujourd'hui un dinosaure et un personnage comique, c'est-à-dire qu'il est passé de mode.

D'abord, Adam Smith a mis la raison au service de l'intérêt ; aujourd'hui le sentimentalisme est lui aussi mis au service de l'intérêt. Au cours de cette dernière évolution, le concept de sincérité se trouve vidé de tout sens.

---

coup elle prenait une dureté de pierre, de silex. Ses yeux lançaient un éclair glacé de rage pure. *Ce n'est pas à vous de me*

Je ne t'ai jamais espionnée. Alan fulmine. Je ne ferais jamais une chose pareille. Mais puisque tu me le demandes, je vais te dire comment je sais ce que je sais. Il y a un programme mouchard sur l'ordinateur qu'il a

Dans la « culture » actuelle, rares sont ceux qui se soucient de distinguer – en fait rares sont ceux qui sont capables de distinguer – entre la sincérité et la sincérité qu'on affiche, tout comme rares sont ceux qui distinguent la foi religieuse de la pratique religieuse. La question chargée de doute « Cette foi est-elle vraie ? » ou « Cette sincérité est-elle vraie ? » est accueillie avec ahurissement. La vérité ? Qu'est-ce que c'est ? La sincérité ? Bien sûr que je suis sincère – ne l'ai-je pas dit ?

L'Américain qui demande de gros honoraires n'entraîne ses clients ni à présenter de vraies excuses (des excuses sincères) ni à présenter de fausses excuses (dépourvues de sincérité) qui auront l'air de vraies excuses (sincères), mais simplement à présenter des excuses qui ne les mèneront pas en justice. À ses yeux et aux yeux de ses clients, des excuses improvisées, dont le texte n'a pas été répété, seront probablement des excuses excessives, inadéquates, mal calculées, et donc de fausses excuses, c'est-à-dire qu'elles coûteront de l'argent, l'argent étant la mesure de toutes choses.

Jonathan Swift, que n'es-tu de ce monde à l'heure qu'il est.

---

dire ce que je ressens ! a-t-elle dit dans un sifflement. Sa silhouette était trop menue pour lui conférer de la majesté, et sa

---

chez lui. Ce programme me transmet ce que trafique Señor C.

Pendant un instant, je suis tellement ahurie que je ne peux articuler un mot. Mais pourquoi fais-tu ça ? finis-je

22. Du droit d'asile en Australie

Je fais de mon mieux pour comprendre la façon dont les Australiens traitent les réfugiés, et je n'y arrive pas. Ce qui me déconcerte le plus, ce ne sont pas les lois elles-mêmes qui régissent les demandes de droit d'asile – quelque dures qu'elles soient, on pourrait en présenter une défense au moins plausible –, mais c'est la manière dont on les applique. Comment des gens corrects, géné-reux, faciles à vivre peuvent-ils fermer les yeux tandis que des étrangers qui arrivent sur leurs côtes quasiment sans défense et démunis sont traités avec un tel manque de cœur, avec une dureté impitoyable ?

Je suppose que la réponse est que les gens ne se contentent pas de fermer les yeux. Je suppose qu'en fait ils sont mal à l'aise, que ces méthodes leur font mal au cœur, à tel point que pour se sauver eux-mêmes, et sauver le sentiment qu'ils

---

tenue ne s'y prêtait pas non plus, mais elle s'est dressée de tout son haut, arborant un port de reine. *Qu'est-ce que vous en savez ?*

---

par dire. Il ne se sert pas de son ordinateur, de toute façon, il a une trop mauvaise vue. Je croyais te l'avoir dit. C'est pour ça qu'il m'a embauchée.

ont d'être des gens corrects, généreux, faciles à vivre, et cetera, ils sont obligés de fermer les yeux et de se boucher les oreilles. C'est un comportement bien naturel, un comportement humain. Dans de nombreuses sociétés du tiers-monde, on traite les lépreux avec le même manque de cœur.

Quant à ceux qui ont créé l'actuel système de traitement des réfugiés et qui désormais l'administrent, il est vraiment difficile de pénétrer leur état d'esprit. Ne sont-ils pas la proie du doute, ne sont-ils pas tentés de réviser leurs méthodes ? Peut-être que non. S'ils avaient voulu au départ mettre en place un système simple, efficace et humain pour traiter les réfugiés, ils auraient sûrement pu le faire. Ce qu'ils ont créé à la place est un système dissuasif et même un spectacle de dissuasion qui dit : *Voici les affres du purgatoire que vous aurez à subir si vous arrivez en Australie sans papiers. Réfléchissez.* À cet égard, le centre de détention Baxter au sud du désert australien n'est pas sans ressembler à Guantanamo. *Regardez bien : voici ce qui arrive à ceux qui franchissent la ligne que nous avons tracée. Vous êtes prévenus.*

Le lendemain matin, avec la disquette, il y avait dans ma boite à lettres un petit mot de son écriture arrondie d'écolière ou

---

Eh bien, son ordinateur, il s'en sert. Je le sais parfaitement. Il s'en sert tous les jours. Il envoie des e-mails. Tout le boulot que tu fais pour lui va sur son disque dur. C'est là que je suis tombé dessus. S'il t'a dit que

Pour preuve que leur système fonctionne bien, les autorités australiennes soulignent que le nombre de ce qu'elles appellent « les arrivées illégales » a baissé depuis que le système a été mis en place. Et elles ont raison : en tant que dissuasion, le système fonctionne, c'est clair. Dissuasion, en anglais *deterrence*, du latin *terrere*, terrifier.

On oublie que l'Australie n'a jamais été une terre promise, un nouveau monde, une île paradisiaque qui offrait ses richesses au nouvel arrivant. Le pays s'est développé à partir d'un archipel de colonies pénitentiaires, propriétés d'une Couronne qui était une abstraction. On commençait par passer par les entrailles de la justice, puis on était déporté au bout du monde. La vie aux antipodes était censée être une punition ; dire que ce n'était pas agréable n'avait aucun sens.

Les réfugiés d'aujourd'hui se trouvent sur le même bateau que les déportés d'hier. Quelqu'un, ou plus vraisemblablement une commission quelconque, a concocté un système pour les « traiter ». Ce système a été approuvé et adopté, et il est maintenant appliqué sans exception, sans merci, même s'il stipule que les gens doivent être

---

presque : *Voici les dernières pages que je pourrai taper pour vous. Vous faites sur moi un travail de sape. Je ne le supporte pas. A.*

---

sa vue est trop basse pour taper, il t'a raconté des craques. Ce qu'il n'a plus, c'est le contrôle moteur de ses doigts. C'est pour ça qu'il est si lent au clavier. C'est pour ça qu'il a une écriture d'enfant. C'est pour

internés indéfiniment en cellule dans des camps en plein désert, humiliés et rendus fous, et pour finir punis de leur folie. Comme à Guantanamo, le camp de détention Baxter (pardon : *l'établissement* Baxter) prend, entre autres, pour cible l'honneur masculin, la dignité masculine. Dans le cas de Guantanamo, l'objectif poursuivi est que, lorsque les détenus émergent de leur incarcération, ces hommes ne soient plus que des coquilles vides, des épaves psychiques ; dans les pires des cas, Baxter arrive au même résultat.

J'ai posé ce message sur la table devant moi. Que fallait-il comprendre ? Que ma dactylo me signifiait la fin de son contrat, et rien

---

ça qu'il t'a embauchée, pour lui taper ses textes. Mais cela n'a jamais été la principale raison. Il est obsédé par toi, Anya. Je ne sais pas si tu t'en rends compte. Ne te fâche pas. Je ne suis pas jaloux. Chacun est libre

23. De la vie politique en Australie

Selon Judith Brett, dont je viens de lire la récente étude sur l'Australie de John Howard, le Parti libéral australien, comme Margaret Thatcher, ne croit pas à l'existence de la société. C'est-à-dire qu'il professe une ontologie empirique selon laquelle, à moins de pouvoir lui flanquer des coups de pied, une chose n'existe pas. La société à ses yeux, comme pour Thatcher, est une abstraction inventée par les sociologues universitaires[7].

En revanche, les libéraux croient à l'existence de (a) l'individu, (b) la famille, (c) la nation. La famille et la nation sont des groupements qui ont une existence objective (en ce sens qu'on peut leur donner des coups de pied) et dans lesquels se placent les individus. L'individu, de naissance, appartient inéluctablement à la nation et à la famille. Tout autre groupement qui s'insère entre le niveau de la famille et celui de la nation a un caractère

---

de plus ? Un appel au secours de la part d'une jeune femme dont l'âme souffrait de tourments au-delà de ce que j'avais imaginé ?

---

dans ce pays. L'obsession qu'il se choisit, c'est son affaire. Mais il vaut mieux que tu saches à quoi t'en tenir.

volontaire : comme on peut choisir l'équipe de football pour laquelle on joue, et même préférer n'appartenir à aucun club de football, on peut choisir sa religion, et même sa classe sociale.

On peut voir quelque chose de naïf et même d'étriqué chez Howard qui croit qu'il suffit de travailler dur et de pratiquer l'épargne pour se défaire de ses origines et rejoindre le gros de l'Australie-sans-classe. D'autre part, ce qu'Howard considère comme le propre de l'Australie, ce qui définit cette nation, c'est précisément une bonne volonté très répandue qui encourage les gens à s'élever au-dessus de la condition où ils sont nés. (En cela il pourrait noter le contraste avec la mère patrie, la Grande-Bretagne, où l'on reste attaché par des liens subtils à la classe dans laquelle on est né.) Et la chance de vivre en période de prospérité semblerait confirmer le point de vue d'Howard : une proportion considérable de la classe moyenne australienne – classe moyenne selon les critères économiques qui seuls comptent pour les libéraux – est issue de la classe ouvrière.

Les limites de cette vue simpliste de la société apparaissent quand on considère les questions de race et de

---

Chère Anya, ai-je écrit,
Vous m'êtes devenue indispensable – à moi et au projet en

Et qu'est-ce que tu as espionné d'autre, Alan, sans me le dire ?

Alan se tait.

culture. Une Australie non raciste, aux yeux des libéraux, est un pays où aucune barrière ne se dresse pour empêcher quiconque, Aborigène ou de toute autre race, de devenir membre à part entière de la nation australienne, et un participant (joueur) à part entière à l'économie australienne. Tout ce qu'il faut pour accéder sans réserve au statut d'Australien est une énergique ardeur au travail, et de la confiance en soi (en tant qu'individu).

Un optimisme naïf du même ordre régnait parmi les Blancs bien intentionnés en Afrique du Sud après 1990, quand fut abolie la législation ségrégationniste ménageant des emplois réservés aux Blancs. Pour ces bonnes gens, la fin de l'apartheid signifiait que nulle barrière ne se dresserait plus pour empêcher les individus, quelle que soit leur race, de réaliser leur plein potentiel économique. D'où leur stupéfaction lorsque le Congrès national africain a introduit une législation qui privilégiait les Noirs sur le marché du travail. Pour des libéraux, c'était une mesure rétrograde à nulle autre pareille, une mesure qui renvoyait aux jours où la couleur de la peau comptait davantage que l'instruction, les aspirations ou le zèle au travail.

---

cours. Je ne saurais songer à confier le manuscrit à quelqu'un d'autre. Cela reviendrait à enlever un enfant à sa mère biologique

---

Est-ce que tu es en train de me dire qu'il écrit sur mon compte en secret ? Est-ce que tu as lu son journal intime ? Si c'est le cas, je vais me fâcher pour de bon. Quel

Les libéraux, en Australie comme en Afrique du Sud, pensent que c'est au marché de déterminer qui va s'élever dans la société et qui va stagner. Le gouvernement doit limiter son rôle à créer des conditions dans lesquelles les individus peuvent mettre leurs aspirations, leur dynamisme, leur formation, et toute autre forme de capital intangible qu'ils aient, sur le marché du travail, qui alors (et c'est là que la philosophie économique tourne à la foi religieuse) les récompensera, selon leur contribution (leur « apport »), plus ou moins.

Bien que je sois né à une époque plus ancienne, j'ai été élevé dans une école de pensée qui était au fond la même, soupçonneuse de l'idéalisme philosophique et des idées en général, qui prônait un individualisme à tous crins, avec une conception étriquée de la défense des intérêts de chacun et une sévère éthique du travail. Tout ce qui manquait de mon temps, c'était la foi dans le marché. Le marché, comme me l'apprit ma mère, était une machine obscure et redoutable qui broyait et dévorait une centaine de destins pour chaque individu heureux qu'il récompensait. La génération de ma mère avait envers le marché une attitude tout à fait pré-

---

pour le confier à une étrangère. Je vous demande instamment de revenir sur votre décision.

---

gâchis ! Non mais, quel gâchis ! Je regrette bien de m'être embarquée là-dedans. Mais dis-moi toute la vérité : Est-ce que tu vas fureter dans ses pensées intimes ?

moderne : c'était l'œuvre du diable ; seuls les méchants prospéraient dans le marché. Sur cette terre, nul ne pouvait être sûr de voir son labeur récompensé ; néanmoins, il n'y aurait pas la moindre récompense si on ne travaillait pas d'arrache-pied, sauf, bien sûr, pour les méchants, les « escrocs ». La lecture de leurs auteurs préférés, Thomas Hardy, John Galsworthy, les naturalistes tragiques, renforçait cet état d'esprit.

D'où l'acharnement idiot avec lequel je mène mes petits projets, aujourd'hui encore. Je crois que le travail en soi est une bonne chose, je n'en démords pas, que le résultat soit appréciable ou non. Devant le bilan des efforts de toute ma vie, un rationaliste en économie sourirait en hochant la tête.

« À l'heure de la mondialisation, nous sommes tous des joueurs : si nous n'entrons pas dans la compétition, nous serons éliminés. » Nous sommes dans le marché, nous n'en sortirons pas. Il ne faut pas se demander comment nous sommes arrivés là. C'est comme si nous étions nés dans un monde que nous n'avons pas choisi, sans notre mot à dire, de parents inconnus. Nous sommes là, c'est tout. Notre destin maintenant est de courir la course.

Bien à vous,
J.C.

Je me fous de ses pensées intimes comme de ma première culotte. C'est autre chose qui m'intéresse.

Pour ceux qui croient ferme au marché, cela n'a aucun sens de dire que vous ne trouvez aucun plaisir à être en compétition avec vos semblables et que vous préférez vous retirer. Vous pouvez vous retirer si vous voulez, disent-ils, mais soyez sûr que vos concurrents n'en feront rien. Dès que vous poserez les armes, vous serez massacré. Nous sommes inexorablement pris dans une bataille que tous livrent à tous.

Mais Dieu n'a pas créé le marché, sûrement pas – Dieu ou l'Esprit de l'Histoire. Si c'est le fait des êtres humains, ne pouvons-nous pas le défaire et recommencer, le recréer sous une forme plus clémente ? Pourquoi le monde doit-il être une arène de gladiateurs où il faut tuer ou être tué, plutôt que, par exemple, une ruche où on s'active ensemble, ou une fourmilière ?

À la défense des arts, on peut au moins dire que même si chaque artiste fait de son mieux, les tentatives pour mettre le monde artistique au moule de la jungle de la compétition n'ont guère eu de succès. Le monde des affaires finance volontiers les concours artistiques, comme il met plus volontiers encore un argent fou dans les compétitions sportives, mais à l'inverse des sportifs,

---

Était-ce vrai ? Anya du 2514 était-elle en aucune façon, si ce n'est en tirant les choses par les cheveux, la mère naturelle de ces

---

Quoi donc par exemple ?

Alan se tortille comme un gamin, mais sa gêne ne va pas loin. Je sais ce qu'il a été, enfant : solitaire, peu sûr

les artistes savent que la compétition n'est pas ce qui compte, ce n'est rien qu'une attraction à but publicitaire. Les yeux de l'artiste, finalement, ne sont pas fixés sur la compétition, mais sur le vrai, le bon, le beau.

(Intéressant de voir combien la marche forcée de l'individualisme mercenaire nous conduit jusqu'au territoire exigu de l'idéalisme réactionnaire.)

Que dire du Parti travailliste australien? Après avoir essuyé défaite sur défaite aux élections, ce parti est en butte à la critique qui lui reproche de recruter ses dirigeants dans une caste politique trop fermée, parmi des gens qui ne savent rien de la vie en dehors de la politique et du parti. Je ne doute pas que cette critique soit méritée. Mais le Parti travailliste australien n'est pas unique en son genre. C'est commettre une erreur élémentaire de conclure que, puisque dans une démocratie des hommes politiques représentent le peuple, il s'ensuit que les hommes politiques sont représentatifs. La vie coupée du monde de l'homme politique typique ressemble beaucoup à la vie de la caste militaire, ou à la vie dans la Mafia ou dans les gangs de bandits de Kurosawa. On commence sa carrière au bas de l'échelle,

---

mélanges d'opinions que je couchais sur le papier conformément à la commande de Mittwoch Verlag of Herderstrasse, à Berlin?

---

de lui, cherchant désespérément à se faire remarquer. De l'instant où il m'a rencontrée, il a exigé des louanges et une attention sans partage. Comme si j'avais pris la place

comme estafette ou comme espion; quand on a donné la preuve de sa loyauté, de son obéissance, quand on s'est montré prêt à supporter les humiliations rituelles, on devient membre pur sang du gang; par la suite le premier devoir est de servir le chef du gang.

Non. Les passions et les préjugés qui ont dicté mes opinions étaient en place bien avant que je rencontre Anya, et avaient

de sa mère. Maintenant il ne peut garder son nouveau secret pour lui.

24. De la gauche et de la droite

La semaine prochaine se tiendront au Canada des élections fédérales et on s'attend à une victoire des conservateurs. Le glissement à droite des pays de l'Ouest me déconcerte. Les électeurs ont sous les yeux, aux États-Unis, le spectacle de la situation où la droite va les mener si on lui en donne la moindre occasion, et ils votent à droite quand même.

Dans ses rêves les plus fous, le croquemitaine Oussama Ben Laden n'aurait pas espéré pareille réussite. Sans autres armes que des kalachnikovs et des charges de plastic, avec ses adeptes, il a terrorisé et démoralisé les nations occidentales, semant partout la panique totale. Pour les

---

maintenant pris une telle force, une telle intransigeance – c'est-à-dire étaient si solidement ancrés – qu'en dehors d'un mot ici ou là

Sa situation financière, dit-il. Je te l'ai dit. Qu'est-ce qui va arriver à son actif à sa mort ? Il n'y connaît rien, Anya. En matière de finances, il est nul. Il a plus de trois millions de dollars – *trois millions* – sur des comptes d'épargne qui rapportent quatre et demi pour cent. Tu enlèves les impôts, il reste deux et demi pour cent. Donc, en fait, il *perd* bel et bien de l'argent tous les jours. Et est-ce que tu

partisans d'une politique occidentale, musclée, autoritaire, de style militaire, Oussama a été un don des dieux.

En Australie et au Canada, les électeurs se comportent comme des moutons effarouchés. L'Afrique du Sud, où l'extrémisme islamique est encore loin d'être en tête des préoccupations publiques, commence à faire figure de grand frère raisonnable. Quelle ironie !

Ce qui m'a surtout plu en Australie, quand j'y suis venu pour la première fois dans les années 1990, c'est la façon dont les gens se comportaient dans la vie de tous les jours : franchise, honnêteté, alliées à une fierté personnelle insaisissable et à un quant-à-soi tout aussi insaisissable. Aujourd'hui, quinze ans plus tard, j'entends, venues de tous bords, des critiques de l'idée de soi qui s'incarne dans un tel comportement : elle appartiendrait à une Australie d'autrefois aujourd'hui dépassée. Comme j'assiste à l'érosion matérielle des fondements des relations sociales d'antan, ces relations prennent le statut de mœurs plutôt

---

mes opinions ne sauraient s'infléchir en se réfractant dans son regard.

---

sais ce qui arrivera à ces trois millions à sa mort ? Il a un testament qui date de septembre 1990, qu'il n'a pas revu, par lequel il laisse tout ce qu'il a – l'argent, l'appartement, et tout ce qu'il y a dedans, plus l'avoir intangible comme les droits d'auteur – à sa sœur. *Mais ça fait sept ans que sa sœur est morte.*

que de réflexes culturels bien vivants. La société australienne ne deviendra peut-être jamais – Dieu merci – aussi
égoïste et cruelle que la société américaine mais elle
semble bien s'avancer en somnambule dans cette direction.

Étrange de découvrir que quelque chose qu'on n'a
jamais eu, dont on n'a jamais fait partie, nous manque.
Étrange d'éprouver un sentiment élégiaque envers un
passé qu'on n'a jamais vraiment connu.

Dans l'histoire de l'Europe après 1945 qu'il vient de
publier, Tony Judt émet l'idée que l'Europe du XXIe siècle
remplacera peut-être les États-Unis comme modèle que le
reste du monde aspirera à imiter en matière de prospérité
matérielle, de politique sociale éclairée, et de libertés individuelles. Mais l'engagement de la classe politique en
Europe pour la défense des libertés individuelles est-il bien
fort ? On a la preuve que certaines agences de sécurité en
Europe collaborent ou sont en collusion avec la CIA, au point
de bel et bien rendre des comptes à Washington. Les États-

---

*Opiniâtre**, disent les Français : obstiné, buté, têtu comme une
mule. Dans son allemand, Bruno se montre plus diplomate. Il hésite

---

J'ai vérifié. Et le second héritier est un organisme de cha-
rité, un truc sans avenir pour lequel sa sœur travaillait, qui
a pour vocation de réhabiliter des animaux de laboratoire.

Des animaux de laboratoire ?

Des animaux qui ont été utilisés pour des expériences
en laboratoire. Donc, en fait, l'argent va à des animaux.
Tout l'argent. Et son testament, c'est ça ! Point final. Et

Unis semblent avoir mis dans leur poche certains gouvernements de l'Europe de l'Est. Nous pouvons peut-être nous attendre à voir l'état de choses qui prévaut au Royaume-Uni de Tony Blair gagner du terrain : anti-américanisme dans la population, mais le gouvernement danse sur la musique américaine. Il se peut même qu'en temps voulu nous voyions se reproduire dans une partie de l'Europe ce qui se passait en Europe de l'Est du temps de l'URSS : un bloc d'États nationaux dont les gouvernements, selon une certaine définition de la démocratie, sont élus démocratiquement, mais dont la politique dans les domaines clés est dictée par une puissance étrangère, où toute dissidence est muselée et où les manifestations populaires contre la puissance étrangère sont réprimées par la force.

Un rayon d'espoir dans ce triste tableau nous arrive d'Amérique du Sud, avec la venue au pouvoir inattendue de quelques gouvernements socialo-populistes. Les sirènes d'alarme doivent siffler à Washington : attendons-nous à

---

encore sur le titre qu'il donnera à ces petites sorties : *Meinungen* ou *Ansichten*. *Meinungen*, ce sont des opinions, dit-il, mais des

---

comme j'ai dit, il ne l'a jamais revu. Aux termes de la loi, ce sont ses dernières volontés.

Tu as vu son testament ?

J'ai tout vu. Le testament, la correspondance échangée avec son notaire, les relevés bancaires, les mots de passe. Je te l'ai dit, j'ai un logiciel espion. Il me permet de tout savoir. Il est fait pour ça.

voir se durcir les méthodes coercitives en diplomatie, la guerre économique et la subversion pure et simple.

Intéressant de voir qu'au moment dans l'histoire où le néolibéralisme crie haut et fort que, maintenant que le politique se classe sous l'économique, les vieilles catégories de la droite et de la gauche sont devenues obsolètes, et que dans le monde entier ceux qui se contentaient de se dire « modérés » – c'est-à-dire se démarquaient des excès de la droite comme de la gauche – décident qu'à une époque de triomphalisme de droite, l'idée d'une gauche est trop précieuse pour jeter le froc aux orties.

Du point de vue orthodoxe néolibéral, le socialisme s'est effondré et il est mort de ses propres contradictions. Mais ne pourrions-nous pas nous raconter une autre histoire selon laquelle le socialisme ne s'est pas effondré mais a mordu la poussière, qu'il n'est pas mort, mais qu'on l'a tué ?

Nous voyons la guerre froide comme une période où la vraie guerre, la guerre chaude, était évitée tandis que deux

---

opinions sujettes aux sautes d'humeur. Les *Meinungen* que je défendais hier ne sont pas nécessairement celles que j'ai aujour-

---

Tu as installé ce logiciel sur son ordinateur ?

Je te l'ai dit. J'ai mis un petit logiciel sur son disque dur camouflé dans ce qui a l'air d'une petite photo. C'est complètement invisible, sauf si on sait ce qu'on cherche. Personne ne le repérera. Et je peux le supprimer de l'extérieur si je veux.

systèmes économiques rivaux, le capitaliste et le socialiste, étaient en concurrence pour gagner les cœurs et les esprits des peuples du monde. Mais les centaines de milliers d'hommes et de femmes de la gauche idéaliste, les millions peut-être qui furent emprisonnés et torturés pour leurs convictions politiques et leurs actions publiques seraient-ils d'accord avec cette vue de l'époque ? Ne se menait-il pas sans relâche une guerre chaude pendant la guerre froide, une guerre dont le théâtre était les caves et les salles d'interrogatoire du monde entier, qui a coûté des milliards de dollars et qui a fini par être gagnée, quand le vieux navire de l'idéalisme socialiste en détresse a abandonné la lutte et a sombré corps et biens ?

d'hui. Les *Ansichten*, en revanche, sont plus fermes, plus longuement pesées.

Mais en quoi ses affaires te regardent-elles ? Pourquoi est-ce que tu t'intéresses à son testament ?

Je vais te poser une question, Anya. Qui peut faire meilleur usage de trois millions de dollars : une bande de rats, de chiens et de singes dont on a bousillé la cervelle par des expériences scientifiques et qui devraient être contents d'être tués aussi humainement que possible ; ou toi et moi ?

25. Sur Tony Blair

L'histoire de Tony Blair pourrait sortir tout droit de
Tacite. Un petit gars comme les autres, issu de la classe
moyenne, qui pense comme il faut en toutes choses (les
riches doivent subventionner les pauvres, il faut serrer
la bride aux militaires, défendre les droits civiques
contre les empiétements de l'État), mais sans formation
philosophique et guère capable d'introspection, avec
pour unique boussole intérieure l'ambition personnelle,
s'embarque pour le voyage au long cours en politique,
s'exposant à toutes les dérives pour finir champion
de l'esprit d'entreprise et de l'appât du gain, et
singe assidu auprès de maîtres à Washington, fermant

Lors de notre dernier échange, il penchait pour *Meinungen*.
Six écrivains différents, six personnalités différentes, dit-il.

Toi et moi ?

C'est bien ça : toi et moi.

Je ne veux pas dire toi et moi, je veux dire qu'est-ce
que son argent a à voir avec toi et moi ?

Je vais trouver un usage à cet argent, Anya. Je vais le
faire fructifier, au lieu de le laisser dormir sur un compte.
Pour trois millions, je peux trouver un placement à quatorze

pieusement les yeux (n'a rien vu, n'a rien entendu de mal) tandis que leurs sbires torturent et font disparaître les opposants à leur guise.

En privé, des hommes comme Blair se défendent en disant que leurs critiques (toujours qualifiés de critiques en chambre) oublient que, dans ce monde qui est loin d'être parfait, la politique est l'art du possible. Ils vont même plus loin : la politique n'est pas pour les poules mouillées, disent-ils, entendant par poules mouillées ceux qui rechignent à faire des compromissions sur les principes moraux. Par sa nature même, la politique s'allie mal à la vérité, disent-ils aussi, ou du moins à la pratique de dire la vérité en toutes circonstances. L'Histoire leur donnera raison, concluent-ils – l'Histoire qui voit les choses sur le long terme.

On a de temps en temps vu arriver au pouvoir des hommes qui se sont juré de pratiquer une politique de la vérité, ou du moins une politique qui évite le mensonge.

Comment évaluer avec certitude la fermeté avec laquelle chacun tient à ses opinions ? Il vaut mieux laisser la question en suspens.

---

ou quinze pour cent, sans difficulté. On se fait quinze pour cent, on lui rend ses cinq pour cent, et on empoche le reste comme commission, le fruit du travail de nos méninges. Ça se monte à trois cent mille par an. S'il vit encore trois ans, ça fera un million. Et il n'en saura même rien. En ce qui le concerne, les intérêts s'accumuleront de trimestre en trimestre.

Fidel Castro a peut-être été de ceux-là. Mais comme il est court le temps de la vérité ! Bientôt les exigences de la vie politique rendent difficile et en fin de compte impossible pour l'homme au pouvoir de faire la différence entre la vérité et le mensonge.

Comme Blair, en privé Fidel dira : *Vous avez beau jeu de me juger de haut, mais vous ne savez pas à quelles pressions j'ai été soumis.* C'est toujours le prétendu principe de réalité que ces gens-là invoquent ; toute critique qui leur est faite est qualifiée avec mépris d'idéaliste, irréaliste.

Ce que les gens ordinaires se lassent d'entendre de la bouche de leurs gouvernants, ce sont les déclarations qui ne sont pas tout à fait la vérité : un peu en deçà de la vérité, un peu à côté de la vérité, ou bien la vérité lancée avec un effet qui la fait chanceler, comme une toupie. Ils voudraient qu'on leur fasse grâce des faux-fuyants qu'on leur sert sans cesse. D'où leur soif – modérée, admettons-le – d'entendre ce qu'ont à dire

---

Ce qui intéresse davantage le lecteur est la qualité intrinsèque des opinions émises – leur variété, le pouvoir qu'elles ont

---

Je ne te suis plus. Comment peut-il ne pas se rendre compte que tout d'un coup ses fonds disparaissent de son compte et sont placés en bourse ?

Parce que tous les relevés, toutes ses communications électroniques passeront par moi. Tout sera détourné. Il n'aura aucun accès direct. Et je bricolerai les chiffres. Tant que ça durera.

ceux qui savent s'exprimer et qui sont en dehors de l'arène politique – universitaires, ecclésiastiques, scientifiques, écrivains – sur les affaires publiques.

Mais comment un simple écrivain (pour s'en tenir aux écrivains) peut-il étancher cette soif quand, en général, il n'a des faits qu'une compréhension parcellaire et hésitante, quand il n'a vraisemblablement accès aux prétendus faits que par les médias, eux-mêmes pris dans le champ de forces politiques, et quand la moitié du temps, par vocation, il s'intéresse autant au menteur et à la psychologie du mensonge qu'à la vérité ?

---

d'étonner, et en quoi elles s'accordent ou ne s'accordent pas avec la réputation de leurs auteurs.

Tu es fou ! Si ses comptables se doutent de quelque chose, ou s'il meurt, et si la succession est confiée à des hommes de loi, la piste remontera tout droit jusqu'à toi, et tu iras en prison. Ta carrière sera brisée.

La piste ne remontera pas jusqu'à moi. Au contraire, la piste conduira à une fondation en Suisse qui gère un certain nombre d'établissements de neurologie et

26. Sur Harold Pinter

Harold Pinter, lauréat du prix Nobel de littérature en 2005, est trop souffrant pour venir assister à la cérémonie à Stockholm. Mais dans un discours enregistré, il lance une attaque qu'on peut qualifier de féroce contre Tony Blair à qui il reproche son rôle dans la guerre en Irak, et qu'il souhaite voir jugé comme criminel de guerre.

Quand on s'exprime en son propre nom – c'est-à-dire pas à travers son art – pour dénoncer tel ou tel homme politique, on se lance dans une épreuve qu'on a des chances de perdre parce qu'elle se déroule sur un terrain

---

Je ne suis pas d'accord. Le mot que je veux, c'est *Ansichten*, dis-je. *Harte Ansichten*, si cela peut se dire en allemand. *Feste*

---

subventionne des recherches sur le Parkinson ; et s'ils souhaitent remonter la piste plus loin encore, elle les mènera à Zurich, jusqu'à une holding dont le siège est aux îles Caïmans ; et ils seront bien obligés d'en rester là parce que nous n'avons aucun accord avec les Caïmans. Je serai totalement invisible d'un bout à l'autre. Comme Dieu. Et toi aussi.

La Suisse ? Parkinson ? Tu veux dire la maladie de Parkinson ?

où l'adversaire est mieux exercé et plus habile. « Monsieur Pinter a bien sûr droit à ses opinions, répondra-t-on. Il jouit après tout des libertés que garantit une société démocratique, des libertés qu'à cette heure nous nous efforçons de protéger des extrémistes. »

Il faut donc une bonne dose de jugeote pour parler comme Pinter l'a fait. Qui sait, peut-être Pinter sait-il fort bien qu'on lui opposera un démenti facile, qu'on le dénigrera, qu'on le tournera même en ridicule. Et malgré cela il ouvre le feu et rassemble ses forces pour la riposte. Ce qu'il a fait est peut-être imprudent mais n'a rien de lâche. Et puis il y a des moments où l'outrage et la honte sont si forts que tout calcul, toute prudence sont balayés et qu'on est forcé d'agir, c'est-à-dire de parler.

Ansichten, dit Bruno. Donnez-moi le temps de réfléchir. Permettez-moi de consulter les cinq autres.

La maladie de Parkinson. C'est ça qui l'inquiète, ton bonhomme, Señor C. C'est pour ça qu'il a besoin d'une jeune secrétaire avec des doigts agiles. C'est pour ça qu'il est si pressé de finir son livre. De livrer ses opinions. Son adieu au monde. Alors pour les problèmes que tu envisages, même s'il décide de casser sa pipe prématurément, ses comptes seront parfaitement en ordre. Les archives montreront que par philanthropie, il a fait don de son argent à la recherche médicale.

27. De la musique

Dans les salles d'attente des médecins, il y a dix ou vingt ans, on trompait notre ennui avec une musique de fond, une musique douce, chansons sentimentales de Broadway, morceaux classiques connus comme *Les Quatre Saisons* de Vivaldi. Aujourd'hui cependant on n'entend plus que le martèlement mécanique et sourd qui plaît aux jeunes. Leurs aînés, comme des chiens battus, supportent cette musique sans broncher : *faute de mieux** ils en ont fait leur musique aussi.

Cette rupture avec le passé est sans doute irréparable. Le mauvais chasse le bon : ce qu'ils appellent la « musique classique » n'a simplement plus cours. Peut-on trouver quelque chose d'intéressant à dire sur ce changement, ou doit-on se contenter de s'en plaindre en maugréant entre ses dents ?

Ce qui s'est mis à changer depuis que je suis entré dans l'orbite d'Anya, ce ne sont pas mes opinions elles-mêmes, mais

---

J'ai reconstitué toute une correspondance par e-mail, qui remonte à des années, entre lui et les administrateurs suisses, que je peux mettre sur son ordinateur en un clin d'œil.

La musique exprime des sentiments, c'est-à-dire qu'elle donne forme et habitat aux sentiments, non pas dans l'espace, mais dans le temps. Dans la mesure où la musique a une histoire qui est plus que l'histoire de l'évolution des formes musicales, nos sentiments doivent eux aussi avoir une histoire. Il se peut que certaines formes de sentiments qui trouvaient leur expression dans la musique par le passé et qui étaient enregistrées dans la mesure où la musique peut être enregistrée, c'est-à-dire consignée sur du papier, nous soient devenues si inaccessibles que nous n'y reconnaissons plus des sentiments, que nous ne pouvons les appréhender qu'après une longue étude de l'histoire et de la philosophie de la musique, de l'histoire philosophique de la musique, de l'histoire de la musique comme histoire de l'âme sensible.

À partir d'une telle prémisse, on pourrait aller plus loin et identifier les formes de sentiments qui n'ont pas survécu jusqu'au XXIe siècle de l'ère de Notre-Seigneur. La musique du XIXe siècle nous fournit un bon point de départ puisqu'il y en a encore parmi nous pour qui la vie intérieure de l'homme du XIXe siècle n'est pas tout à fait morte, pas encore.

---

plutôt l'opinion que je me fais de mes opinions. Quand je relis ce que, quelques heures plus tôt à peine, elle a traduit en corps 14

Et comment est-ce que tu as mis ton logiciel espion sur son ordinateur ?

Il était sur l'une des disquettes que tu lui as remises.

Donc, tu t'es servi de moi.

Si je ne m'étais pas servi de toi, j'aurais trouvé un

Considérons le chant. L'art du chant au XIXe siècle est par sa kinesthésie très éloigné de la façon dont on chante aujourd'hui. La cantatrice du XIXe siècle apprenait à chanter du fond de son thorax (de ses poumons, de son « cœur »), tenant la tête bien haute pour émettre un son ample et riche qui porte loin. C'est une façon de chanter censée exprimer la noblesse d'âme. Lorsqu'elle chantait, toujours devant un public, bien sûr, ceux qui étaient dans la salle voyaient, mis en scène sous leurs yeux, le contraste entre le simple corps physique et la voix qui transcende le corps d'où elle monte et s'élève, laissant le corps derrière elle.

Du corps donc, le chant naissait pour se faire âme. Et cette naissance ne se faisait pas sans les affres de la douleur : ce lien entre le sentiment et la douleur était souligné par des mots tels *passio*, *Leidenschaft*. Le son lui-même que produisait la cantatrice – volutes se faisant écho – semblait se réfléchir.

*

à partir de ma voix enregistrée, de manière fugitive, j'entrevois par ses yeux les opinions tranchées que j'ai émises – je vois

autre moyen. Ce n'est pas un jeu, Anya. On parle d'une sérieuse somme d'argent. Pas le summum du sérieux, mais sérieuse quand même. Et avant que je ne m'en mêle, cet argent était sérieusement gaspillé.

Quelle sottise toute cartésienne de penser que le chant d'oiseau est une suite de cris programmés que jettent les oiseaux pour signaler leur présence au sexe opposé, et tout à l'avenant ! Avec chaque cri, l'oiseau lâche de tout son cœur son moi dans les airs, avec une joie telle que nous pouvons à peine la comprendre. *C'est moi !* dit chaque cri : *Moi ! Quel miracle !* Le chant libère la voix, lui permet de prendre son envol, gonfle l'âme. Dans un entraînement militaire, en revanche, on enseigne à user de la voix d'une manière hachée, sans nuance, machinale, interdisant toute pensée. Quels dégâts doit subir l'âme soumise à la voix militaire, et qui doit la faire sienne !

Il me revient une scène qui a eu lieu il y a des années dans la bibliothèque de l'université Johns Hopkins, à Baltimore. Je me renseignais auprès d'une bibliothécaire qui réagissait à chacune de mes questions d'un ton sec et monocorde, me donnant le sentiment troublant que je ne parlais pas à un autre être humain, mais à une machine. Et la jeune femme, en effet, semblait fière de son identité de machine qui se suffisait à elle-

---

combien elles peuvent sembler étrangères et surannées à une « garçonne » totalement moderne, comme les ossements d'une

---

Pas un jeu, dit Alan. Je suis bien d'accord. Une somme pareille, c'est du sérieux.

Pas de la plaisanterie. Alan ne m'a jamais caché qu'il ne voit pas les choses en noir et blanc. Il y a un continuum, dit-il, qui passe par toutes les nuances de gris, du

même. Elle n'attendait rien de moi dans cet échange, rien que je puisse lui donner, pas même l'instant réconfortant de reconnaissance mutuelle qu'échangent deux fourmis dont les antennes se frôlent comme elles se croisent.

Une bonne partie des affreuses manifestations verbales qu'on entend dans les rues en Amérique relève d'une hostilité foncière au chant, du refoulement de l'instinct de chanter qui est la province de l'âme. L'éducation des enfants en Amérique préfère inculquer des modes d'expression machinaux, militaires. Inculquer, de *calx/calcis*, le talon. Inculquer : fouler aux pieds.

Bien sûr, ce mode verbal mutilé et machinal s'entend partout dans le monde. Mais en tirer fierté semble une attitude uniquement américaine. Car l'Américain moyen ne met presque jamais en question le modèle du moi comme fantôme qui habite une machine. Le corps, tel qu'on le conçoit en Amérique, le corps américain, est une machine complexe munie d'un module vocal, d'un module sexuel, et de plusieurs autres, même d'un module

---

créature bizarre et disparue, moitié oiseau, moitié reptile, en train de se fossiliser. Lamentations. Foudres. Anathèmes.

---

gris foncé sur un côté au gris clair sur l'autre. Et lui ? Il se spécialise dans la zone intermédiaire, comme il dit, dans les tons de gris, ni sombres ni clairs. Mais dans le cas de Señor C, il me semble qu'il passe la limite qui sépare le gris du noir, du noir le plus dense.

psychologique. Dans ce corps-machine, le fantôme du moi lit des listes d'instruction et appuie sur des touches pour donner des ordres auxquels le corps obéit.

Dans le monde entier des athlètes ont assimilé le modèle américain du corps et du moi, sans doute sous l'influence de la psychologie sportive américaine (qui « donne des résultats »). Les athlètes parlent ouvertement d'eux-mêmes comme de machines d'une espèce biologique, qui doivent recevoir des aliments bien définis en quantités bien définies, à des heures du jour bien précises, et qui doivent être « travaillés » méthodiquement par leurs maîtres pour être amenés à leur niveau de performance optimal.

On peut imaginer comment de tels athlètes font l'amour : activité vigoureuse suivie de l'explosion orgasmique, rationalisée comme une récompense donnée au mécanisme physique, suivie d'une brève période de détente durant laquelle le surveillant fantôme confirme que la performance a été à la hauteur.

*

J'aurais dû écouter jusqu'au bout ce qu'elle avait à dire sur l'honneur, lui concéder la victoire rhétorique qu'elle voulait. Je

Est-ce que tu as bien réfléchi, Alan ? dis-je. Est-ce que tu as bien réfléchi et est-ce que tu es sûr que tu veux aller plus loin dans cette histoire ? Parce que, franchement, moi, je ne suis pas sûre d'être avec toi dans ce micmac.

Je ne te demande pas d'être avec moi, mon chou. Je

Les vieilles gens continuent à bougonner voulant savoir pourquoi la musique ne peut rester dans la tradition des grands compositeurs symphoniques du XIXe siècle. La réponse est bien simple. Les principes qui engendraient cette musique sont morts et ne sauraient être ramenés à la vie. On ne peut plus composer une symphonie du XIXe siècle sans qu'elle ne devienne immédiatement une pièce de musée.

Brahms, Tchaïkovski, Bruckner, Mahler, Elgar, Sibelius composaient dans les limites de la forme symphonique une musique de re-naissance héroïque et/ou de transfiguration. Wagner et Strauss firent à peu près la même chose dans des formes qu'ils réinventèrent. Leur musique repose sur des formes de composition qui mettent en parallèle une transmutation harmonique et des motifs d'une part, et d'autre part une transfiguration spirituelle. Il est typique de trouver dans ces œuvres une progression qui passe par les troubles d'une lutte pour arriver à une clarification – d'où la note triomphale sur laquelle s'achèvent tant d'œuvres symphoniques de cette époque-là.

---

pourrais encore le faire : monter là-haut, frapper à sa porte et dire : *Vous avez raison, je vous le concède, l'honneur est lettre*

---

peux facilement réussir mon coup tout seul. Si ce que je fais ne te plaît pas, tu n'as qu'à oublier cette conversation. Fais comme tu faisais avant. Tape ses textes.

Bavarde avec lui. Sois gentille, sois aimable. Je me charge du reste.

Curieux, étant donné que l'idéal de transformation nous est devenu tellement étranger, que cette musique de la transformation conserve encore le pouvoir de nous émouvoir, d'éveiller ce sentiment d'exaltation qui nous gonfle le cœur, émotion tout à fait incongrue de nos jours.

Plus difficile de dégager les principes qui engendrent la musique contemporaine. Mais nous pouvons certainement dire que la qualité de désir ardent, d'idéal érotique, qu'on trouve si souvent dans les premières œuvres romantiques, a disparu, probablement pour de bon, de même que la lutte héroïque et l'effort vers la transcendance.

Dans la musique populaire du XXᵉ siècle, on trouve un enracinement fraîchement découvert dans l'expérience du corps. Quand on se tourne vers le passé, à partir du XXIᵉ siècle où nous nous trouvons, on est surpris de voir combien la danse se contentait d'un rythme rudimentaire, d'abord la musique de cour sur laquelle dansaient les aristocrates, puis la musique composée pour faire danser les classes moyennes. Les rythmes des danses de cour de

---

morte, le déshonneur est mort, maintenant revenez-moi. Et peut-être – qui sait ? – ce ne serait pas tout à fait un mensonge.

Oublie cette conversation. Trois cent mille par an, non déclarés, je présume, qui passent en douceur dans l'un ou l'autre des comptes d'Alan. Et quand le vieux vient à mourir, son argent réapparaît, comme par magie, sur son compte à lui, jusqu'au dernier sou, l'argent réel, les vrais

Rameau, Bach, Mozart, sans parler de Beethoven, semblent bien lourds pour le goût d'aujourd'hui. Dès la fin du XVIIIᵉ siècle, les musiciens s'impatientaient de cet état de choses et ils ont cherché à importer des danses sur des rythmes plus stimulants. Ils ne cessent de puiser dans la musique des paysans d'Europe, des Tziganes, des Balkans, de Turquie et d'Asie centrale pour renouveler les rythmes de la grande musique européenne. Cette attitude trouve son apogée dans le primitivisme ostentatoire du *Sacre du printemps* de Stravinski.

Mais le grand renouveau de la musique populaire a lieu au Nouveau Monde et passe par la musique des esclaves qui n'ont pas perdu leurs racines africaines. Depuis l'Amérique du Nord et du Sud, les rythmes africains gagnent tout l'Occident. On n'exagérerait pas en disant que par la musique africaine les Occidentaux commencent à vivre par et à travers leur corps d'une manière nouvelle. Les colonisateurs finissent par être colonisés. Même quelqu'un d'aussi agile dans ses rythmes que Bach se sentirait déplacé, dépaysé comme sur un autre continent, s'il devait renaître aujourd'hui.

Peut-être que ce que je sens s'abattre sur moi devant les images, prises de loin, au zoom, d'hommes en combinaisons

---

chiffres, et non pas les chiffres fictifs qu'Alan lui balance depuis l'appart 2514, là-haut, pendant que la fondation, la fondation suisse mythique, se perd dans les nuées qui couronnent les Alpes. C'est de l'escroquerie, pas de doute là-dessus. Mais en un certain sens, et à condition

La musique romantique cherche à retrouver un état perdu de transport (qui n'est pas la même chose que le ravissement), un état d'exaltation dans lequel on se défera de son enveloppe humaine pour devenir un être pur ou un pur esprit. D'où cette aspiration constante de la musique romantique : elle s'efforce toujours d'aller plus loin (n'y a-t-il pas un morceau de Mendelssohn qui s'intitule *Sur les ailes du chant* – le poète retenu sur terre qui aspire à prendre son vol ?). On commence à comprendre pourquoi les Romantiques s'enthousiasmaient pour Bach. Le trait caractéristique de Bach est de montrer comment tout germe de musique, aussi simple soit-il, a d'infinies possibilités de développement. On note le contraste marqué avec d'autres compositeurs en vogue à son époque : un morceau de Telemann, par exemple, semble être l'application d'un gabarit plutôt que l'exploration d'un potentiel.

Est-ce aller trop loin que de dire que la musique que nous appelons romantique est d'inspiration érotique – elle ne cesse de chercher un dépassement, elle s'efforce de permettre au sujet qui l'écoute d'abandonner son corps et

---

orange, enchaînés et cagoulés, qui se traînent comme des zombis derrière les barbelés de Guantanamo, ce n'est pas réellement

---

que les mouvements de la Bourse soient prévisibles, c'est-à-dire conformes aux lois de la probabilité, c'est inoffensif. C'est ainsi que j'ai un aperçu de la façon dont Alan passe ses journées : à faire des tours de passe-passe, inoffensifs, espérons-le, avec l'argent des autres. Est-ce

d'être transporté (comme à l'écoute d'un chant d'oiseau, d'un chant céleste) pour devenir une âme qui vit ? Si cela est vrai, l'érotisme de la musique romantique est à l'opposé de l'érotisme contemporain. Chez les jeunes amants d'aujourd'hui on ne saurait percevoir la moindre étincelle de cette soif métaphysique de jadis, qui se donnait le nom codé de désir ardent (*Sehnsucht*).

le déshonneur, la disgrâce de vivre à une époque pareille, mais autre chose, quelque chose de plus bénin, plus facile à gérer, un

que je partage la vie d'un escroc professionnel ? Est-ce qu'un beau matin la police va venir frapper à la porte pour emmener Alan, qui se cachera la tête sous son veston, et y aura-t-il des photographes plantés sur le trottoir d'en face pour prendre un cliché de la petite amie de l'accusé ?

28. Du tourisme

En 1904, à l'âge de dix-neuf ans, Ezra Pound s'est inscrit à un cours de provençal au Hamilton College, dans l'État de New York. De Hamilton il est allé à l'université de Pennsylvanie poursuivre ses études de langue. Son ambition était de devenir chercheur, spécialiste des littératures romanes, et en particulier de la poésie de la fin du Moyen Âge.

En tant que domaine de recherche, la littérature provençale était plus à la mode il y a cent ans qu'aujourd'hui. Si on était de tendance humaniste séculaire, on faisait remonter l'esprit de la civilisation, la civilisation occidentale moderne, à la Grèce antique puis, quelques siècles plus tard, au XIIe siècle en France et à l'Italie du XIIIe siècle. Athènes définit la civilisation ; la Provence et le quattrocento redécouvrirent Athènes. Aux yeux de Pound, c'est en Provence qu'on a assisté à l'un des rares moments où

---

excès ou un déficit d'acides aminés dans le cortex qu'on pourrait vaguement appeler *dépression*, ou plus vaguement encore

---

Ce ne sont jamais que des chats et des chiens, Anya, dit-il, en tournant autour de moi, s'approchant par-derrière, m'enveloppant de ses bras en me chuchotant à l'oreille.

la vie, l'art et le sentiment religieux se sont trouvés alliés pour amener la civilisation à un riche épanouissement, avant que les persécutions du pape ne réintroduisent l'obscurantisme ancien.

En 1908, Ezra Pound s'est embarqué pour son premier voyage en Europe, où il s'est activement occupé de littérature, tout en continuant à explorer la culture romane. En 1912, il s'est mis en route sur les traces de ses héros, les troubadours. La première partie du voyage l'a conduit à Poitiers, Angoulême, Périgueux et Limoges. La seconde d'Uzerche à Souillac, puis Sarlat, Cahors, Rodez, Albi et Toulouse. De Toulouse, il a gagné Foix, Lavelanet, Quillan et Carcassonne, et enfin Béziers.

Il avait le projet de trouver dans ce périple de quoi écrire un livre de voyage et d'histoire culturelle qui s'intitulerait *Gironde*. Mais l'éditeur avec qui il avait un contrat pour cet ouvrage a fermé boutique, et Pound n'a jamais écrit le livre. Tout ce qu'il en reste consiste en quelques carnets, aujourd'hui dans la collection de Yale, dont Richard Sieburth a transcrit et publié des extraits.

Pound semble avoir cru qu'il ne pouvait apprécier la poésie des troubadours à sa juste valeur avant d'avoir

---

cafard, et qu'on pourrait dissiper en quelques minutes par un cocktail approprié de substances chimiques, X+Y+Z.

S'il faut envisager le pire, ce ne sont que des chiens et des chats emberlificotés dans les fils et les tuyaux d'appareils détecteurs et de goutte-à-goutte. Où est le mal, en fait ? Au

cheminé sur les routes et vu les paysages que les poètes connaissaient bien. Cela semble à première vue raisonnable. L'ennui est que les détails du paysage ne figurent pas dans la poésie des troubadours. Nous y trouvons certes des oiseaux et des fleurs, mais ce sont des oiseaux et des fleurs génériques. Nous savons ce que les troubadours ont dû voir, mais nous ne savons pas ce qu'ils ont vu.

Il y a dix ans, sur les traces de Pound et de ses poètes, je suis parti à vélo sur les mêmes routes, j'ai parcouru notamment (plusieurs fois) la route entre Foix et Lavelanet en passant par Roquefixade. Je ne sais pas trop ce que j'ai accompli par là. Je ne sais même pas bien ce que mon illustre prédécesseur espérait accomplir lui-même. L'un et l'autre avons pris la route à cause de poètes importants pour nous (pour Pound, les troubadours ; pour moi, Pound) qui avaient été, en chair et en os, là où nous étions ; mais ni l'un ni l'autre n'avons semblé ou ne semblons capables de démontrer dans nos écrits comment ou pourquoi c'était important.

Ce que j'ai trouvé extraordinaire quand j'ai vu Roquefixade pour la première fois, c'est à quel point Roquefixade était un endroit ordinaire : un point sur le

---

Je devrais réviser mes opinions de fond en comble, voilà ce que je devrais faire. Je devrais éliminer les plus vieilles,

---

pire, on tombe sur un os qu'on n'a pas prévu, on laisse tomber, tout simplement, et tout sera comme avant.

globe terrestre, rien de plus. Je n'ai ressenti nul frisson. Rien ne me dit que Pound ait ressenti le moindre frisson non plus. Ce qu'il a vu dans son périple de 1912 et qui a fait impression sur lui, dont il a gardé le souvenir et qui a trouvé place dans sa poésie est tout à fait arbitraire : un échalier ouvrant sur un chemin qui ne mène nulle part, par exemple (voir les fragments qui concluent les *Cantos*).

La nature du tourisme a changé depuis 1912. L'idée de partir sur les traces de X ou Y s'est estompée comme les événements historiques se confondent avec la répétition d'événements historiques, les vieux objets (« historiques ») se confondent avec des simulacres de vieux objets (les vieux murs de Carcassonne reconstruits par Viollet-le-Duc, par exemple). À vélo, sur les routes du Languedoc, j'étais probablement le seul dans un rayon de cent cinquante kilomètres à rendre, en un certain sens, hommage aux grands disparus.

---

les plus décaties et les remplacer par d'autres, plus neuves, plus d'actualité. Mais où se procure-t-on des opinions d'actualité ?

Le pire est bien pire que ça, Alan. Comme tu le verrais si tu voulais bien réfléchir un peu.

J'ai pris le temps de réfléchir. J'ai bien pesé toute

29. De l'usage de l'anglais

Il y a quelque temps, j'ai commencé à dresser une liste des usages à la mode dans l'anglais d'aujourd'hui. En tête de liste venaient les antonymes *appropriate/inappropriate*, l'expression *going forward* et la locution prépositionnelle qu'on rencontre partout, *in terms of*.

Inappropriate, ai-je noté, en est venu à remplacer *bad* ou *wrong* dans les énoncés de ceux qui veulent exprimer leur désapprobation, sans avoir l'air de porter un jugement moral (pour ceux-là, il convient de se garder de porter un jugement moral qui est en soi *inappropriate*, c'est-à-dire de mauvais aloi). Ainsi : « Elle a déclaré que l'inconnu l'avait touchée de façon *inappropriate*– déplacée. »

Quant à *going forward* qui supplante *in future* ou *in the future* – à l'avenir –, l'expression s'emploie pour donner

---

Auprès d'Anya ? Auprès de son amant et mentor Alan, le courtier. Y a-t-il un marché des opinions neuves ? Les

---

l'affaire. Je ne vois pas ce qui pourrait arriver de pire que ce que j'ai prévu de pire. Éclaire ma lanterne.

Je pourrais me mettre à te voir sous un autre jour. As-tu pensé à ça ? Alan, je t'avertis, en bonne et due forme : si tu vas de l'avant avec ta combine, ce ne sera plus jamais pareil entre nous.

l'idée que le locuteur envisage l'avenir avec optimisme et dynamisme : « Malgré les chiffres médiocres du dernier trimestre, nous nous attendons à une expansion rapide *going forward* » – et restons optimistes.

Il est moins facile de rendre compte de la préposition qui sert à tout, *in terms of* : « They made a lot of money *in terms of* bribes » (au lieu de *in* bribes) : ils se sont fait beaucoup d'argent en pots-de-vin ; « They made a lot of money *in terms of* graft » (au lieu de *through* graft) : par abus de pouvoir ; « They made a lot of money *in terms of* false pretences » (au lieu de *by* false pretences) : par des moyens frauduleux ; « They made a lot of money *in terms of* intelligent investments » (au lieu de *with* intelligent investments) : grâce à des investissements astucieux ; « They made a lot of money *in terms of* investing intelligently » (au lieu de *by* investing intelligently) : en investissant intelligemment.

On peut expliquer cette prolifération de la manière suivante : la forme logique qui sous-tend l'énoncé déclaratif est la proposition, c'est-à-dire que la phrase peut se découper en un sujet et un prédicat qui fait une affirmation sur

---

vieillards à l'intellect vacillant, à la vue basse et aux mains percluses, sont-ils autorisés à faire des transactions sur ce

---

Nous ne nous sommes jamais disputés, Alan et moi, pas sérieusement. Nous sommes un couple qui garde la tête froide. Comme nous avons la tête froide, que nous n'avons pas d'attentes déraisonnables l'un envers l'autre, ni d'exigences déraisonnables, notre relation est harmonieuse. Nous ne sommes ni l'un ni l'autre tombés

le sujet. Le prédicat peut s'élargir d'un certain nombre de circonstants qui lui sont liés. Ces circonstants peuvent prendre ou non la forme d'expressions prépositionnelles. Pour ce qui est des expressions prépositionnelles, la préposition qui les introduit (*in* dans l'expression *in bribes* en anglais, en pots-de-vin) est plus ou moins imposée par les liens sémantiques qu'entretiennent le verbe (make money – se faire de l'argent) et le reste de l'expression prépositionnelle (bribes, pots-de-vin). La préposition elle-même contient peu d'information ; elle peut aussi bien avoir un contenu sémantique nul.

À partir de ce raisonnement, on peut défendre l'idée qu'on n'a guère besoin de tout un éventail de prépositions, chacune ayant son propre sens : tout ce qu'il nous faut est un marqueur servant à tout pour introduire une expression prépositionnelle. *In terms of* remplit cette fonction.

La fusion de l'ancien répertoire de prépositions en une seule donne à penser qu'une décision non encore formulée a été prise par un corps influent de locuteurs anglophones : le degré de précision qu'exige le bon usage de

---

marché, ou vont-ils simplement être dans les jambes des jeunes ?

---

de la dernière pluie, nous savons ce qu'il en est. Il ne me pompe pas l'air, moi non plus.

Je ne lui marche pas sur les pieds, lui non plus. Alors, qu'est-ce qui nous arrive maintenant ? Insensiblement, nous sommes-nous laissés aller à notre première grosse dispute ?

l'anglais est superflu pour satisfaire les besoins restreints de la communication, et en conséquence, certaines mesures de simplification s'imposent.

Nous remarquons une évolution comparable dans la simplification de l'accord sujet-verbe : « Fear of terrorist attacks are affecting travel plans. » La règle d'accord qui semble avoir tendance à s'appliquer est que le nombre du verbe (are – pluriel) est déterminé non pas par le sujet (fear – singulier) mais par le nombre du nom le plus proche qui le précède (attacks – pluriel). Nous allons peut-être vers une grammaire (une grammaire internalisée) d'où est absente la notion de *sujet grammatical.*

Mes notes sur ces aspects nouveaux de l'usage de la langue devinrent de plus en plus substantielles, au point qu'elles prenaient l'ampleur d'un essai. Mais dans quel genre d'essai étais-je en train de me lancer ? Un essai d'analyse linguistique objective ou une diatribe déguisée sur le relâchement dans l'usage ? Pourrais-je soutenir le ton détaché du linguiste ou bien allais-je être la proie de l'esprit dans lequel Flaubert a écrit son *Dictionnaire des idées reçues,* à

P.-S., ai-je ajouté. *Une nouvelle. Je commence à rassembler une deuxième série d'opinions, moins tranchées. Je serai heu-*

On dirait qu'Alan lit mes pensées. Est-ce que nous avons une dispute, Anya ? Si c'est le cas, ça n'en vaut pas la peine. J'abandonnerai le projet, je te le promets, si c'est ce que tu veux. Mais commence par te calmer. Réfléchis. La nuit porte conseil. Dis-moi demain ce que tu décides. Mais ne perds pas de vue qu'il s'agit de

partir d'une impuissance mêlée de mépris ? Quoi qu'il en soit, est-ce qu'un essai qui paraîtrait dans quelque publication australienne aurait plus d'effet sur l'usage courant de la langue anglaise que les notes d'un Flaubert hautain qui commente avec dédain les habitudes de pensée de la bourgeoisie de son temps ? Peut-on réellement défendre la position – position chère aux enseignants prescriptifs – que toute action menée dans la confusion relève d'une pensée confuse, et que la confusion de pensée procède d'un langage confus ? La plupart des scientifiques ne savent pas écrire, et pourtant, qui, dans son activité professionnelle, pense avec plus de précision que les scientifiques ? La vérité malaisée à admettre (malaisée pour ceux qui ont des intérêts dans l'usage hypercorrect de la langue) ne serait-elle pas que les gens ordinaires utilisent la langue avec autant de précision qu'ils jugent nécessaire dans telle ou telle circonstance, et que leur critère est de savoir s'ils se font comprendre de leur interlocuteur, que dans la plupart des cas un interlocuteur qui utilise le même sociolecte ou jargon professionnel peut rapidement et sans difficulté comprendre clairement ce

---

reux de vous les montrer si cela peut vous convaincre de revenir. Certaines d'entre elles reprennent des suggestions que vous

---

chiens et de chats. Et de rats. C'est la Ligue australienne contre la vivisection. C'est le nom de l'organisme. Ce n'est pas l'UNESCO. Ni Oxfam. Quelques vieilles dans une seule pièce à Surry Hills, avec un bureau, une machine à écrire Remington, un carton de brochures défraîchies et poussiéreuses, et, dans un coin, une cage

qu'ils disent (qui est rarement bien compliqué de toute façon), et qu'en conséquence des fautes d'accord ou des bizarreries de syntaxe (« Le fait est, est que… ») n'ont guère d'importance sur le plan pratique ? Comme les locuteurs ordinaires disent si souvent quand ils ne trouvent pas leurs mots : « Vous voyez ce que je veux dire. »

Je passe en revue mes contemporains déjà d'un certain âge, et je n'en vois que trop qui ronchonnent tant et plus, trop d'entre eux qui laissent leur impuissante stupéfaction devant le tour que prennent les choses devenir le thème majeur de leurs vieux jours. Nous ne deviendrons pas comme ça, nous jurons-nous, tous autant que nous sommes : nous suivrons l'exemple du vieux roi Knut et nous battrons en retraite de bonne grâce pour n'être pas engloutis par le raz-de-marée des temps nouveaux. Mais franchement, parfois c'est difficile.

avez faites en passant. Une opinion modérée sur les oiseaux, par exemple. Une opinion modérée sur l'amour, ou du moins

pleine de rats qui ont des fils électriques dans la tête. Voilà qui tu veux défendre, contre moi. Voilà qui tu veux sauver.

Trois millions de dollars. Ces vieilles ne sauraient pas quoi en faire. Si toutefois la Ligue existe encore. Si elle n'a pas fermé boutique.

30. De l'autorité dans la fiction

Dans le roman, la voix qui dit la première phrase, puis la deuxième, et ainsi de suite – appelons-la la voix du narrateur – n'a au départ aucune autorité. L'autorité doit se gagner ; l'auteur de roman a la charge d'édifier, à partir de rien, une telle autorité. Pour édifier cette autorité, nul n'égale Tolstoï. En ce sens du mot, Tolstoï est l'auteur exemplaire.

En nous annonçant la mort de l'auteur et du statut d'auteur, il y a un quart de siècle, Barthes et Foucault, en somme, prétendaient que l'autorité de l'auteur n'avait jamais été rien d'autre que les quelques tours de

---

sur le baiser qu'échangent un monsieur et une dame. Puis-je vous persuader d'y jeter un œil ?

J'ai passé toute une journée à attendre – une journée où je me suis tellement énervé que je n'ai pas écrit un seul mot –

Des rats. Ce n'est pas que j'aime les rats. Pas plus que les chiens ou les chats, d'ailleurs, dans l'abstrait. Et ce n'est pas comme si Señor C, quand il s'ébattra dans les cieux avec ses ailes toutes neuves et sa harpe, allait s'inquiéter de ce qui arrive à son ancien compte en banque. Mais quand même. Quand même. Il y a quelque chose qui ne va pas entre Alan et moi. Je me dégage de ses bras et je lui fais face. Est-ce

rhétorique qu'il avait dans son sac. Barthes et Foucault emboîtaient le pas à Diderot et Sterne qui, il y a bien longtemps, s'amusèrent à dénoncer les impostures du statut d'auteur. Les critiques formalistes russes des années 1920, de qui Barthes en particulier a beaucoup appris, concentrèrent leurs efforts pour dénoncer Tolstoï, plus que tout autre écrivain, comme rhétoricien. Tolstoï devint leur cible exemplaire parce que le style narratif de Tolstoï semblait si naturel, c'est-à-dire qu'il cachait si bien son art rhétorique.

Enfant de mon époque, j'ai lu, admiré et imité Diderot et Sterne. Mais je n'ai jamais renoncé à lire Tolstoï et je n'ai jamais pu me convaincre que l'effet qu'il avait sur moi n'était dû qu'à son talent rhétorique. Je me sentais mal à l'aise, penaud même, tandis que je m'absorbais dans la lecture de ses livres, tout comme (c'est ce que je crois aujour-

---

mais ça a marché. On a sonné à la porte. C'était elle, vêtue de blanc de la tête aux pieds, les yeux baissés, les bras croisés sur la poitrine. Ma chère, très chère Anya, ai-je dit, comme je suis content de vous voir ; et je me suis effacé, me retenant de

---

là ton vrai visage, Alan ? Réponds-moi, sérieusement. Est-ce que tu es vraiment ce genre d'homme ? Parce que…

Il m'interrompt. Il ne crie pas, mais sa voix tremble comme s'il devait se contenir. Anya, je laisse tomber tout de suite, dit-il. Point final. Plus de discussion. Ce n'était qu'une idée, n'en parlons plus. Il ne s'est rien passé. Il me prend les mains, m'attire vers lui, me

d'hui) les formalistes qui dominaient la critique au
XXe siècle continuaient dans leurs loisirs à lire les maîtres
du réalisme avec une fascination coupable (Barthes, je le
soupçonne, a élaboré sa propre théorie antithéorique du
plaisir du texte pour expliquer et justifier l'obscur plaisir
que lui procurait Zola). Maintenant que les esprits se sont
calmés, le mystère de l'autorité de Tolstoï, et de l'autorité
d'autres grands auteurs, reste entier.

Sur ses vieux jours, Tolstoï était traité non seulement
comme un grand auteur, mais comme une autorité sur la
vie, un sage vénérable. Son contemporain, Walt Whitman,
a eu à supporter un sort semblable. Mais ni l'un ni l'autre
n'avaient grande sagesse à partager : la sagesse n'était pas
leur spécialité. Ils étaient avant tout des poètes ; par
ailleurs, c'étaient des gens comme tout le monde, avec
des opinions ordinaires, faillibles. Les disciples qui se

---

tendre la main de peur que, tel un oiseau craintif, elle ne s'en-
vole à nouveau. Suis-je pardonné ?

---

regarde au fond des yeux. Je ferais n'importe quoi pour
toi, Anya. Je t'aime. Est-ce que tu me crois ?

Je fais oui de la tête. Mais ce n'est pas vrai. Je ne le
crois qu'à moitié. Je ne crois qu'une moitié de ce qu'il
est. L'autre moitié, c'est l'obscurité totale. L'autre moitié est un trou noir dans lequel l'un de nous deux est en
train de tomber. J'espère que ce n'est pas moi.

pressaient autour d'eux en quête de lumières nous paraissent rétrospectivement bien sots.

L'autorité, voilà en quoi les grands auteurs sont maîtres. Quelle est la source de l'autorité, ou de ce que les formalistes appelaient l'effet d'autorité ? Si l'on pouvait établir l'autorité par quelques simples trucs de rhétorique, Platon avait sûrement raison de chasser les poètes de sa république idéale. Mais si on pouvait arriver à l'autorité en ouvrant le moi-poète à quelque force supérieure, en cessant d'être soi-même et en se mettant à parler prophétiquement ?

On peut invoquer la divinité, mais elle ne vient pas nécessairement. *Apprenez à parler avec autorité*, dit Kierkegaard. En recopiant ici les mots de Kierkegaard, je fais de lui une autorité. L'autorité ne saurait s'enseigner, ne saurait s'apprendre. C'est là un vrai paradoxe.

Il n'est pas question de pardon, dit-elle, continuant à éviter mon regard. J'ai dit que je vous taperais votre livre, et je fais toujours ce que je dis.

Dis-le tout fort, dit-il. Dis-moi ça comme il faut. Est-ce que tu me crois ?

Je te crois, dis-je, et je le laisse me reprendre dans ses bras.

31. Sur la vie dans l'au-delà

On peut distinguer parmi les religions du monde entier d'un côté celles qui considèrent l'âme comme une entité qui perdure, et de l'autre celles qui n'en font rien. Dans les premières, l'âme, ce que Je appelle « Je », continue à exister tel quel après la mort du corps. Dans les dernières, le « Je » cesse d'exister tel quel et est absorbé dans une quelconque âme plus vaste.

Le christianisme ne donne qu'une explication des plus hésitantes de la vie de l'âme après la mort. L'âme sera pour l'éternité en présence de Dieu, nous enseigne le christianisme ; nous n'en savons pas plus. Parfois on nous promet que dans l'au-delà nous serons réunis à ceux qui nous sont chers, mais la théologie n'étaie que faiblement cette promesse. Pour le reste, on nous propose de vagues images de harpes et de chœurs des anges.

Il est aussi bien que la théorie chrétienne de la vie dans l'au-delà soit si sommaire. Arrive aux cieux l'âme d'un homme qui a eu un certain nombre de femmes et de maîtresses, et chacune de ces femmes et de ces maîtresses a eu un certain nombre de maris et d'amants ; et chacun de ces maris et de ces amants... Qu'est-ce qui constituera la réunion avec les êtres chers pour les âmes de cette galaxie ? L'âme-épouse devra-t-elle passer l'éternité avec l'âme-époux bien-aimé, mais aussi avec l'âme-maîtresse honnie qui était la co-bien-aimée de son mari dans le royaume temporel ? Ceux qui ont beaucoup aimé connaîtront-ils dans l'au-delà une vie plus riche que ceux qui n'ont eu que quelques amours ? Ou bien nos êtres chers seront-ils définis comme ceux que nous avons aimés le dernier jour de notre vie sur terre, et eux seuls ; et dans ce dernier cas, ceux d'entre nous qui auront vécu leur dernier jour dans la souffrance, la terreur et la solitude, sans le luxe d'aimer ou d'être aimés, seront-ils condamnés à une solitude éternelle ?

Sans nul doute, le théologien, en tant que théoricien de la vie dans l'autre monde, répondra que l'amour que nous éprouverons dans l'au-delà nous est inconnaissable tels que nous sommes ici-bas, tout comme nous sont inconnaissables l'identité que nous y aurons et le mode de relation que nous entretiendrons avec les autres âmes : nous pouvons donc cesser de nous livrer à des spéculations. Mais si « je » doit connaître dans sa prochaine vie une sorte d'existence que le « je » que je suis à présent est incapable de comprendre, alors les églises chrétiennes devraient se débarrasser de la doctrine de la récompense céleste – Dieu vous le rendra – la promesse que faire le bien en ce monde sera récompensé par la béatitude éternelle dans l'autre : qui ou quoi que je sois maintenant, je ne le serai plus là-bas.

La question de la persistance de l'identité est plus cruciale encore quand on considère la théorie du châtiment éternel. Ou bien l'âme en enfer conserve le souvenir d'une vie antérieure – une vie galvaudée – ou elle n'en garde aucun souvenir. Si elle ne garde nul souvenir de la vie passée, l'âme doit ressentir la damnation éternelle comme la pire des injustices, une injustice arbitraire, la preuve même que l'univers est mauvais. Seul le souvenir de ce que j'ai été et de comment j'ai mené ma vie sur terre pourra susciter ces regrets infinis qui sont censés être la quintessence de la damnation.

Il est surprenant que la notion d'une vie individuelle dans l'au-delà persiste dans des versions intellectuellement respectables du christianisme. Il est tellement clair que cette notion comble un manque – une incapacité à penser un monde d'où le penseur est absent – que la religion devrait tout bonnement reconnaître cette incapacité comme inhérente à l'humaine condition et en rester là.

La persistance de l'âme sous une forme qu'on ne peut reconnaître, qui ne se connaît pas elle-même, sans mémoire, sans identité, est une tout autre question.

2 : Second journal

01. Un rêve

Rêve troublant la nuit dernière.

J'étais passé de vie à trépas mais je n'avais pas encore quitté ce monde. J'étais en compagnie d'une jeune femme, elle parmi les vivants, plus jeune que moi, qui avait été à mes côtés à l'heure de ma mort et qui comprenait ce qui m'arrivait. Elle faisait de son mieux pour atténuer l'impact de la mort tout en me protégeant des autres, ceux qui n'aimaient pas ce que j'étais devenu et qui voulaient me voir partir sur-le-champ.

Hier matin, on frappe à la porte. C'est le gardien de l'immeuble, Vinnie, dans son bel uniforme bleu. Il y a un mot pour vous, dit-il. Un mot? dis-je. Du monsieur au 108, dit-il. À la main? Oui, à remettre en main propre, dit Vinnie à qui on ne la fait pas. Bizarre, dis-je.

La teneur de ce mot, qu'on aurait très bien pu mettre dans notre boîte à lettres ou remplacer par un simple coup de fil, mais non, Señor C ne se sert pas du téléphone, est

Si elle me protégeait, cette jeune femme ne me mentait pas pour autant. Elle aussi me faisait comprendre clairement que je ne pouvais pas rester ; et, certes, je savais bien que je n'avais guère de temps devant moi, un jour ou deux tout au plus, et que je pouvais protester, pleurer, m'accrocher tant que je voulais, cela ne changerait rien.

Dans mon rêve, je vivais le premier jour de ma mort en écoutant les signaux qui me disaient que mon cadavre défaillait. Je perçus de faibles lueurs d'espoir vacillantes en voyant comment j'arrivais à faire face aux exigences du quotidien (Je prenais garde cependant de ne pas en faire trop).

Puis, le deuxième jour, comme j'urinais, je vis le jet passer du jaune au rouge, et j'ai su alors que tout cela était vrai, que ce n'était pas un rêve, pour ainsi dire. Un peu plus tard, comme si je me tenais en dehors de mon propre

----

la suivante : *Bonne nouvelle. Je viens d'expédier le manuscrit sur lequel nous avons travaillé si longtemps, vous et moi. Il faut fêter ça. Puis-je me permettre de vous inviter, vous et votre mari, à venir chez moi boire un verre demain soir, vendredi, vers sept heures ? J'aurai recours à l'excellent traiteur Federico. Très cordialement, JC. P.-S. : J'espère que vous pourrez honorer une invitation de dernière minute.*

corps, je m'entendis dire : « Je ne peux pas manger ces pâtes. » Je poussai de côté l'assiette qui était devant moi et je sus en faisant ce geste que, si je ne pouvais pas manger de pâtes, je ne pouvais rien manger du tout. En fait, j'interprétais mes paroles comme me disant que mes organes internes pourrissaient irrémédiablement.

C'est là que je me suis réveillé. J'ai compris tout de suite que j'avais rêvé, que le rêve avait duré longtemps, se déroulant à son propre rythme narratif, que c'était un rêve sur ma propre mort, que j'avais bien de la chance de pouvoir m'en réveiller – *il me reste du temps*, me suis-je soufflé tout bas – mais je n'osais pas me rendormir (bien que ce soit le milieu de la nuit) puisque me rendormir aurait signifié revenir dans le rêve.

Une idée à creuser : écrire un roman du point de vue d'un homme qui vient de mourir, qui sait qu'il a deux

---

J'ai montré ce mot à Alan. Est-ce que je refuse ? ai-je dit. J'ai bien gagné le droit d'être franche avec lui. Je peux lui dire : désolée, nous nous sentirions déplacés, et ne trouverions aucun plaisir à cette soirée.

Non, a répondu Alan. On va y aller. Il fait un geste, on fait un geste aussi. Simple politesse. C'est comme ça que ça marche, la politesse. On fréquente les gens, même si on ne les aime pas.

jours devant lui avant qu'il – c'est-à-dire son corps – ne cède et se mette à pourrir et à puer, qu'il ne peut rien espérer accomplir dans l'espace de ces deux jours, sauf vivre encore un petit peu, tandis que chacun de ses moments a la couleur du chagrin. Certains dans son monde ne le voient pas, tout simplement (il est un fantôme). Certains savent qu'il est là, mais il a pour eux l'air d'être superfétatoire, sa présence les agace, ils veulent qu'il s'en aille et qu'il les laisse vivre leur vie.

Parmi eux, une seule, une femme, a une attitude plus compliquée. Bien qu'elle se désole de le voir partir, bien qu'elle comprenne qu'il passe par une crise d'adieux, elle est néanmoins aussi d'avis qu'il vaudrait mieux pour lui et pour tout le monde qu'il accepte son sort et qu'il s'en aille.

Un titre comme « Désolation ». Tant bien que mal on s'accroche à l'idée que quelqu'un, quelque part, vous

Je ne comprends pas ce que tu as contre Señor C. Tu n'as jamais eu ce qu'on pourrait appeler une conversation avec lui.

Parce que je le connais. Je connais ce genre de type. Si on faisait de ton Señor C un dictateur, le temps d'une journée, la première chose qu'il ferait serait de me mettre devant le peloton d'exécution. Est-ce que ce n'est pas une bonne raison de ne pas aimer quelqu'un ?

aime assez pour s'accrocher à vous, pour vous empêcher d'être arraché à la vie. Mais on a tort de croire cela. Tout amour est modéré, en fin de compte. Personne ne vous accompagnera.

On a mal compris l'histoire d'Eurydice. En fait, le sujet de l'histoire est la solitude de la mort. Eurydice est en enfer dans la vêture de la tombe. Elle croit qu'Orphée l'aime assez pour venir la sauver. Orphée vient en effet. Mais, en fin de compte, l'amour qu'éprouve Orphée n'est pas assez fort. Orphée laisse là sa bien-aimée et retourne à sa propre vie.

L'histoire d'Eurydice nous rappelle que, dès l'instant de notre mort, nous perdons tout pouvoir de choisir nos compagnons. Nous sommes emportés vers le sort qui nous est destiné ; il ne nous appartient pas de décider aux côtés de qui nous passerons l'éternité.

Et pourquoi est-ce qu'il ferait ça ? Pourquoi voudrait-il te faire fusiller ?

Parce que les gens comme moi ont pris le monde des mains de gens comme lui, et c'est tant mieux. Et d'une. Et ensuite parce que cela te laisserait sans protection aucune contre son désir lubrique de vieillard.

Ne sois pas idiot, Alan. Il veut me dorloter sur ses genoux. Il veut être mon grand-père, pas mon amant. Je

Le point de vue des Grecs sur l'autre monde me semble plus vrai que la vision chrétienne. L'autre monde est un lieu triste et sans éclat.

vais refuser. Je vais lui dire que nous ne pouvons pas venir.

Non. Pas du tout. On va y aller.

Tu veux y aller ?

Oui, je veux y aller.

Nous y sommes donc allés. Nous nous attendions à trouver du monde. Le tout Sydney littéraire. Nous nous sommes habillés. Mais quand la porte s'est ouverte, on a

02. Des lettres d'admirateurs

Dans le courrier d'aujourd'hui, un paquet posté à Lausanne, qui contenait une lettre manuscrite de quelque soixante pages sous forme de journal. L'auteur de la lettre, une femme, anonyme, commence par me féliciter pour mes livres, puis se fait plus critique. Je ne comprends rien aux femmes, dit-elle, et rien en particulier à la psychologie sexuelle d'une femme. Je devrais m'en tenir à des personnages masculins.

Elle rapporte un souvenir d'enfance : son père, en douce, explore ses organes sexuels pendant qu'elle est au

---

---

trouvé Señor C dans son vieux veston puant. Il a serré la main d'Alan. C'est très gentil à vous de venir, a-t-il dit. Deux bises discrètes pour moi, une sur chaque joue. Dans la pièce, derrière lui, une jeune femme en noir, avec un tablier blanc, allait et venait, un plateau dans les mains. Prenons du champagne, a dit Señor C.

Trois flûtes. Étions-nous les seuls invités ?

Le bout du tunnel, a dit Señor C à Alan. Je ne vous

lit et fait semblant de dormir. Rétrospectivement, dit-elle, elle voit combien cette scène a modelé toute sa vie en la rendant incapable d'une quelconque réciprocité dans les émotions sexuelles, plantant dans son cœur le germe de la vengeance contre les hommes.

L'épistolière semble être une femme d'un certain âge. Elle fait allusion à un fils qui a la trentaine, mais ne dit rien d'un mari. Le document m'est adressé, à mon nom, mais, après les quelques premières pages, il pourrait s'adresser à n'importe qui sous le soleil, n'importe qui disposé à écouter ses lamentations. Je le considère comme un message dans une bouteille, qui n'est pas la première à venir s'échouer sur mon rivage. D'habitude les auteurs (seules les femmes expédient de telles missives) prétendent m'écrire parce que mes livres leur parlent personnellement ; mais il devient vite clair que les

dirai jamais assez quel soutien, quel réconfort votre Anya m'a apporté tout au long de cette période noire.

C'est intéressant de voir les hommes se jouer la comédie. C'est la même chose avec les amis d'Alan. Quand il m'emmène à une de ses petites sauteries avec ses collègues, ses amis ne disent pas *Quelle belle pépée tu te payes, vieux, quels beaux nichons ! Quelles belles jambes ! Prête-la-moi pour la nuit ! Je te file la mienne en échange.*

livres parlent seulement comme des étrangers qui, chuchotant ensemble, sembleraient chuchoter dans le dos d'un tiers. C'est-à-dire qu'il y a un élément de fantasme dans ce que disent les correspondantes, et de la paranoïa dans leur façon de lire.

La femme de Lausanne se plaint surtout de la solitude. Elle a mis au point un rituel qui la protège : elle va se coucher le soir avec une musique de fond, et douillettement installée, elle se plonge dans un livre, se disant qu'elle est au comble de la félicité. Puis, comme elle se met à réfléchir à sa situation, son bonheur tourne à l'inquiétude. Est-ce vraiment là ce que la vie a à offrir de meilleur, se demande-t-elle – être au lit avec un livre ? Est-ce une si bonne chose que d'être citoyenne aisée d'une démocratie modèle, en sécurité chez elle, au cœur de l'Europe ? Malgré elle, la voici de plus en plus agitée.

Ils ne le disent pas, mais c'est le courant qui passe entre eux. Je ne sais pas combien de propositions à mots couverts, ou pas toujours si couverts, m'ont faites les soi-disant amis d'Alan, pas devant lui, mais il savait quand même de quoi il retournait, à un certain niveau, parce que c'est à ça que je sers, c'est pour ça qu'il m'achète des fringues et qu'il me sort ; c'est aussi pour ça qu'il me désire, qu'il bande de désir, après, quand il me voit encore avec les yeux d'autres

Elle se lève, enfile une robe de chambre et des pantoufles, et prend la plume.

On récolte ce qu'on a semé. J'écris sur des âmes inquiètes, et des âmes tourmentées répondent à mon appel.

hommes, comme quelqu'un à découvrir, quelqu'un de séduisant, comme le fruit défendu.

Ainsi, Señor C, qui a soixante-douze ans, qui souffre de dystrophie musculaire et qui sans doute se pisse dans le pantalon, dit : *Quel soutien, quel réconfort votre Anya a été pour moi !* Et Alan comprend tout de suite ce langage codé qu'utilisent les mecs : *Merci d'avoir permis à votre copine de venir chez moi, de se caresser les hanches sous*

03. Mon père

Les derniers colis que j'avais laissés dans une remise au Cap sont arrivés hier, des livres surtout pour lesquels je n'avais pas de place et des papiers que j'hésitais à détruire.

Dans le lot se trouvait une petite boîte en carton qui était venue en ma possession à la mort de mon père, il y a trente ans. Elle portait encore l'étiquette rédigée par le voisin qui avait emballé ses affaires : « ZC – Divers – contenu de tiroirs. » Dedans, des souvenirs de la période passée dans l'armée sud-africaine en Égypte et en Italie pendant la dernière guerre ; des photos de lui et

---

mes yeux et de laisser son parfum me chatouiller les narines ; je rêve d'elle, je la désire comme le vieux que je suis, quel homme devez-vous être, quel étalon, pour avoir une femme pareille ! Oui, répond Alan, elle est plutôt bonne à ce qu'elle fait ; et Señor C saisit immédiatement le sous-entendu, comme il est censé le faire.

En fin de compte, le personnel fourni par Federico se limitait à la fille au tablier. Quand elle a apporté les amuse-gueules, Alan avait déjà descendu deux flûtes de

de ses compagnons d'armes, écussons, rubans, un journal intime interrompu au bout de quelques semaines et jamais repris, des croquis au crayon de monuments (la Grande Pyramide, le Colisée) et de paysages (la vallée du Pô) ainsi qu'une série de tracts allemands. Au fond de la boîte, des papiers épars concernant ses dernières années, y compris des mots griffonnés sur un morceau de papier déchiré à un journal : « Peut-on faire quelque chose je suis en train de mourir. »

Le *Nachlass*, tout ce que laisse derrière lui un homme qui attendait peu de la vie et n'en a pas reçu grand-chose, quelqu'un qui, pas très travailleur de nature – *décontracté* serait l'adjectif le plus indulgent –, s'est néanmoins résigné, dans la seconde partie de sa vie, à une vie de labeur morne et sans intérêt. Homme de la génération que l'apartheid était censé protéger et à qui le système devait profiter ; pourtant, comme ce qu'il en a tiré a été

champagne et il a tenu ce rythme toute la soirée. J'ai moi-même bientôt cessé de boire et Señor C a à peine bu ; mais au cours du dîner (cailles rôties accompagnées de petits légumes suivies de sabayon, sauf que Señor C n'a pas pris de caille et a mangé une tartelette aux pâtissons et au tofu), Alan a fait un sort au syrah.

Alors, Juan, a-t-il dit (Juan ? C'était la première fois que j'entendais quelqu'un s'adresser à Señor C par ce nom), est-ce que vous avez en tête une proposition à nous faire ?

dérisoire ! Il faudrait un cœur de pierre en vérité, au jour du Jugement dernier, pour le condamner à la fosse de l'enfer réservée aux esclavagistes et aux exploiteurs.

Comme moi, il n'aimait pas les conflits, les éclats, les manifestations de colère, et préférait être en bons termes avec tout le monde. Il ne m'a jamais dit ce qu'il pensait de moi mais, au fond de son cœur, je suis sûr qu'il ne me tenait pas en bien haute estime. Un petit égoïste, devait-il penser, qui est devenu un homme froid ; et comment pourrais-je dire le contraire ?

Quoi qu'il en soit, le voilà réduit à cette pitoyable petite boîte de souvenirs, dont moi, vieillissant, j'ai la garde. Qui les conservera quand je ne serai plus là ? Que va-t-il leur arriver ? Mon cœur se déchire à cette pensée.

Une proposition ?

Oui, une proposition d'un genre ou d'un autre. Nous sommes en petit comité, rien que nous trois – vous devez avoir une idée derrière la tête.

Non, rien de tel, c'est une petite fête sans prétention.

J'ai pigé ce qui se passait. Toujours prendre l'adversaire à contre-pied – première règle à observer dans toute négociation, selon Alan.

Et votre prochain livre, ça sera quoi ?

04. Inch'Allah

« Sous le signe de la mort. » Pourquoi chacune de nos paroles ne devrait-elle pas être accompagnée d'un rappel qu'avant longtemps nous aurons à faire nos adieux au monde ? Les conventions du discours exigent que la situation existentielle de l'écrivain, qui, comme celle de tout un chacun, est périlleuse, et de surcroît à tout instant, soit mise entre crochets, la coupant de ce qu'il écrit. Mais pourquoi faudrait-il toujours se plier aux conventions ? Derrière chaque paragraphe le lecteur devrait pouvoir entendre la musique de la joie présente et du chagrin à venir. *Inch'Allah*.

Pas de projet pour un autre livre. Je mets un terme aux opérations pour l'instant, le temps de reprendre mon souffle. Je verrai ensuite ce qui pourra se faire dans l'avenir.

Alors, vous n'avez plus besoin de ma bonne amie ici présente. Quel dommage. Vous vous entendiez si bien tous les deux, n'est-ce pas, Anya ?

Alan, ai-je dit. Quand il s'ennuie, Alan boit beaucoup, comme il le faisait quand il était étudiant, comme un

05. Des émotions de masse

Le cinquième et dernier match de cricket entre l'Angleterre et l'Australie s'est terminé hier et c'est l'Angleterre qui a gagné. Cette victoire a déclenché parmi les spectateurs autour du terrain (l'Oval, à Londres) et dans tous les pubs du pays des scènes de réjouissance durant lesquelles la foule a spontanément entonné « Land of Hope and Glory », et autres chants patriotiques triomphants. Pour l'instant on voit dans l'équipe anglaise de cricket des héros nationaux fêtés de toutes parts. Suis-je le seul à déceler dans leur attitude devant les caméras une vanité malvenue, la fatuité de

---

J'ai vu Anya pour la dernière fois le lendemain matin, après la soirée fatidique où son fiancé, ou son protecteur, ou quel que soit le rôle qu'il jouait auprès d'elle, a saisi l'occasion de m'insulter et de la mettre dans l'embarras. Elle est venue s'excuser. Elle était

---

trou, pour se soûler la gueule. Je n'essaie pas de le retenir, parce que je sais que ça ne marche pas, puisqu'il boit pour m'embarrasser : c'est moi qui l'ai mis dans cette situation, alors pan et pan, il me le fait payer.

Ma bonne amie adorable, a-t-il poursuivi. Qui a tellement de temps à elle à présent qu'elle ne sait quoi en faire. Qui s'est jetée corps et âme dans ce travail qu'elle

jeunes gars pas bien futés à qui un excès d'adulation a tourné la tête ?

Mon aigreur recouvre une idée quelque peu préconçue et même une part d'incompréhension. Le septuagénaire que je suis maintenant n'arrive toujours pas à s'expliquer comment les gens réussissent à exceller dans les performances athlétiques tout en étant moralement médiocres. C'est-à-dire, malgré une vie passée à l'école du scepticisme, je persiste à croire que l'excellence, *areté*, est une et indivisible. Quelle idée surannée !

Enfant, dès que j'ai su lancer une balle, ou presque, je suis devenu fou de cricket, non seulement comme sport, mais comme un rituel qui ne semble pas avoir relâché son emprise sur moi jusqu'à ce jour. Mais dès le début, une question m'a déconcerté : comment quelqu'un de mon espèce – réservé, peu bavard, solitaire – a-t-il jamais pu

---

désolée qu'à eux deux ils aient gâché la soirée, dit-elle. Alan a fichu le bordel – c'est l'expression qu'elle a utilisée – et quand Alan s'y met, il n'y a pas moyen de l'arrêter. J'aurais cru, ai-je dit, que si c'est Alan qui a fichu le bordel, c'est Alan qui devrait s'excuser, pas sa

---

a fait pour vous. Avant le petit différend entre vous. Mais cela vous a probablement échappé.

Cela ne m'a pas échappé, a dit Señor C. Anya a apporté une contribution indiscutable, substantielle, que j'apprécie.

Vous lui faites confiance, non ?

Alan, ai-je dit.

être bon à un jeu de balle dans lequel semblent exceller des tempéraments tout différents : des garçons pugnaces, terre à terre, peu portés à la réflexion ?

Les scènes de réjouissance collective qui se sont déroulées en Angleterre m'ont donné un aperçu de ce que j'ai manqué dans la vie, ce dont je me suis exclu en m'obstinant à rester le genre de créature que je suis : la joie de faire partie d'une masse (d'y trouver ma place), de me laisser emporter par les débordements d'émotion d'une foule.

Quelle découverte pour un homme né en Afrique où la masse est la norme et le solitaire l'aberration !

Jeune homme, je ne me suis jamais laissé aller à douter que seul celui qui se dissocie de la masse, qui reste critique de la masse, peut donner naissance à l'art vrai. L'art qui est sorti de mes mains, quel qu'il soit, a exprimé, d'une manière ou d'une autre ce désengagement et s'en est

---

bonne amie. Alan ne s'excuse jamais, a dit sa bonne amie. Eh bien, ai-je dit, d'un point de vue sémantique, peut-on vraiment s'excuser au nom de quelqu'un qui n'est pas d'humeur à s'excuser ? Elle a haussé les épaules. Je suis venue vous dire que j'étais navrée.

Passons donc à côté, a dit Señor C, nous serons plus à l'aise qu'à table.

Il était près de neuf heures. Nous aurions pu prendre congé sans être impolis. Mais Alan n'était pas prêt à partir. Il commençait tout juste son numéro. Un verre dans une main et une bouteille pleine dans l'autre, il s'est laissé tomber lourdement dans un fauteuil. Il ne fait aucun exer-

même fait une gloire. Mais quel art cela aura-t-il été, en fin de compte ? Un art que n'anime pas une grande âme, comme diraient les Russes, qui manque de générosité, qui ne sait pas célébrer la vie, qui manque d'amour.

Et comment envisagez-vous l'avenir ? ai-je demandé. Allez-vous rester avec cet homme qui refuse de me présenter ses excuses et qui, j'imagine, ne s'excuse pas auprès de vous ?

Alan et moi allons nous séparer, a-t-elle répondu. Une séparation

---

cice physique. Il n'a que quarante-deux ans, mais quand il boit, il a le visage congestionné, et il respire bruyamment comme un homme qui a un problème cardiaque.

Mais vous devriez, vous devriez vraiment lui faire confiance, a dit Alan. Pourquoi ? Parce que, à votre insu, elle vous a sauvé. Elle vous a sauvé des déprédations (il a articulé le mot en détachant les syllabes, comme pour

06. Le charivari de la politique

Il y a quelques semaines, je suis allé faire une lecture publique à la Bibliothèque nationale de Canberra. J'ai préfacé ma lecture de quelques remarques sur la législation sécuritaire en voie d'être mise en place. Mes remarques ont été rapportées, déformées, en première page du journal *The Australian*. Selon les propos cités qu'on m'attribuait, mon roman, *En attendant les Barbares*, « venait tout droit de l'Afrique du Sud des années 1970, durant lesquelles les forces de sécurité pouvaient entrer chez vous et en sortir à leur guise, vous passer à tabac (*sic* : le mot que

---

à l'essai, pourrait-on dire. Je vais aller à Townsville passer quelque temps auprès de ma mère. Je verrai comment je me sens, quand les choses se seront calmées, je verrai si je veux revenir. Je prends l'avion cet après-midi.

---

montrer qu'il avait l'esprit bien clair) d'un malfaiteur que nous ne nommerons pas, qui restera anonyme. Qui allait vous déposséder totalement.

Vraiment ? a dit C qui n'avait pas la moindre idée de ce dont parlait Alan ; il imaginait probablement un type masqué armé d'un revolver qui le braquait dans une ruelle obscure.

j'ai employé est *blindfold* – vous bander les yeux), vous mettre les menottes sans donner d'explication, vous emmener dans quelque lieu perdu et faire de vous ce qu'elles voulaient. La police, me faisait-on dire, pouvait agir à sa guise, parce qu'on n'avait aucun recours réel, vu que certaines dispositions de la législation lui garantissaient l'immunité ». Au lieu de « réel » (*real*), il faut lire « légal » (*legal*).

J'ai ensuite dit, mais cela n'a pas été rapporté dans le journal, que tout journaliste qui signalerait une telle disparition était susceptible d'être appréhendé et inculpé pour atteinte à la sécurité de l'État. « Tout cela, et bien plus encore, ai-je dit en conclusion, fut perpétré au nom de la lutte contre la terreur. Jadis, je pensais que ceux qui avaient passé ces lois, qui en fait supprimaient l'État de droit, étaient moralement des barbares. Aujourd'hui,

---

Donc ce sont là nos adieux, ai-je dit.

Ouais, c'est adieu.

Et votre carrière ? ai-je dit. Qu'en sera-t-il de votre carrière ?

Ma carrière. Je ne sais pas. Peut-être que je vais donner un

Mais elle vous a sauvé, notre Anya. Elle a parlé en votre faveur.

C'est un homme bon, a-t-elle dit, un homme qui a du cœur, pour le quart-monde, les opprimés, ceux qui n'ont pas la parole, les petites bêtes.

Alan, tais-toi, ai-je dit. Et à C, j'ai dit : Alan a trop bu, il va nous mettre tous dans une situation gênante s'il continue.

je sais qu'ils n'étaient que des pionniers, en avance sur leur temps. »

Deux jours plus tard, dans le courrier des lecteurs, *The Australian* publiait une lettre : si je n'aimais pas l'Australie, proposait l'auteur, je n'avais qu'à retourner d'où je venais, ou aller au Zimbabwe, si je préférais le Zimbabwe.

Je me doutais, bien sûr, que les propos tenus à la bibliothèque risquaient fort de toucher un point sensible, mais cette réaction irritée, illogique (pourquoi préférerait-on le Zimbabwe à l'Afrique du Sud ?), fielleuse, m'a laissé désemparé. Comme j'avais connu une vie protégée ! En politique où la bagarre est de règle, une telle lettre n'est rien de plus qu'une piqûre d'épingle, et pourtant, moi, elle me laisse sonné comme si j'avais reçu un coup de matraque de plomb.

---

coup de main à ma mère. Elle a monté une agence de mannequins qui est aujourd'hui la plus importante du Queensland du Nord. Ce qui n'est pas mal pour une fille qui vient d'un patelin comme Luzon et qui est partie de rien.

Elle a plaidé en votre faveur, et j'ai cédé, a dit Alan. Ah ! lala ! Voilà que j'ai lâché le morceau. Je l'ai écoutée et j'ai laissé tomber. Oui, pour dire la vérité, Juan, la canaille qui allait vous escroquer, c'était moi. Mais je n'en ai rien fait à cause de ma bonne amie, ici présente. Ma bonne amie adorable qui a une si jolie, si jolie petite chatte.

07. Le baiser

Sur le mur d'une chambre d'hôtel, à Burnie, en Tasmanie, un poster : les rues de Paris, 1950 ; un jeune homme et une jeune femme en train de s'embrasser, instantané en noir et blanc pris par le photographe Robert Doisneau. On dirait que le baiser est spontané. Tout d'un coup, alors qu'ils sont en train de marcher, une bouffée d'émotion s'empare du couple : le bras droit de la fille ne rend pas (pas encore) l'étreinte du garçon, il est ballant, la courbe du coude

---

Et jolie femme, ai-je dit. Elle a dû être jolie femme, au début au moins, et femme de tête. À en juger par la fille qu'elle a faite.

Oui, elle était jolie femme. Mais ça mène à quoi, en fin de compte, d'être jolie femme ?

Nous avons l'un et l'autre médité un moment sur ce qu'il y a à gagner à être jolie femme.

C se taisait. Moi aussi. Alan s'est versé un verre de plus.

Mais tout ça, c'est fini, dit Alan. On a tourné la page. Votre projet suivant, c'était quoi, avez-vous dit ?

Rien n'est encore décidé.

Ah oui, c'est vrai, vous alliez reprendre votre souffle, je me rappelle.

Et ma bonne amie ne vous est plus d'aucune utilité pour

répond exactement à l'inverse au renflement de la poitrine.

Ce baiser n'exprime pas seulement la passion : avec ce baiser, c'est l'amour qui s'annonce. On se fait, tant bien que mal, une idée de leur histoire. Ils sont étudiants. Ils ont passé la nuit ensemble, leur première nuit, se sont réveillés dans les bras l'un de l'autre. Maintenant il faut qu'ils aillent assister à leurs cours. Sur le trottoir, au milieu de la foule matinale, son cœur éclate de tendresse. Elle aussi, elle est prête à se donner mille fois à lui. Alors, ils s'embrassent. Les passants, le photographe et l'appareil à l'affût, ils s'en moquent bien. Voilà pourquoi on dit « Paris, ville de l'amour ». Mais cela pourrait se passer n'importe où, cette nuit d'amour, cet émoi qui monte en soi, ce baiser. Cela pourrait se passer même à

Eh bien, ai-je dit, quand vous voudrez faire un travail d'assistante éditoriale, faites-le-moi savoir.

Ah bon, c'est ça que j'étais, assistante éditoriale, dit-elle. Je ne savais pas. Je croyais que je n'étais qu'une petite dactylo.

Pas du tout. Pas du tout.

---

l'instant. Voyez-vous, Juan, je n'ai jamais rencontré un homme qui ait essayé de me convaincre qu'Anya ne lui était d'aucune utilité. D'habitude les hommes trouvent toutes sortes d'usages pour Anya, qu'on ne peut pour la plupart évoquer entre gens bien élevés. Mais, rassurez-vous, quand vous me dites qu'elle ne vous est d'aucune utilité, je vous crois.

Burnie. Cela a pu se passer ici même, dans cet hôtel, et personne n'a rien vu, ne s'en souvient, sauf les amants.

Qui a choisi ce poster et l'a mis au mur ? *Je ne suis qu'un simple hôtelier, mais moi aussi je crois à l'amour, je reconnais le dieu quand je le vois* – Est-ce cela que dit ici cette affiche ?

L'amour : ce à quoi le cœur aspire douloureusement.

À propos, dit-elle, vous ne m'avez pas mise dans votre livre au moins, sans que je le sache ? Ça ne me plairait pas d'y être sans que vous m'en ayez rien dit.

Vous voulez dire dans l'une des opinions dont je fais état ? À votre avis, quelle opinion sur vous aurais-je pu souhaiter exprimer ?

Anya me dit que votre conduite est sans reproche. *Galant** homme, mais cela ne va pas plus loin. Pas de chuchotements grivois. Pas de gestes déplacés. Un vrai gentleman à l'ancienne mode, en fait. Ça me plaît, ça. Je voudrais en voir davantage comme vous. Je ne suis pas *galant** moi-même, vous avez dû vous en apercevoir. Je n'ai rien d'un gentleman. Je ne sais même pas qui

08. De la vie érotique

Un an avant de se donner la mort, mon ami Gyula m'a parlé d'éros, tel qu'il en faisait l'expérience à l'automne de sa vie.

Dans sa jeunesse, en Hongrie, disait Gyula, il avait beaucoup couru les femmes. Mais en vieillissant, tout en restant très sensible à la beauté féminine, son besoin de commerce charnel s'était émoussé. En apparence, il était devenu le plus chaste des hommes.

La chasteté dont il faisait montre était possible parce qu'il était passé maître dans l'art de mener une relation amoureuse, du début jusqu'à la fin, de l'engouement initial à la consommation, totalement dans sa tête. Comment s'y prenait-il ? Le premier pas indispensable était de saisir ce qu'il appelait « une image vivante » de la bien-aimée et

---

Pas nécessairement sur moi, Anya, mais sur les petites dactylos philippines qui croient tout savoir.

Elle était de méchante humeur quand je lui avais ouvert la porte (elle n'allait pas rester, elle était seulement venue s'excuser…)

étaient mes parents, qui était mon père, qui était ma mère, et on ne saurait être un gentleman si on ne sait pas qui étaient ses parents, non ? Anya ne vous a pas dit d'où je sors ? Non ? J'ai été élevé dans un orphelinat du

de se l'approprier. Il s'attardait ensuite sur cette image, lui donnait souffle de vie, et finissait par en arriver, toujours en imagination, à pouvoir commencer à faire l'amour à ce succube, et à la transporter au septième ciel ; et toute cette histoire passionnée se déroulerait à l'insu de l'original en chair et en os. (Ce même Gyula, cependant, affirmait aussi qu'aucune femme ne peut être insensible au désir dans les regards posés sur elle, même dans une pièce pleine de monde, même si elle ne peut déceler la source du désir.)

« Ici, à Batesman Bay, on a interdit les appareils photo sur les plages et dans les galeries marchandes », a dit Gyula (c'est à Batemans Bay qu'il a passé les dernières années de sa vie). « Les autorités disent que cette mesure est prise pour protéger les enfants de l'intérêt prédateur des pédophiles. Jusqu'où va-t-on aller ? Va-t-on nous arracher les yeux quand nous passons un certain âge ? Va-t-on nous obliger à nous mettre un bandeau sur les yeux ? »

Pour sa part, il ne s'intéressait guère aux enfants ; il collectionnait des images, c'est vrai (il avait été photographe

---

mais déjà cette ombre se dissipait. Il suffisait d'effleurer encore un peu ses pétales et ses couleurs habituelles retrouveraient tout leur éclat.

Aucune opinion sur les dactylos, ai-je dit. Mais oui, certes,

---

Queensland. Je suis le seul des pensionnaires à avoir réussi, le seul qui ait fait son chemin et qui ait fait fortune par des moyens légitimes. Un self-made man, en somme.

de son métier), mais il n'était pas pornographe. Il vivait en Australie depuis 1957, mais il ne s'y était jamais senti à l'aise. La société australienne était trop puritaine, à son goût. « S'ils savaient ce qui se passe dans ma tête, disait-il, ils me crucifieraient. » Puis après un instant de réflexion, « j'entends, avec de vrais clous ».

Je lui ai demandé à quoi ressemblaient les accouplements imaginaires qu'il décrivait ; est-ce qu'ils lui procuraient une satisfaction comparable à ce qu'on connaît quand on fait l'amour en réalité ? Et d'ailleurs, ai-je ajouté, avait-il jamais songé que son désir de ravir les femmes dans le secret de ses pensées n'était peut-être pas une expression d'amour, mais de vengeance – vengeance contre des êtres jeunes et beaux qui dédaignaient un affreux vieillard comme lui (nous étions amis, nous pouvions échanger de tels propos).

Il a ri. « Qu'est-ce que ça veut dire, à ton avis, être coureur ? » a-t-il dit (le mot *womanizer* était un de ses mots préférés en anglais, il se plaisait à en rouler chaque syllabe sur sa langue, *wo-man-i-zer*). « Un homme à femmes est

---

vous êtes dans le livre – comment en seriez-vous absente alors que vous avez mis la main à sa rédaction ? Vous y êtes partout, partout et nulle part, comme Dieu, mais pas à la même échelle.

Est-ce que vous savez ce que je vaux, Señor Juan ? Pas autant que vous – j'imagine, bien sûr, ce que vous valez –, vous valez gros, sans doute. Un bon paquet. Et savez-vous où je gare ce que j'ai ? Non ? Là. Et du doigt

un homme qui met une femme en pièces et qui la recons-truit comme une femme. Comme un *a-tom-i-zer* qui sépare les atomes. Seuls les hommes détestent les hommes à femmes, par jalousie. Les femmes apprécient les hommes à femmes. Une femme et un homme à femmes sont faits pour s'entendre, de nature. »

« Comme le poisson et l'hameçon », ai-je dit.

« Oui, comme le poisson et l'hameçon. Dieu nous a faits l'un pour l'autre. »

Je lui ai demandé de m'en dire plus long sur sa technique.

Tout tenait, a-t-il répondu, à une simple chose. Il fallait savoir user du zèle le plus attentif pour saisir le geste inconscient, unique, trop subtil ou trop fugitif pour être perceptible à l'œil du commun des hommes, par lequel une femme se trahissait, trahissait son essence érotique, c'est-à-dire son âme. Sa façon de tourner le poignet pour consulter sa montre, par exemple, ou de se pencher pour réajuster la bride de sa sandale. Une fois perçu ce mouve-ment unique, l'imagination érotique pouvait l'étudier à

Vous m'en enverrez un exemplaire ?

J'en mettrai un de côté pour vous. Vous pourrez venir le cher-cher. Mais n'oubliez pas que le texte sera en allemand.

---

il se tapote la tempe. Tout est là-dedans. J'appelle ça les ressources convertibles. Des ressources que je peux convertir en un clin d'œil. Je n'ai qu'une décision à prendre. Un peu comme vous, je suppose. Vous

loisir jusqu'à ce que se dévoile ce que la femme a de plus secret, sans exclure comment elle allait se mouvoir dans les bras d'un amant, comment elle allait jouir. De ce geste révélateur tout découlait, « comme dicté par le destin ».

Il m'a décrit sa pratique avec beaucoup de franchise, mais pas, m'a-t-il semblé, dans l'esprit de quelqu'un qui donne une leçon à suivre. Il n'avait pas une haute opinion de mon talent d'observateur des femmes, des gestes essentiels ou de n'importe quoi d'autre. Né sur un continent sauvage, j'étais, à son avis, exclu de ce qui était naturel aux Européens, à savoir une forme d'esprit toute grecque, c'est-à-dire platonique.

« Tu n'as pas répondu à ma question initiale, ai-je dit. Est-ce que tes conquêtes masturbatoires t'apportent une vraie satisfaction ? Au fond de toi, ne préférerais-tu pas faire la chose pour de bon ? »

Il s'est dressé de toute sa hauteur. « Masturbation est un mot que je n'utilise jamais, a-t-il dit. La masturbation est pour les enfants. La masturbation est pour le débutant

---

Ça ne fait rien. C'est juste pour avoir un souvenir. Il faut que je parte. J'ai mes bagages à faire.

Alan n'est pas contrarié de vous voir partir ? Est-ce qu'il ne va pas se sentir seul ?

---

emmagasinez des ressources dans votre tête, vous aussi, des histoires, des intrigues, des personnages, des trucs comme ça. Mais dans le genre de travail que vous faites, il faut du temps pour réaliser vos ressources, des mois,

qui travaille son instrument. Quant à la chose pour de bon, comment toi, qui as lu Freud, peux-tu ainsi user de l'expression à la légère ? Ce dont je parle, c'est de l'amour idéal, l'amour poétique mais sur le plan sensuel. Si tu ne veux pas comprendre ça, je ne peux rien pour toi. »

Il méjugeait de moi. J'avais toutes les raisons du monde de saisir le phénomène qu'il appelait l'amour idéal sur le plan sensuel, toutes les raisons de le saisir, de le faire mien et de le mettre en pratique pour mon propre compte. Mais je ne pouvais pas. Il y avait la chose réelle, que je connaissais, que je me rappelais, et puis il y avait le genre de viol mental que pratiquait Gyula, et c'était le jour et la nuit. L'émotion que l'on connaissait dans les deux cas était peut-être de nature semblable, l'extase était peut-être aussi intense qu'il l'affirmait – ce n'est pas moi qui allais le contredire là-dessus –, pourtant, en un sens des plus élémentaires, l'amour mental ne pouvait être la chose pour de bon.

Comment se fait-il que nous – hommes et femmes, mais surtout les hommes – soyons prêts à accepter les échecs et

---

Alan ne se sent jamais seul. Et si ça lui arrive, il pourra toujours venir passer un week-end.

Alors vous ne vous êtes pas disputés, vous et lui. Il n'y a rien d'irréparable entre vous.

---

des années. Alors que pour moi, ça marche comme ça – il fait claquer ses doigts – et c'est fait. Qu'est-ce que vous en dites ?

les rebuffades que nous inflige le réel, rebuffade sur rebuffade au fil du temps qui passe, chaque fois plus humiliante ? Et malgré cela, nous revenons à la charge ? Réponse : parce que nous ne pouvons nous passer de la chose elle-même, de ce qui est réellement réel ; parce que sans le réel nous mourons comme on meurt de soif.

Non, on ne se dispute pas. Nous ne sommes pas des enfants. Je lui ai dit que j'avais besoin d'un peu d'air, c'est tout. Il a besoin d'air, lui aussi, sans doute. Au revoir. Portez-vous bien. Et n'oubliez pas : n'allez pas à l'hôpital. C'est à l'hôpital qu'on attrape des maladies.

Silence. Ne disons rien. Il va finir par s'ennuyer, me suis-je dit. Comme ces canards mécaniques qui se dandinent un moment, et qu'il faut remonter.

09. Du vieillir

Ma hanche m'a fait tellement souffrir aujourd'hui que j'avais du mal à marcher et pouvais à peine rester assis. Inexorablement, de jour en jour, la machine physique se détériore. Et quant à l'appareil mental, je suis en permanence sur le qui-vive, redoutant les rouages qui se détraquent, les plombs qui sautent, espérant, envers et contre tout, qu'il survivra au corps qui l'héberge. Tous les vieux finissent cartésiens.

Elle m'a tendu sa joue. Aussi légèrement que j'ai pu – je n'étais pas rasé, je ne voulais pas lui être désagréable –, j'ai effleuré des lèvres cette peau douce.

Signorina Federico est entrée avec le café. Elle avait dû entendre tout ce qui se disait depuis la cuisine. Ce qu'Alan avait dit de moi et de mon intimité. Dont

10. Idée pour une histoire

Une romancière célèbre est invitée par une université quelque part pour faire une lecture publique. Sa visite coïncide avec celle du professeur X venu faire une conférence sur la numismatique hittite (par exemple) et ce qu'elle nous apprend sur la civilisation hittite.

La lubie lui prend d'assister à la conférence du professeur X. Il n'y a que six autres personnes dans la salle. Ce que X a à dire est intéressant en soi, mais il parle sur un ton monotone et par moments elle a l'esprit ailleurs. Elle pique même du nez quelques instants.

Plus tard elle a une conversation avec l'universitaire qui reçoit son collègue X. X, à ce qu'elle apprend, est tenu en très haute estime par ses collègues. Pourtant,

---

Elle s'est écartée de moi, sans précipitation, m'a regardé longuement, un long regard pensif. Elle a plissé le front. Vous voulez que je vous fasse un câlin ? a-t-elle dit. Et comme je ne répondais pas, elle a ajouté : Comme je m'en vais et que nous ne nous

---

l'accès lui sera farouchement interdit désormais, dès ce soir.

Alan a ignoré la signorina. Pas assez jolie pour lui.

Est-ce que vous savez qui est le malfaiteur anonyme

alors qu'on lui a réservé à elle une chambre dans un hôtel haut de gamme, X est hébergé chez son hôte et couche sur le canapé de la salle de séjour. Elle se rend compte, non sans gêne, alors qu'elle-même fait partie d'un secteur modestement prospère de l'industrie des loisirs, que X appartient à une compagnie négligée et dénigrée au sein de l'université : vieux restes de l'époque des tâcherons de la recherche qui ne rapportaient ni argent ni prestige.

Sa conférence à elle, le lendemain, attire un vaste public. Elle commence par quelques remarques qui soulignent le contraste entre l'accueil chaleureux qui lui est fait et l'accueil froid qu'on a réservé à X – qu'elle laisse dans l'anonymat. Elle est frappée par cette disparité qu'elle trouve honteuse, dit-elle ; que sont donc devenues les universités ?

Au dîner donné en son honneur après sa lecture publique, elle s'étonne d'entendre le doyen lui dire que, loin d'être contrarié par ses propos, il s'en félicite. Toute

---

reverrons peut-être jamais, vous ne voulez pas me serrer dans vos bras ? Comme ça, plus tard, vous n'oublierez pas comment j'étais. Et sans vraiment tendre les bras vers moi, elle les a levés à demi, de sorte que je n'avais qu'un pas à faire pour me laisser étreindre.

---

qui vous a presque dépouillé de votre capital ? Il ne lâchait pas prise. Vous essayez de deviner ?

Vous me l'avez dit, c'est vous.

Très juste. Et la bellissime Anya m'a retenu, Anya qui

polémique est bonne, lui dit-il, comme toute publicité est bonne publicité. Quant à X, les savants à l'ancienne mode, comme lui, ne sont pas autant à plaindre qu'elle le croit. Ils jouissent de postes réservés et touchent de bons salaires. En récompense de quoi ? Ils poursuivent des recherches qui, vu de Sirius, ne sont plus que des violons d'Ingres d'antan. Où, si ce n'est dans les universités attachées au bien public, leur sort serait-il meilleur ?

De retour chez elle, elle écrit au professeur X et lui rapporte sa conversation avec le doyen. Il lui répond : vous ne devriez pas vous sentir mal à l'aise, dit-il, je ne me suis pas lancé dans l'étude des Hittites pour devenir riche ou célèbre. Quant à vous, dit-il encore, vous méritez ce qui vous est échu, vous avez l'étincelle divine.

L'étincelle divine, médite-t-elle : quand l'étincelle divine m'a-t-elle touchée pour la dernière fois ? Elle se demande ce qui l'a réellement poussée à écrire à X. Peut-être essayait-elle simplement de s'excuser de s'être endormie pendant sa conférence (il avait sûrement dû le remarquer).

Et nous sommes restés ainsi quelques instants. *Les voies du Seigneur sont impénétrables*, me suis-je dit. J'avais aussi en tête un vers de Yeats, mais les mots m'échappaient, seule m'en revenait la musique. Alors, j'ai fait le pas en avant qu'il fallait, je

---

a un cœur d'or. C'est mon patron, a-t-elle imploré, il me traite bien, comment est-ce que je peux le tromper ? Elle a un petit faible pour vous, Juan, vous le savez, non ?

Alan, ai-je dit. J'ai lancé un regard entendu à la fille ;

Cela ferait une histoire qui se tient parfaitement, dans un genre mineur. Mais je doute que je l'écrirai jamais. Ces derniers temps, on dirait qu'au lieu d'écrire des histoires, je me contente d'en faire les ébauches. Je pense à Gyula et à son harem d'images. Vieillir a-t-il pour conséquence, entre autres, qu'on n'a plus besoin de la chose réelle et que l'idée de la chose suffit ? Tout comme dans les choses du cœur, caresser une possibilité, que Gyula appelle l'amour idéal, mais que les gens ordinaires connaissent mieux sous le nom de flirt, peut être un succédané, un succédané qui n'est pas indésirable, de l'amour même ?

l'ai prise dans mes bras, et pendant une minute entière nous sommes restés enlacés, ce vieux bonhomme ratatiné et cette incarnation terrestre de la beauté céleste, et nous aurions pu nous étreindre une minute de plus, elle l'aurait permis, généreuse de

elle a quitté la pièce et a refermé doucement la porte de la cuisine derrière elle.

Elle vous appelle Señor C, a dit Alan. Señor C, dans la catégorie Senior. C'est le nom qu'elle vous donne en

11. *La France moins belle**

La région de France où je me sens le plus chez moi est le Languedoc, où pendant quelques années j'ai eu une résidence secondaire. Le Languedoc est loin d'être le pays le plus attrayant de *la belle France**. Dans l'intérieur des terres, le climat n'est pas clément – chaleur étouffante l'été, froid glacial l'hiver. Le village sur lequel je suis tombé par hasard n'avait rien d'exceptionnel, les gens du cru n'étaient pas accueillants. Néanmoins, au fil des années, la maison que j'avais achetée s'est, petit à petit, fait une place, sinon dans mon cœur, du moins dans quelque chose de plus mystérieux : mon sens de l'engagement. Pendant longtemps, après avoir renoncé à mes visites annuelles, et avoir vendu la petite maison, *jolie**,

---

sa personne comme elle l'est ; mais je me suis dit : *N'abusons pas des bonnes choses,* et j'ai desserré mon étreinte.

*

---

secret. Et vous, est-ce que vous avez un petit nom secret pour elle ? Non ? Vous ne voulez pas me le dire ? Anya me dit qu'elle est un peu déçue de ce que donne le livre, en fin de compte. Elle me dit ça entre nous. J'espère que

vue du dehors, mais dont l'intérieur était plutôt sombre, pas bien gai, j'ai éprouvé une profonde tristesse. Qu'allait-il lui arriver maintenant que je ne serais plus là pour veiller sur elle, pour prendre soin d'elle ?

Je n'ai jamais éprouvé avec acuité la joie de posséder quelque chose. J'ai peine à me voir comme le propriétaire de quoi que ce soit. Mais j'ai tendance, c'est vrai, à prendre le rôle de gardien, de protecteur, de ce qui n'est pas aimé ou aimable, de ce que les autres rejettent ou dédaignent : vieux chiens hargneux, meubles affreux qui se sont obstinés à rester dans ma vie, voitures sur le point de tomber en panne. J'essaie de refuser ce rôle mais, de temps à autre, l'appel muet de ce dont personne ne veut vient à bout de ma résistance.

Préface à une histoire qui ne sera jamais écrite.

Après un long silence, une lettre d'Anya, postée à Brisbane.

Ola Señor !

Comme vous le voyez, je ne peux toujours pas vous appeler par votre prénom, même si vous n'êtes pas du tout espagnol.

---

cela ne vous contrarie pas. J'espère que vous n'en êtes pas blessé. La politique, ça ne branche pas Anya, vous avez dû le remarquer. Vos opinions sur les questions politiques ne l'ont pas vraiment intéressée, à ce qu'elle

12. Les classiques

Je passe en revue les nouvelles œuvres de fiction que j'ai lues durant l'année écoulée, en quête d'un livre qui m'ait vraiment touché, et je reviens bredouille. Pour me sentir vraiment touché, je dois revenir aux classiques, à des épisodes que jadis on aurait appelés des pierres de touche, des pierres qu'on viendrait toucher pour ranimer sa foi en l'humanité, dans le déroulement ininterrompu de l'histoire humaine : Priam qui baise les mains d'Achille, le suppliant de lui rendre le corps de son fils ; Pierre Rostov tremblant d'excitation alors qu'il attend d'enfourcher son cheval le matin du jour de sa mort.

Dès la première lecture, on a la prémonition qu'en ce brumeux matin d'automne, les choses ne vont pas bien se

---

Quand je pensais à vous du temps que j'étais dans les tours, vous étiez toujours El Señor, même si je savais bien que vous vouliez en venir à une relation plus personnelle. Ce qui est une façon détournée de dire, je suppose, que pour moi vous

---

dit. Elle espérait quelque chose de plus personnel, qui aurait plus de mordant. Quant à moi, normalement, je n'ai pas de temps à consacrer à la lecture. J'ai largement de quoi m'occuper par ailleurs.

passer pour le jeune Pierre. Les touches qui créent l'atmosphère de présage funeste sont assez faciles à poser sur le tableau, une fois qu'on nous a montré comment faire, mais, sous la plume de Tolstoï, la scène garde miraculeusement, après maintes lectures, toute sa fraîcheur.

Pierre Rostov, dit mon lecteur ou ma lectrice, visages inconnus et que je ne connaîtrai jamais – *je ne me rappelle pas Pierre Rostov* ; et il ou elle va prendre *Guerre et Paix* sur l'étagère de la bibliothèque et va chercher le passage de la mort de Petia. Un autre sens qu'on peut donner au « classique » : le livre attend sur l'étagère qu'on vienne le prendre pour la millième, la millionième fois. Le classique : ce qui perdure. Pas étonnant que les éditeurs soient si impatients de revendiquer le statut de classiques pour leurs auteurs !

êtes d'une autre génération et d'un autre monde, et je ne veux pas dire du monde de mes parents (j'ai essayé quelquefois de vous imaginer avec ma mère, mais je n'arrivais même pas à vous mettre tous les deux dans le même cadre). Ce qui est une

Je me suis sérieusement intéressé à votre dernière entreprise. Nous avons discuté chaque chapitre, Anya et moi, chaque section, chaque opinion, l'une après l'autre. On a décortiqué votre texte. Je lui faisais mes remarques

13. De la vie d'écrivain

Durant les années où j'étais professeur de littérature et que je menais des jeunes gens à la découverte de livres qui me parleraient toujours plus qu'à eux, je me réconfortais en me disant qu'au fond je n'étais pas un enseignant mais un romancier. Et de fait, c'est comme romancier plutôt qu'enseignant que je me suis fait une modeste réputation.

Mais aujourd'hui les critiques changent de refrain. Fondamentalement, disent-ils, il n'est pas du tout romancier, c'est un pédant qui fait de la fiction en amateur. Et j'en suis arrivé à un stade de ma vie où je commence à me demander s'ils n'ont pas raison, si tout le temps que

façon détournée de dire autre chose, que je n'ai pas besoin de vous dire parce que je suis sûre que vous comprenez.

Quoi qu'il en soit, maintenant que cela est réglé, merci de m'avoir envoyé votre livre, que je ne peux pas lire, bien sûr,

et elle me faisait les siennes. Quel est notre verdict, allez-vous demander. Comment vous dire ? Notre verdict, notre verdict commun est en deux parties. Premièrement, nous pensons que vous vous faites une

je croyais me présenter sous un déguisement, je n'étais pas, en fait, nu.

En public, le rôle que je joue aujourd'hui est celui d'un personnage éminent (personne ne sait plus trop bien ce qui me vaut d'être éminent), le genre de notabilité qu'on sort du débarras, qu'on époussette pour lui faire dire quelques mots lors d'une manifestation culturelle (inauguration d'une nouvelle salle dans la galerie de peinture ; distribution des prix à un concours de musique ou de chant, et puis on le remet dans son placard. C'est là un sort comique et provincial qui sied à un homme qui, il y a un demi-siècle, a laissé derrière lui la gangue des provinces pour se lancer dans le vaste monde et mener *la vie de bohème**.

La vérité est que je n'ai jamais été bohème, ni alors ni aujourd'hui. De cœur, j'ai toujours été un modérationniste – sans doute un néologisme – et, de plus, un adepte de l'ordre, j'aime les gens et les choses ordonnés. Un de ces jours un officiel quelconque épinglera un ruban sur

---

vous le savez bien, et merci surtout d'avoir envoyé les passages que vous n'avez pas inclus dans le livre, et ceux-là, heureusement, je peux les lire. Je sais ce que vous entendez en disant qu'ils n'ont pas leur place parmi les « Opinions tranchées », mais

---

idée plutôt naïve, plutôt trop optimiste de la nature humaine. Contrairement à ce que vous vous plaisez à croire, la vie en fait est une lutte. Une lutte de tous contre tous, qui se poursuit sans relâche. Elle se poursuit

ma poitrine ratatinée et je serai totalement réassimilé dans la société. *Homais, c'est moi**.

« Je ne conçois pas [l'inspiration] comme un état de grâce, écrit Gabriel García Márquez dans *Une odeur de goyave*, ni comme un souffle divin, mais comme une réconciliation avec le thème, à force de ténacité et de rigueur [...] il passe une sorte de courant entre toi et le thème, il se produit une irradiation réciproque. Et à un certain moment ce rapport atteint un point d'incandescence : tous les obstacles tombent, tous les conflits s'effacent, on pense à des choses qu'on n'avait même pas imaginées, écrire devient ce qu'il y a de meilleur au monde[8]. »

Une ou deux fois dans ma vie, j'ai connu cet envol de l'âme que décrit García Márquez. De tels envols récompensent peut-être la ténacité, bien qu'à mon avis une *flamme entretenue* décrive mieux la qualité nécessaire. Mais quelque nom qu'on lui donne, cette qualité, je ne l'ai plus.

Je lis les œuvres d'autres écrivains, je lis les passages descriptifs denses qu'ils ont composés avec soin au prix

---

ce sont celles que je préfère malgré tout. Je les appelle vos Opinions adoucies – j'espère que cela ne vous contrarie pas.

Je suppose que je devrais être jalouse de l'autre qui a pris ma succession et les a tapées pour vous, mais il n'en est rien. Je vous

---

ici même, à cet instant. Pouvez-vous le nier ? Anya qui s'efforce de vous arracher à mes griffes, de vous sauver du prédateur vorace que je suis. Vous, qui vous battez pour m'arracher Anya. Et moi qui me bats pour vous en

d'un dur labeur afin d'évoquer pour l'œil intérieur des spectacles imaginaires, et le cœur me fend. Je n'ai jamais bien su évoquer le réel, et j'ai encore moins de cœur à la tâche pour le faire maintenant. En vérité, je n'ai jamais trouvé grand plaisir au monde visible, et l'envie que j'aurais de le recréer avec des mots manque de conviction.

Beaucoup d'écrivains connaissent, bien sûr, ce détachement du monde qui s'accentue avec le temps comme ils se font plus vieux, plus froids. Leur prose se décharne, ils mettent en scène des personnages, des actions de plus en plus schématiques. On attribue en général ce syndrome au déclin de la force de création ; il est sans doute lié à l'affaiblissement des forces physiques, et surtout de la force du désir. Pourtant, vue de l'intérieur, cette évolution pourrait être interprétée tout à fait différemment : comme une libération, une purge de l'esprit ainsi rendu disponible pour des tâches plus importantes.

Le cas classique à cet égard est celui de Tolstoï. Nul ne vibre davantage au contact du monde réel que le jeune

---

souhaite tout le bonheur possible et j'espère que votre livre va sortir bientôt en anglais, et que ce sera un gros succès en librairie.

Quelquefois je rougis en repensant aux commentaires que j'ai faits sur vos opinions – vous étiez, après tout un auteur

---

faire rabattre. Vous êtes un rêveur, Juan. Un rêveur, mais aussi un intrigant. Nous sommes tous deux des hommes d'intrigue, vous et moi (Anya n'a rien d'une intrigante), mais au moins je ne donne pas le change.

Léon Tolstoï, le Tolstoï de *Guerre et Paix*. Après *Guerre et Paix*, si on en croit l'opinion reçue, Tolstoï a commencé un long déclin qui prend sa forme exacerbée dans l'aridité des œuvres de fiction courtes écrites sur le tard. Cependant, cette évolution a dû sembler tout autre à Tolstoï devenu vieux. Loin de se sentir sur le déclin, il a dû avoir le sentiment qu'il se débarrassait des entraves qui le rendaient esclave des apparences, et se trouvait capable d'aborder sans détour la seule question qui lui tenait à l'âme : comment vivre.

célèbre dans le monde entier et je n'étais que la petite secrétaire – et puis je me dis *Peut-être appréciait-il d'avoir une autre perspective, vue du bas, pour ainsi dire, une opinion sur ses propres opinions.* Parce qu'il me semblait vraiment que vous

J'intrigue parce que, sinon, je me ferais manger tout cru par les autres bêtes féroces de la jungle. Vous, vous êtes un intrigant parce que vous faites semblant d'être ce que vous n'êtes pas. Vous cultivez l'image de celui qui

14. De la langue maternelle

Chacun de nous a-t-il une langue maternelle ? Ai-je une langue maternelle ? Jusqu'à récemment, je ne me posais pas de questions et je considérais que, puisque l'anglais est la langue que je maîtrise le mieux, c'est l'anglais qui doit compter comme ma langue maternelle. Mais il n'en est peut-être pas ainsi. Peut-être – cela est-il possible ? – n'ai-je pas de langue maternelle.

Car, parfois, lorsque j'écoute les mots qui sortent de ma bouche, j'ai le sentiment inquiétant que celui que j'entends n'est pas celui que j'appelle *moi-même*. On dirait plutôt que quelqu'un d'autre (mais qui ?) est imité, suivi, singé même. *Larvatus prodeo*.

---

preniez des risques, isolé comme vous l'étiez, coupé du monde moderne.

Je me souviens qu'un jour vous m'avez dit que vous ne parleriez pas de vos rêves dans le livre, parce que les rêves ne sont

---

défend les droits de l'homme, voix solitaire de la conscience, et ainsi de suite. Mais je me pose la question : Si les droits de l'homme lui tiennent tant à cœur, pourquoi ne se jette-t-il pas dans la mêlée pour les

Écrire est une expérience moins troublante. Assis en silence, ici, je laisse courir ma main, je convoque ces mots d'anglais, je les déplace, en remplace un par un autre, les tisse pour en faire des phrases, et je me sens à l'aise, maître de la situation. Il me revient une scène, alors que je me trouvais dans un grand magasin à Moscou : une femme occupée sur un boulier, la tête immobile, les yeux fixes, les doigts volant le long des tringles.

Au bout d'une journée de travail d'écriture, je me retrouve avec des pages de ce que j'appelle d'habitude *ce que je voulais dire*. Mais avec plus de prudence, je me demande aujourd'hui : Est-ce que ces mots, imprimés noir sur blanc, sont vraiment ce que je voulais dire ? Dans une perspective phénoménologique, cela suffit-il de dire que quelque part, au fond de moi, je savais ce que je voulais dire, après quoi, je me suis mis en quête des unités verbales appropriées et les ai organisées et réorganisées jusqu'à ce que je réussisse à dire ce que je voulais dire ? Ne serait-il pas plus exact de dire que j'ai bricolé une phrase

---

en rien des opinions, alors cela fait plaisir de voir que l'une de vos opinions adoucies est un rêve, le rêve que vous m'avez raconté un jour, où vous étiez avec Eurydice. Naturellement, je me demande s'il n'y a pas là un message secret, un appel à l'aide.

---

défendre ? Qu'est-ce qu'il a à son actif dans ce domaine ? Réponse, d'après les recherches que j'ai faites : rien de faramineux. En fait, il n'a quasiment rien à son actif. Alors, je me demande : où veut-il réellement en venir

jusqu'a ce que les mots sur la page « sonnent » juste, ou
« soient » justes, puis j'ai cessé mon bricolage et me suis
dit : « Cela doit être ce que tu voulais dire » ? Dans ce cas,
qui sera juge de ce qui sonne juste ou non ? Est-ce forcé-
ment moi ? (« moi ») ?

Éprouverais-je quelque chose de différent, de moins
compliqué, de plus satisfaisant, si de naissance ou par
l'éducation reçue, j'étais plus profondément ancré dans la
langue que j'écris – autrement dit, si j'avais à ma disposition pour travailler une autre langue, plus vraie, moins pro-
blématique que l'anglais ? Peut-être la réalité est-elle que
toutes les langues sont, en fin de compte, des langues étrangères, inconnues à ce qu'il y a d'animal en nous. Mais
d'une manière qui est justement inarticulée, inarticulable,
l'anglais ne me semble pas un lieu de repos, je n'y suis pas
chez moi. Il se trouve seulement que c'est une langue dont
j'ai réussi à maîtriser à peu près les ressources.

Mon cas ne saurait être unique. Il doit y avoir beaucoup d'Indiens de la classe moyenne, par exemple, qui

---

Il est bien dommage que vous soyez si seul dans la vie. Nous
avons tous besoin de quelqu'un à nos côtés pour nous aider.

Alan disait que vous étiez sentimental. Je n'ai jamais vu ça
en vous. Il vous qualifiait de socialiste sentimental. C'était

---

avec son bouquin ? *Lisez ces pages*, dites-vous à ma
bonne amie (la mienne, pas la vôtre), en la regardant
dans les yeux, d'un air qui en dit long, et *dites-moi ce
que vous en pensez* : et qu'est-ce que tout ça veut dire,

ont fait leurs études en anglais et qui parlent régulière-
ment anglais sur leur lieu de travail et à la maison
(épiçant leurs propos ici et là de quelque locution verna-
culaire), qui n'ont qu'une connaissance imparfaite
d'autres langues, et qui, pourtant, en s'entendant parler
ou en lisant ce qu'ils ont écrit éprouvent un malaise, sentant qu'il se passe quelque chose de faux.

désobligeant de sa part, bien sûr. Je n'écoutais jamais Alan
quand il fulminait contre vous. Il pensait que vous aviez une
influence de mauvais aloi sur moi. C'est pour ça qu'il ne vous
aimait pas. Je suis sûre que je ne vous apprends rien.

en fin de compte ? Vous dirai-je à quelle conclusion j'en
suis arrivé ? J'ai conclu qu'au bout du compte, vous
vouliez mettre vos pattes sur ma belle amie, mais que
vous ne vous y risquiez pas de peur de prendre une

15. Sur Antjie Krog

À la radio hier, des poèmes d'Antjie Krog dans la traduction anglaise de l'auteure. C'est la première fois, si je ne me trompe, qu'elle s'adresse au public australien. Elle traite d'un thème vaste : l'expérience de l'histoire de l'Afrique du Sud qu'elle a vécue sa vie durant. Son talent de poète s'est hissé à la hauteur de ce défi, refusant de se laisser diminuer. Une sincérité totale qui s'appuie sur une intelligence aiguë, féminine, et qui peut se nourrir de tout un passé déchirant. Sa réponse aux terribles actes de cruauté dont elle a été témoin, à l'angoisse et au désespoir qu'ils génèrent : se tourner vers les enfants, vers l'avenir humain, vers le pouvoir qu'a la vie de se renouveler, toujours.

Je dois dire que je suis restée perplexe la première fois que vous vous êtes dit anarchiste. Je croyais que les anarchistes s'habillaient en noir et essayaient de faire sauter le Parlement. Vous me semblez un anarchiste bien tranquille, bien respectable.

---

bonne claque bien méritée. En fin de compte, vous lui faites la cour, en douce, mine de rien. *J'ai peut-être l'air tout ratatiné et repoussant*, lui dites-vous (sans parler de votre odeur *sui generis*), *mais au fond, j'éprouve encore*

Personne en Australie n'a une écriture pareillement chauffée à blanc. Le phénomène Antjie Krog me paraît tout à fait russe. En Afrique du Sud, comme en Russie, la vie peut être le comble du malheur, mais comme les braves d'esprit savent trouver l'élan de réagir !

Aviez-vous une influence de mauvais aloi sur moi ? Je ne crois pas. Je ne crois pas que vous ayez eu grande influence sur moi, en fait. Mais il n'y a rien de négatif dans ce que je dis là. J'ai eu la chance de vous rencontrer au bon moment. Sans vous, je

ce que tout homme éprouve. Est-ce que je me trompe, Anya ?

Je me suis levée. Il est l'heure de prendre congé, Alan. Merci, monsieur C de nous avoir invités à fêter

16. D'être photographié

Dans le livre de Javier Marías, *Vies écrites*, il y a un essai sur les photos d'écrivains. Parmi les photos reproduites dans l'ouvrage, il y en a une de Samuel Beckett, assis dans le coin d'une pièce aux murs nus. Beckett semble sur ses gardes, et Marías, en effet, dit qu'il a l'air traqué, « aux abois ». La question est de savoir traqué par qui ou par quoi ? La réponse qui s'impose : traqué par le photographe. Beckett a-t-il de son propre chef décidé de se placer dans un coin, à l'intersection de trois axes, le regard levé, ou est-ce que c'est le photographe qui l'a persuadé de s'asseoir là ? Dans une telle position, mitraillé par vingt ou trente éclairs de flashes, dominé par une silhouette penchée sur vous, il est difficile de ne pas se sentir traqué.

---

serais sans doute encore avec Alan. Mais vous ne m'avez pas influencée. J'étais ce que je suis avant de vous rencontrer, et je le suis toujours, rien n'a changé.

---

l'événement avec vous. Je regrette que nous ayons tout gâché, mais ce n'est pas bien grave, il ne faut pas prendre la chose à cœur, tout cela passera, Alan a un peu trop bu.

En fait, les photographes arrivent pour leur séance de prise de vue avec une idée préconçue, souvent conforme à l'image stéréotypée du sujet, du genre de personne qu'il est, et ils s'efforcent de reproduire ce cliché dans les photos qu'ils prennent (ou, selon l'expression idiomatique usitée dans d'autres langues, les photos qu'ils font). Non seulement ils font prendre à leur sujet la pose qui correspond à son image mais de retour dans leur studio, ils sélectionnent parmi les prises de vue celles qui sont le plus fidèles à l'image-cliché du sujet. Nous nous trouvons ici devant un paradoxe : plus le photographe a le temps de rendre justice à son sujet, moins il est vraisemblable que justice sera faite.

Mais vous m'avez un peu ouvert les yeux, je le reconnais. Vous m'avez montré qu'il y a une autre façon de vivre, qu'on peut avoir des idées et les exprimer clairement, et tout ça. Bien sûr, il faut avoir du talent pour réussir dans ce domaine. Ce n'est

Tu oublies la seconde partie du verdict, dit Alan. Assieds-toi, ma chère. Je n'ai pas donné à Juan la seconde partie de notre verdict.

17. Des pensées qu'on a

S'il fallait que je mette une étiquette sur la pensée politique qui est la mienne, je dirais que c'est du quiétisme
anarcho-pessimiste, ou du pessimisme anarcho-quiétiste,
ou de l'anarchisme quiétiste pessimiste : anarchisme,
parce que l'expérience m'apprend qu'en politique tout le
mal vient du pouvoir lui-même ; quiétisme, parce que j'ai
des doutes, des soupçons, sur la volonté de changer le
monde, quand cette volonté est entachée de soif du pouvoir ; pessimisme, parce que l'idée que l'on peut changer
les choses, de manière fondamentale, me laisse sceptique.
(Une telle vue pessimiste est cousine, peut-être même
sœur, de la croyance au péché originel, c'est-à-dire de la
conviction que le genre humain n'est pas perfectible.)

---

pas quelque chose que je pourrais faire. Mais dans une autre
vie, peut-être, si nos âges étaient plus compatibles, nous pourrions nous mettre en ménage et je pourrais être votre inspiration. Votre inspiration à demeure. Est-ce que cela vous plairait ?

Pour en arriver à la seconde partie de notre verdict,
nous avons, Anya et moi, délibéré comme suit : il nous
sert un ensemble de déclarations sur le monde moderne,
nous sommes-nous dit, mais elles s'adressent à un

Mais puis-je même prétendre être un penseur, quelqu'un qui a ce qu'on peut appeler des pensées, une pensée politique ou dans tout autre domaine ? Je n'ai jamais été à l'aise avec les abstractions, ni doué pour la pensée abstraite. Au cours de toute une vie d'activité mentale, la seule, l'unique idée que j'ai eue, et qu'on pourrait qualifier d'abstraite, m'est venue tard, à la cinquantaine passée, quand tout d'un coup il m'est apparu que certains concepts mathématiques maniés tous les jours pourraient contribuer à clarifier la théorie morale. Car la morale n'a jamais trop bien su quoi faire de la quantité, des nombres. Est-ce que tuer deux personnes est pire que d'en tuer une seule, par exemple ? Si c'est le cas, combien pire ? Deux fois pire ? Pas tout à fait deux fois – disons une fois et demie ? Est-ce que voler un million de dollars est pire que voler un dollar ? Et si ce dollar était tout ce que possédait la pauvre veuve de saint Marc ?

Ce ne sont pas là de simples questions d'école. Elles doivent se poser tous les jours aux juges qui ont à statuer

---

Vous pourriez vous mettre à votre bureau et écrire, et je m'occuperais du reste.

Ne faites pas attention à ce que je dis. C'est une idée, pas plus.

---

public allemand. Est-ce que ce n'est pas un peu bizarre d'écrire un livre en anglais pour une bande de Boches ? Comment expliquer ça ? Et l'explication que nous avons trouvée est la suivante : dans le monde anglophone, un

sur l'amende à imposer, la longueur de la peine de prison à infliger.

L'idée qui m'est venue était assez simple, quoique malaisée à exprimer avec des mots. En mathématiques, un ensemble totalement ordonné est un ensemble d'éléments dans lequel chaque élément se place soit à droite, soit à gauche de chacun des autres éléments. En ce qui concerne les nombres, *à gauche de* peut se comprendre comme moins que, *à droite de* comme plus grand que. Les nombres entiers, positifs et négatifs, sont un exemple d'ensemble ordonné.

Dans un ensemble qui n'est que partiellement ordonné, l'obligation pour tout élément donné de se placer *ou bien* à droite, *ou bien* à gauche de tous les autres éléments donnés ne tient pas.

Dans le domaine des jugements moraux, on peut penser que *à gauche de* signifie pire que, *à droite de* signifie mieux que. Si nous traitons l'ensemble d'éléments sur lesquels nous souhaitons arriver à porter un jugement moral comme

En fait, j'ai un bon sens pratique. Vous ne m'avez jamais vue sous ce jour, mais c'est vrai. Bon sens pratique, mais rien d'une rêveuse, malheureusement. Alors, si c'est quelqu'un qui rêve avec vous que vous cherchez, une rêveuse qui en plus lavera vos

monde de têtes solides qui ont le sens commun, un livre de déclarations sur le monde tel qu'il est ne fera pas grande impression, venant de la plume d'un homme qui ne s'est distingué que dans des œuvres d'imagination.

constituant non pas un ensemble totalement ordonné mais un ensemble partiellement ordonné, il y aura alors des paires d'éléments (une seule victime opposé à deux victimes ; un million de dollars opposé à quelques sous) auxquelles la relation d'ordre, la question morale *du meilleur ou du pire*, ne s'applique pas nécessairement. Autrement dit, il faut simplement renoncer à poser la question en termes de pure alternative : *est-ce meilleur ou est-ce pire ?*

Présumer que tout ensemble d'éléments peut être ordonné nous mène, dans le domaine moral, tout droit à l'enlisement. Qu'est-ce des deux qui est pire, la mort d'un oiseau ou la mort d'un enfant ? Qu'est-ce qui est pire, la mort d'un albatros ou la mort d'un nouveau-né inerte, souffrant de lésions cérébrales et qui ne vit que tant qu'il est branché sur un équipement de survie ?

Malheureusement, nous sommes intuitivement attirés par une forme de pensée qui s'aligne sur les ensembles ordonnés et nous répugnons à suivre une autre voie. Cela trouve une illustration évidente dans la jurisprudence.

---

slips et vous fera de bons petits plats, il vous faudra aller chercher ailleurs. Je ne suis pas celle qu'il vous faut.

J'ai repensé à votre ami, le photographe hongrois, et à ce qu'il vous a dit. La plupart des photographes avec qui j'ai travaillé étaient

---

Alors que dans des endroits comme l'Allemagne et la France, les gens se mettent facilement à genoux devant des sages à la barbe fleurie. Dites-nous, Ô Maître, nous vous en prions, ce qui est allé de travers dans notre

S'efforçant de prononcer une sentence plus dure (pire) que la mort contre Adolf Eichmann, ses juges israéliens sont arrivés à la solution suivante : « Vous serez pendu, votre corps sera réduit en cendres et les cendres seront dispersées en dehors des frontières d'Israël. » Mais dans cette double sentence – prononcée contre Eichmann et contre sa dépouille mortelle – on peut lire plus qu'une solution atteinte en désespoir de cause. La mort est absolue. Il n'est rien de pire ; et cela ne s'applique pas seulement à Eichmann mais à chacun des six millions de Juifs que les nazis ont mis à mort. Six millions de morts, ce n'est pas la même chose – le compte, en un certain sens, « n'équivaut pas » à une mort, « n'excède » pas, une seule mort ; néanmoins, qu'est-ce que cela signifie *exactement* de dire que six millions de morts, considérés dans leur ensemble, c'est pire qu'une seule mort ? Ne sommes-nous pas désarmés devant cette question ? Et ce n'est pas parce que notre faculté de raisonner se trouve paralysée. C'est la question elle-même qui est faussement posée.

---

homosexuels, c'est comme ça dans le monde de la mode, mais cela n'empêche pas que, si un objectif est dirigé sur moi, je sais que je bouge différemment, peu importe qui est derrière l'objectif. En fait, cela va plus loin, ce n'est pas seulement la façon dont je bouge. On

---

civilisation ! Pourquoi les sources se sont-elles taries, pourquoi pleut-il des grenouilles ? Regardez dans votre boule de cristal et éclairez-nous ! Montrez-nous la voie vers l'avenir.

18. Des oiseaux dans le ciel

Jadis, la petite bande de terre en face des tours appartenait aux oiseaux qui picoraient dans le lit du ruisseau et cassaient du bec les pommes de pin pour en extraire les pignons. Maintenant, c'est devenu un espace vert, un jardin public pour les animaux à deux pattes ; on a redressé le cours du ruisseau, on l'a recouvert de béton et intégré au réseau des canalisations pour évacuer les eaux de ruissellement.

Les oiseaux se tiennent prudemment à distance de ces innovations. Tous, sauf les pics. Tous sauf le pic-en-chef (c'est ainsi que je le vois), le plus vieux ou du moins le plus imposant et le plus éprouvé. Il (c'est ainsi que je le vois, mâle dans toutes ses fibres) marche à pas comptés en rond autour du banc où je suis assis. Il ne me reluque pas. Il n'a aucune curiosité envers moi. Il me met en demeure,

---

dirait presque que je me tiens en dehors de moi-même, et que j'observe de quoi j'ai l'air devant l'appareil. C'est comme se regarder dans une glace, mais c'est encore plus fort parce que ce ne sont pas vos yeux qui voient, mais les yeux de quelqu'un d'autre.

Vous avez délibérément essayé de jouer les gourous, Juan. C'est la conclusion à laquelle nous sommes arrivés, Anya et moi. Vous avez fait le tour du marché du

en demeure de déguerpir. Il cherche aussi mon point vulnérable, au cas où il lui faudrait passer à l'attaque, au cas où on en arriverait là.

Au bout du compte (c'est ainsi que je vois les choses), il est prêt à envisager la possibilité d'un compromis : un compromis, par exemple, selon lequel je bats en retraite pour trouver abri dans l'une des cages que nous autres humains avons érigées de l'autre côté de la rue, pendant que lui garde la jouissance de cet espace qui est le sien ; ou un compromis selon lequel je consens à sortir de ma cage seulement à heures fixes, disons entre trois et cinq heures de l'après-midi, quand il aime à faire une petite sieste.

Un matin, soudain, j'ai entendu un tapage péremptoire à la fenêtre de la cuisine. C'était lui, cramponné de toutes ses griffes au rebord, battant des ailes, jetant un œil furibond dans la pièce, venu me donner un avertissement : je ne suis peut-être pas en sécurité, même chez moi.

Maintenant, en cette fin de printemps, lui et ses femmes jasent à qui mieux mieux toute la nuit en haut des arbres. Ça leur est bien égal s'ils m'empêchent de dormir.

Je croirais facilement que votre ami fantasmait sur les filles qu'il photographiait. Du moins, cela me paraît être un truc de photographe. Je ne pensais jamais à ce qui se passait dans la tête du photographe pendant qu'il travaillait. Je

---

travail – c'est le scénario que nous avons imaginé – et vous avez vu que c'était bouché, surtout pour les plus de soixante-dix ans. Affiches partout dans les vitrines : *Troisième âge*

Le pic-en-chef ne sait pas trop combien de temps vivent les êtres humains, mais il croit qu'ils ne vivent pas aussi longtemps que les pics. Il pense que je mourrai dans ma cage, que je mourrai de vieillesse. Alors il pourra fracasser la vitre, s'introduire chez moi en vainqueur et m'arracher les yeux.

De temps en temps, quand il fait chaud, il daigne boire dans la vasque de la fontaine d'eau potable. Au moment où il relève le bec pour laisser l'eau lui descendre dans le gosier, il est vulnérable, on peut l'attaquer, et il le sait. Alors, il s'applique à prendre son air le plus sévère. Ose donc rire, dit-il, et tu auras affaire à moi.

Je ne manque jamais de lui accorder tout le respect, toute l'attention qu'il exige. Ce matin, il a attrapé un hanneton et il était très fier de lui – rudement content, comme disent les Anglais. Le pauvre hanneton dans le bec, dont les ailes brisées pendaient de part et d'autre, le pic a sautillé vers moi, marquant une longue pause entre chaque petit saut, et s'est approché à un mètre tout au plus. « Bravo », ai-je murmuré. Il a incliné légèrement la tête

---

m'appliquais à ne jamais y penser, en fait. Cela gâcherait l'image, la rendrait obscène, d'une certaine façon, si le modèle et le photographe étaient de connivence, du moins c'est ce qu'il me semble. Sois toi-même, me disais-je tout

---

s'abstenir. Mais tiens, tiens, qu'est-ce que c'est que ça ? « On recherche gourou senior. Longue expérience souhaitée, sages conseils à prodiguer en toutes circonstances. Longue

pour écouter les deux notes, les deux syllabes de mon chant. Est-ce qu'il reconnaissait ainsi mon existence ? Est-ce que je viens ici assez souvent pour faire à ses yeux partie de son domaine ?

Des cacatoès aussi viennent parfois en visite. L'un d'eux s'installe paisiblement dans un prunier sauvage. Il me considère, un noyau de prune entre ses griffes, comme pour me dire « Tu veux goûter ? ». Moi, j'ai envie de dire : « Nous sommes dans un jardin public, tu es en visite ici, comme moi, et ce n'est pas à toi de m'offrir à manger. » Mais public, privé, cela n'est rien de plus pour lui qu'une bouffée d'air. « Nous sommes dans un monde libre », dit-il.

bas, ce qui voulait dire me laisser couler en moi-même, comme dans un étang, sans rider l'eau.

Je me demande aussi si votre ami hongrois existe (a vraiment existé). Il n'est peut-être qu'une autre de vos histoires. Inutile de

barbe blanche sera un avantage. » Et si j'essayais, vous êtes-vous dit. Je n'ai pas tout à fait remporté la palme comme romancier – voyons voir si je ferai mieux comme gourou.

19. De la compassion

La semaine dernière, tous les jours, le thermomètre est monté au-dessus de quarante degrés. Bella Saunders, qui occupe l'appartement au bout du couloir, me dit qu'elle se fait du souci pour les grenouilles dans le lit à sec du ruisseau. Est-ce qu'elles ne vont pas rôtir toutes vives dans leur logis de terre ? demande-t-elle avec inquiétude – Est-ce qu'on ne pourrait pas faire quelque chose pour leur venir en aide ? Qu'est-ce que vous proposez ? dis-je. Est-ce qu'on ne pourrait pas les déterrer et les amener à l'intérieur en attendant la fin de la vague de chaleur ? dit-elle. Je la mets en garde. Vous ne sauriez pas où creuser pour les trouver.

À la tombée du jour, je la regarde traverser la rue avec une bassine d'eau qu'elle laisse dans le ruisseau. C'est au cas où les petites auraient soif, explique-t-elle.

---

me dire si c'est le cas. Cela peut rester l'un de vos secrets. Mais j'aimerais bien savoir pourquoi il s'est tué.

Quoi qu'il en soit, que votre ami ait réellement existé ou non, permettez-moi de vous avouer que cela ne m'a jamais

---

Le seul problème est que dans le monde anglophone, nous ne prenons pas nos gourous très au sérieux. Si l'on étudie les ventes, avec qui les gourous sont-ils en

Il est facile de se moquer des gens comme Bella, de leur dire que les vagues de chaleur font partie d'un processus écologique plus vaste dont les êtres humains ne devraient pas se mêler. Mais cette critique ne passe-t-elle pas à côté de quelque chose ? Nous, êtres humains, ne faisons-nous pas aussi partie de cette écologie, et notre compassion pour les bestioles n'en est-elle pas un élément comme l'est la cruauté du corbeau ?

gênée d'être l'objet de vos fantasmes. Chez d'autres hommes, cela me déplaisait parfois, mais pas chez vous. C'était un des moyens que j'avais de vous aider – du moins, c'est ce que je me disais. Faisons-nous belle pour Señor C, me disais-je,

concurrence ? Avec les chefs cuisiniers dans les restaurants à la mode, avec les actrices qui colportent de vieux potins, avec les hommes politiques sur le retour. Tout ça n'est pas

20. Des enfants

Autre leçon apprise au fil des heures passées dans le parc. Les enfants, je suis pour, dans l'abstrait. Les enfants sont notre avenir. Il est bon pour les vieilles gens de se trouver parmi des enfants, cela nous remonte le moral. Refrain connu.

Ce que j'oublie à propos des enfants, c'est le vacarme incessant qu'ils font. On dirait moins bien : ils crient. Crier n'est pas seulement avoir le verbe haut. Ce n'est pas du tout un moyen de communiquer, mais une façon de noyer ses rivaux. C'est une forme d'affirmation de soi ; l'une des plus pures, facile à exercer et très efficace. Un enfant de quatre ans n'est peut-être pas aussi fort qu'un homme adulte, mais il fait certainement plus de bruit.

L'une des premières choses à apprendre si nous voulons devenir civilisés : ne pas crier.

---

quand je me préparais pour venir vous voir le matin, pour ce pauvre Señor C, qui doit se sentir bien seul à passer ses journées sans personne à qui parler en dehors de son dictaphone et des oiseaux, de temps en temps. Faisons-nous belle pour lui,

---

le plus beau monde. Alors, vous vous êtes dit : *Essayons la vieille Europe. Voyons si je trouverai dans la vieille Europe l'audience qu'on ne m'accorde pas dans mon pays.*

21. De l'eau et du feu

Grosses pluies cette semaine. Comme je regarde le mince filet d'eau qui court dans le parc grossir pour devenir torrent, je comprends la nature, profondément étrangère à nous, de l'eau en crue. La crue n'est ni étonnée ni déconcertée par les obstacles, les barrières qu'elle trouve sur sa route. Être perplexe ou déconcertée n'est pas dans son répertoire. Elle submerge les barrières, tout simplement, elle écarte les obstacles. La nature de l'eau, comme auraient pu le dire les pré-socratiques, est de couler. Être perplexe, hésiter rien qu'un instant serait pour l'eau contre nature.

Le feu est tout aussi étranger à l'humain. D'intuition nous voyons le feu comme une force dévorante. Tout ce qui dévore doit avoir de l'appétit et il est dans la nature de l'appétit de se rassasier. Mais le feu n'est jamais rassasié. Plus le feu dévore, plus il forcit; plus il forcit, plus son

---

comme ça il emmagasinera des souvenirs et il aura de quoi rêver quand il ira se coucher ce soir.

J'espère que vous ne m'en voulez pas de vous dire ça. Il aurait mieux valu que vous pensiez que j'étais naturelle, que je ne

---

Mais je vois qu'Anya me lance des regards furibonds. Nous abusons de votre hospitalité. Mon Dieu, je suis désolé. Il est temps de partir. Merci, Juan, de cette

appétit augmente ; plus son appétit augmente, plus il dévore. Seule l'eau refuse de se laisser dévorer par le feu. Si l'eau pouvait brûler, le monde tout entier aurait été consumé par le feu il y a longtemps.

jouais pas la comédie, que je n'avais pas idée des pensées que vous aviez sur mon compte. Mais on ne peut être amis si on n'est pas francs (l'amour est une autre affaire), et si je ne peux plus être votre petite dactylo, je peux au moins être votre amie. Je peux

merveilleuse soirée. Conversation vraiment passionnante, n'est-ce pas, Anya ?

Dans l'ascenseur, j'ai eu enfin l'occasion de dire mon

22. De l'ennui

Seuls les animaux supérieurs sont capables de s'ennuyer, disait Nietzsche. Cette observation doit, je suppose, être prise comme un compliment pour l'homme en tant qu'animal supérieur, bien que ce soit un compliment à double tranchant : l'esprit de l'homme est impatient ; à moins d'avoir de quoi s'occuper, il est en proie à l'irritation, tombe dans l'agitation, et finit même par entrer dans un mode destructeur, méchant et mal avisé.

On dirait qu'enfant, j'ai été sans le savoir un adepte de Nietzsche. J'étais persuadé que l'ennui endémique parmi ceux de mon âge était le signe de leur nature supérieure, qu'ils portaient un jugement tacite sur tout ce qui pouvait les

---

donc vous dire franchement que vos pensées ne m'ont jamais gênée, je les suscitais même un peu. Et rien n'a changé depuis mon départ, vous pouvez continuer à penser à moi tant qu'il vous plaira (c'est ce qu'il y a de merveilleux dans les pensées, non ? la distance, la séparation n'ont aucune importance). Et si

---

mot. Ce que tu m'as fait subir ce soir, Alan, je ne te le pardonnerai jamais. Jamais. Je ne plaisante pas.

La lumière crue du plafonnier tombait sur les bajoues d'Alan. À cet instant, il avait bien l'air de ce qu'il était : un

ennuyer, et que donc il convenait de mépriser tout ce qui les ennuyait puisque leurs besoins humains légitimes n'étaient pas satisfaits. Ainsi, comme la poésie, par exemple, ennuyait mes camarades de classe, j'en concluais que c'était la poésie qui était à blâmer, et que m'absorber totalement dans la poésie était déviant, coupable et surtout immature.

J'étais encouragé à raisonner de la sorte par une bonne part de la critique littéraire d'alors qui disait que l'époque moderne (c'est-à-dire le XXe siècle) exigeait une refonte de la poésie, qu'il fallait la renouveler, la moderniser et opérer une rupture totale avec le passé, notamment avec la poésie des victoriens. Pour le poète moderne, rien ne pouvait être plus rétrograde, plus méprisable que d'aimer Tennyson.

Le fait que Tennyson ennuyait mes condisciples me prouvait, s'il en était besoin, qu'ils étaient les porteurs authentiques, quoique inconscients peut-être, de cette nouvelle sensibilité moderne. À travers eux le *Zeitgeist* portait son jugement sévère sur l'époque victorienne et

---

vous voulez écrire pour me confier vos pensées, c'est très bien aussi. Je sais être discrète.

Mais surtout, si vous m'écrivez ou si vous m'appelez, ne me donnez pas de nouvelles. J'ai tiré un trait sur les tours Sydendham, et sur Alan aussi. Je suis comme ça, c'est ma

---

Australien blanc, plus tout jeune, maussade, insatisfait, à moitié soûl.

Rien de ce que j'ai fait, ou de ce que C a fait, ne justifie la façon dont tu t'es conduit ce soir.

sur Tennyson en particulier. Quant au fait agaçant que mes camarades s'ennuyaient tout autant à la lecture de T. S. Eliot (sans parler de leur ahurissement), cela s'expliquait par le côté quelque peu efféminé qu'on trouvait encore chez Eliot et qui ne correspondait en rien à leurs rudes valeurs masculines.

Il ne m'est pas venu à l'idée que mes camarades trouvaient la poésie ennuyeuse – comme ils trouvaient d'ailleurs ennuyeuses toutes les matières enseignées – parce qu'ils étaient incapables de se concentrer.

Les conséquences les plus sérieuses de l'impasse logique dans laquelle je me retrouvais (les plus hautes intelligences sont celles qui s'ennuient le plus vite, donc ceux qui s'ennuient le plus vite ont la plus haute intelligence) se firent jour dans le domaine de la religion. Je trouvais la pratique religieuse ennuyeuse, donc *a fortiori* mes camarades, esprits modernes, devaient eux aussi trouver la religion ennuyeuse. L'absence de symptômes

---

nature : je me donne entièrement à ce que je fais, mais si ça ne marche pas, je tourne la page, c'est fini, ça n'existe plus. Comme ça, je garde le moral, je peux envisager l'avenir. Donc, je ne veux pas de nouvelles d'Alan.

La porte automatique s'est ouverte au vingt-cinquième étage. J'entends bien ce que tu me dis, a dit Alan. Je te reçois cinq sur cinq. Et tu veux savoir ce que je te réponds, ma cocotte ? Je te réponds : Va te faire foutre.

d'ennui chez eux, leur zèle à répéter comme des perro-
quets la doctrine chrétienne et à professer la morale chrétienne tout en continuant à se comporter comme des
sauvages me semblaient la preuve d'une maturité qui les
rendait capables de vivre le divorce entre le monde réel
(visible, tangible) et les fictions de la religion.

Ce n'est que maintenant, tard dans ma vie, que je commence à voir comment les gens ordinaires, les animaux
supérieurs qui s'ennuient selon Nietzsche, s'accommodent
du monde qui les entoure, non pas en s'énervant mais en
modérant leurs attentes. Ils s'en tirent en apprenant à laisser faire les choses, en laissant la machine mentale tourner
au ralenti. Ils somnolent ; et comme cela ne les gêne pas de
somnoler, cela ne les gêne pas de s'ennuyer.

Pour moi, le fait que mes professeurs, les Frères maristes,
n'apparaissaient pas chaque matin en robe de feu pour pro-
férer des vérités métaphysiques profondes et terribles était
la preuve qu'ils étaient d'indignes serviteurs. (Serviteurs de

---

Est-ce que je vous ai dit que j'ai demandé à Alan de m'envoyer le reste de mes affaires ? Je lui ai demandé de tout expédier chez ma mère. J'ai dit que je paierais les frais. Il y a
quatre mois de ça. Pas de réponse. Si j'étais quelqu'un
d'autre, je m'amènerais dans l'appartement avec un bidon de

---

*

Bien après ma séparation d'avec Alan, après mon départ
pour le Queensland, après avoir reçu le livre expédié par

qui ? de quoi ? Certainement pas de Dieu – Dieu n'existait pas, on n'avait pas besoin de me le dire – mais de la Vérité, du Néant, du Vide.) Pour mes jeunes contemporains, d'autre part, les Frères étaient simplement ennuyeux. Ils étaient ennuyeux, parce que tout était ennuyeux, et comme tout était ennuyeux, rien n'était ennuyeux. Il fallait seulement apprendre à vivre avec cet état de choses.

Comme je fuyais la religion, j'imaginais que mes camarades devaient eux aussi fuir la religion, quoique leur fuite se fît avec plus de discrétion, plus d'astuce, que je n'avais su encore le déceler. Ce n'est qu'aujourd'hui que je me rends compte combien je me trompais. Ils n'étaient nullement en fuite. Pas plus que ne le sont leurs enfants ou leurs petits-enfants. Quand j'atteindrai ma soixante-dixième année, me plaisais-je à prédire, toutes les églises du monde seront devenues des granges, des musées ou des fabriques de poteries. Mais je me trompais, là aussi. Voyez comme de nouvelles églises apparaissent tous les

kérosène (j'ai encore une clé) et je mettrais le feu. Il verrait alors de quoi une femme bafouée est capable. Mais ce n'est pas mon genre.

Ma mère dit : Qu'il garde donc tout ça, ce ne sont que des choses, tu peux les remplacer, c'est lui le perdant dans l'affaire,

Señor C, après lui avoir écrit pour le remercier, j'ai téléphoné à Mme Saunders qui habite dans les tours. Je ne connaissais pas bien Mme Saunders du temps que j'habitais là, elle est un peu dingue (c'est elle qui m'avait dit que

jours, partout, sans parler des mosquées. Ainsi, il convient d'amender l'adage de Nietzsche : alors qu'il est peut-être juste de dire que seuls les animaux supérieurs sont capables d'ennui, l'homme s'avère supérieur à tous les autres parce qu'il domestique l'ennui, l'accueille et l'ennui se sent chez lui.

---

où va-t-il se trouver une fille comme mon Anya ? Ma mère est d'une loyauté à toute épreuve.

Nous sommes comme ça, nous les Philippines : bonnes épouses, bonnes maîtresses, bonnes amies aussi. Bonnes en toutes choses.

Señor C était de Colombie, elle devait le confondre avec quelqu'un d'autre), mais son appartement est au même étage que celui de Señor C et je sais qu'elle a bon cœur (c'est elle qui donnait à manger aux oiseaux dans le parc).

23. Sur J.-S. Bach

Ce qui, mieux que tout, nous prouve que la vie est bonne et qu'il y a peut-être un Dieu en fin de compte, un Dieu qui a notre bien-être à cœur, c'est qu'à chacun de nous échoit, le jour de notre naissance, la musique de Jean-Sébastien Bach. Elle nous vient comme un don que nous n'avons pas gagné, pas mérité, pour rien.

Ne pensez pas de mal d'Alan. La rancœur, ça gâche l'existence. Et est-ce que ça vaut la peine quand on n'en a plus pour longtemps? Restez serein, faites comme s'il n'existait pas, comme un personnage dans une mauvaise histoire que vous avez mise au panier.

Nous avions une relation satisfaisante, vous et moi, vous ne croyez pas? Une relation qui reposait sur l'honnêteté. Nous étions plutôt honnêtes l'un envers l'autre. Ça me plaisait. Je ne

---

Mme Saunders, ai-je dit, est-ce que vous voudrez bien m'appeler s'il arrive quelque chose au Señor, s'il doit être hospitalisé, ou pis encore? Je pourrais demander à Alan, mon ex, mais nous sommes un peu en froid, et de toute façon, Alan est un homme, et les hommes ne remarquent rien. Appelez-moi et je viendrai. Ce n'est pas que je puisse faire grand-chose pour lui – je ne suis pas infirmière – mais je n'aime pas le savoir tout seul à

Combien j'aimerais, rien qu'une fois, parler à cet homme, mort depuis tant d'années ! « Voyez comme au XXIe siècle, nous jouons encore votre musique, combien nous la révérons et l'aimons, combien elle nous pénètre, nous émeut, nous fortifie, nous met en joie, dirais-je. Au nom de l'humanité tout entière, acceptez l'hommage que je vous rends, même si ces mots ne sont pas à la mesure de votre mérite, et que tout ce que vous avez enduré au cours des sombres dernières années de votre vie, y compris les cruelles opérations chirurgicales pratiquées sur vos yeux, soit oublié. »

Pourquoi est-ce à Bach, et à Bach seul que je désire si fort m'adresser ? Pourquoi pas à Schubert (« Que la

---

pouvais pas toujours être honnête avec Alan. On ne peut pas être honnête dans une relation de type conjugal, quand on vit ensemble, pas totalement honnête, si on veut que ça dure. C'est un des inconvénients du mariage.

Quoi que vous fassiez, ne vous laissez pas aller à la déprime. Je sais que vous pensez que vous n'êtes plus ce que vous étiez, mais le fait est que vous êtes encore pas mal, et en plus un vrai gentleman, qui sait faire sentir à une femme qu'elle est une femme. Les

---

attendre, vous savez bien, la fin, quoi. À ma connaissance, il n'a pas d'enfants, pas de famille en Australie, alors il n'y aura personne pour prendre les dispositions nécessaires, et cela n'est pas bien, pas comme il faut, vous me comprenez.

Je ne suis pas sûre que Mme Saunders ait bien compris ce que je voulais dire, elle n'a pas trop les pieds sur terre, et Señor C n'est pas exactement dans sa ligne de mire,

cruelle misère dans laquelle il vous a fallu vivre soit oubliée »)? Pourquoi pas à Cervantès (« Que la perte cruelle de votre main soit oubliée »)? Qui est Jean-Sébastien Bach pour moi? En le nommant, est-ce que je nomme le père que je choisirais si, parmi tous les vivants et tous les morts, il nous était permis de choisir notre père? En ce sens, est-ce qu'en lui, je me choisis un père spirituel? Et de quoi donc est-ce que j'essaie de me racheter en mettant enfin pour la première fois une ébauche de sourire sur ses lèvres? D'avoir été, en mon temps, un mauvais fils?

---

femmes apprécient cette qualité chez un homme, même s'il lui manque peut-être autre chose. Et pour ce qui est de l'écrivain, il ne fait aucun doute que vous êtes parmi les meilleurs, hors classe, et je ne dis pas cela seulement parce que je suis votre amie. Vous savez toucher le lecteur (par exemple dans le passage sur les oiseaux dans le parc). Vous savez donner vie aux choses. En toute honnêteté, je vous dirai que vos opinions tranchées sur les questions politiques ou les choses de ce genre ne sont pas ce que

---

mais elle a pris mon numéro et a promis de m'appeler, le cas échéant.

Ne lui dites rien, ai-je ajouté. Promettez-moi de ne pas lui dire que j'ai pris de ses nouvelles, que je m'inquiète.

Elle a promis. Sa promesse vaut ce qu'elle vaut.

Est-ce que je m'inquiète? Pas vraiment, pas comme on s'inquiète d'habitude. Nous devons tous mourir, il est vieux, il est prêt à franchir le pas, aussi prêt qu'il le sera

24. Sur Dostoïevski

J'ai relu hier soir le cinquième chapitre de la deuxième partie des *Frères Karamazov*, le chapitre dans lequel Ivan rend son billet d'admission à l'univers que Dieu a créé, et je me suis retrouvé incapable de contenir mes sanglots.

---

vous écrivez de meilleur, peut-être parce qu'il n'y a pas d'histoire à raconter en politique, peut-être parce que vous n'êtes plus trop dans le coup, peut-être parce que ce n'est pas le style qui vous convient. Mais j'espère vraiment qu'un jour vous publierez vos opinions adoucies. Si vous les publiez, n'oubliez pas d'envoyer un exemplaire à la petite dactylo qui vous a mis sur cette voie.

Sur le plan personnel, les choses vont bien pour moi. Comme vous le voyez, je suis maintenant à Brisbane. Townsville était trop petit pour la citadine que je suis, au fond.

---

jamais. À quoi bon s'accrocher, rien que pour s'accrocher ? Ça va si on peut se débrouiller tout seul, mais déjà lorsque j'ai quitté Sydney, je voyais bien qu'il commençait à trembloter, qu'il n'était plus bien solide sur ses jambes. D'ici peu, il faudrait qu'il abandonne son appartement et qu'il aille dans une maison de vieux. Ça ne lui plairait pas. Alors, ce n'est pas tant sa mort qui m'inquiète, mais plutôt ce qui peut lui arriver d'ici là.

Ces pages, je les ai déjà lues et relues maintes fois, mais loin de m'être endurci à la force de l'émotion qu'elles suscitent, je me sens de plus en plus vulnérable. Pourquoi ? Ce n'est pas que je partage les vues plutôt vengeresses d'Ivan. Contrairement à lui, je crois que nul mieux que Jésus n'a fait avancer l'éthique en politique quand il a exhorté les blessés et les offensés à tendre l'autre joue, brisant ainsi le cycle de la vengeance et des représailles. Pourquoi donc Ivan me fait-il pleurer malgré moi ?

J'ai quelqu'un ici, et nous sommes heureux ensemble (du moins, je le crois). C'est un véritable Australien, il est chef d'entreprise (climatisation) et nous sommes en rapport d'âge (de ce point de vue, Alan n'était pas l'homme qu'il me fallait). Lui et moi ferons peut-être notre vie ensemble – on verra. Il veut des enfants et je n'ai pas oublié votre conseil de ne pas attendre qu'il soit trop tard.

À Townsville, j'ai un peu travaillé comme mannequin, pour m'amuser, rien de plus. Si le cœur vous en dit, allez sur le site

---

Mme Saunders a peut-être bon cœur, mais Mme Saunders n'est jamais qu'une voisine, alors que j'ai toujours été un peu plus que ça. J'étais celle dont il était amoureux, à sa manière, comme un vieux, ce qui ne me gênait pas, parce que ça n'allait pas trop loin. J'étais sa secrétaire, sa secrète aria, comme je lui disais (en plaisantant), et il n'a jamais dit le contraire. Si j'avais pris la peine de prêter l'oreille par une douce nuit de printemps, je suis sûre que

283

La réponse à cette question n'a rien à voir avec l'éthique ou la politique. C'est affaire de rhétorique. Ivan s'en prend, toute honte bue, au pardon en recourant au sentimentalisme (enfants martyrs) et à la caricature (propriétaires terriens cruels) pour défendre son point de vue. Mais son argumentation n'est guère solide ; ce qui est bien plus fort, ce sont les accents angoissés ; l'angoisse d'une âme qui ne peut supporter l'horreur du monde où nous vivons. C'est la voix d'Ivan, telle que Dostoïevski nous la fait entendre, et non pas son raisonnement qui me bouleverse.

---

www.sunseasleep.com.au – c'est un catalogue de vente par correspondance, et vous me trouverez dans les pages qui présentent la lingerie de nuit, où je suis plutôt sexy – je m'envoie des fleurs. Alors, avant de perdre le physique de l'emploi, je pourrai toujours me rabattre là-dessus, ce qui est une consolation.

Voilà des mois que je n'ai pas de nouvelles d'Alan. Après la rupture, il téléphonait tous les jours, il voulait que je revienne. Mais il n'est jamais venu en personne, et je mesure l'amour d'un homme si je vois qu'il est prêt à se mettre à

---

dans la cage de l'ascenseur je l'aurais entendu roucouler sa chanson d'amour. Lui et le pic. M. Mélancolie et M. Pic, le duo d'amoureux transis.

Je vais prendre l'avion pour Sydney. Voilà ce que je vais faire. Je vais aller lui tenir la main. Je ne peux pas vous accompagner, lui dirai-je, le règlement ne le permet pas. Je ne peux pas aller avec vous, mais je vous tiendrai la main jusqu'à la porte. Arrivé là, vous pourrez

Ces accents angoissés sont-ils vrais ? Est-ce qu'Ivan éprouve « vraiment » ce qu'il prétend éprouver, et est-ce que le lecteur, du même coup, partage les sentiments d'Ivan ? La réponse à cette question est troublante. La réponse est : oui. Ce que l'on sait pour sûr, quand on entend les paroles d'Ivan, quand on se demande s'il croit vraiment à ce qu'il dit, quand on se demande si on veut se lever pour le suivre et rendre son billet aussi, quand on se demande si tout ce qu'on lit n'est pas que pure rhétorique (« pure » rhétorique), quand on se demande, abasourdi,

---

genoux devant vous, à vous offrir un bouquet de roses rouges, à demander pardon et à promettre de s'amender. Je suis plutôt romantique, non ? Et pas très réaliste. De toute façon, Alan n'est jamais venu, j'ai arrêté de prendre ses appels et il a fini par ne plus téléphoner. Je suppose qu'il a trouvé quelqu'un d'autre. Je ne veux pas le savoir. Ne m'en dites rien. Pour commencer, il n'aurait jamais dû quitter sa femme. Je m'en veux de ça. Il aurait dû attendre la fin de leur mauvaise passe ensemble.

---

me lâcher la main et me faire un sourire pour me montrer que vous êtes un bon petit, bien courageux, puis monter dans la barque, ou faire ce qu'il y a à faire. Jusqu'à la porte, je vous tiendrai la main, et je serai fière d'être là. Et puis après, je ferai le ménage. Je nettoierai l'appartement et mettrai tout en ordre. Je jetterai les *Poupées russes* et vos papiers personnels à la poubelle, pour que là où vous serez, au-delà de la porte,

comment un chrétien, Dostoïevski, un disciple du Christ, a pu mettre des paroles de cette force dans la bouche d'Ivan – c'est que dans tout cela il reste encore la place de se dire aussi *Rendons gloire ! Enfin sous mes yeux va se livrer le combat pour l'ultime enjeu ! Si à quiconque (Aliocha, par exemple) il est donné de vaincre Ivan, par ses paroles ou son exemple, alors la parole du Christ sera à jamais justifiée.* Et l'on pense alors, *Slava, Fiodor Mikhaïlovitch ! Que ton nom résonne éternellement au panthéon des plus grands !*

Un conseil d'amie, tant que j'y pense. Faites venir un technicien pour nettoyer votre disque dur. Ça vous coûtera peut-être une centaine de dollars, mais cela pourrait vous économiser une somme considérable.

Vous trouverez un spécialiste dans l'annuaire des professions, sous la rubrique Services informatiques.

Je sais que vous recevez beaucoup de courrier de vos admirateurs, et que vous le mettez directement au panier. Mais j'espère que vous aurez lu cette lettre.

---

vous n'ayez pas de sombres pensées en vous demandant ce que ceux qui restent en deçà diront de vous. Je ferai donner vos vêtements aux pauvres. Et j'écrirai à l'Allemand, M. Wittwoch, si c'est bien son nom, pour l'aviser qu'il a reçu toutes vos Opinions, qu'il ne lui en parviendra pas d'autres.

Je vais lui promettre tout ça, lui tenir la main en la serrant bien fort, et je lui ferai un baiser sur le front rien que

Et l'on est reconnaissant envers la Russie aussi, Mère Russie, de nous montrer avec une assurance indiscutable le niveau auquel tout romancier digne de son art doit s'efforcer d'accéder, même si on n'a pas la moindre chance d'y arriver : être à la hauteur du maître Tolstoï d'une part, et du maître Dostoïevski d'autre part. Leur exemple fait de nous un meilleur artiste ; et par meilleur je ne veux pas dire plus habile à son art, mais éthiquement meilleur. Ils mettent à bas nos prétentions les plus impures ; ils nous ouvrent les yeux ; ils fortifient notre bras.

Au revoir,
Anya (une admiratrice, elle aussi)

---

pour lui rappeler ce qu'il laisse derrière lui. Je lui chuchoterai à l'oreille : Bonne nuit, Señor C, faites de beaux rêves au chant des anges, et le reste...

Notes

1. Thomas Hobbes, *Le Citoyen*, traduction de Samuel Sorbière, éditions Garnier-Flammarion, Paris, 1982, chapitre 10, p. 195.

2. Etienne de la Boétie, *Discours de la servitude volontaire*, Librairie Armand Colin, Paris, 1966, p. 63-64.

3. Machiavel, *Le Prince*, chapitre 18.

4. H. S. Versnel, « Beyond Cursing : The Appeal to Justice in Judicial Prayers », in *Magika Hiera : Ancient Greek Magic and Religion*, Christopher A. Faraone et Dirk Obbink ed., Oxford University Press, New York, 1991, p. 68-69.

5. Jean-Pierre Vernant et Jean Vidal-Naquet, *Mythe et tragédie en Grèce ancienne*, Maspero, Paris, 1972, p. 72.

6. J. L. Borges, « Funes ou la Mémoire », in *Fictions*, éditions Folio Gallimard, Paris, 1957, p. 134.

7. Judith Brett, « Relaxed and Comfortable », *Quarterly Essay* n° 19, 2005, p. 1-79.

8. Gabriel García Márquez, *L'odeur des goyaves : entretiens avec Plinio Mendoza*, traduction de Jacques Gilard, éditions Pierre Belfond, Paris, 1982, p. 46.

Remerciements

Je remercie Danielle Allen, Reinhild Boehnke, Piergiorgio Odifreddi et Rose Zwi. Je suis seul responsable de l'usage que j'ai fait des conseils qu'ils m'ont généreusement prodigués.

JMC

Le Maître de Pétersbourg
roman, 1995
et « Points » n° P 1186

Scènes de la vie d'un jeune garçon
récit, 1999
et « Points » n°P 947

Disgrâce
roman, 2001
Booker Prize
Commonwealth Prize
National Book Critics Circle Award
Prix du meilleur livre étranger, 2002
Prix Amphi
et « Points », n° P 1035

Vers l'âge d'homme
récit, 2003
et « Points » n°P 1266

Elizabeth Costello
roman, 2004
et « Points », n° P 1454

L'Homme ralenti
roman, 2006
et « Points », n° P 1809

Doubler le cap
essais et entretiens, 2007

À paraître

Essais littéraires 2000-2005

RÉALISATION : CURSIVES À PARIS
IMPRESSION : CPI FIRMIN DIDOT À MESNIL-SUR-L'ESTRÉE (EURE)
DÉPÔT LÉGAL : OCTOBRE 2008. N° 96625 (92041)
IMPRIMÉ EN FRANCE

RÉALISATION : PAO ÉDITIONS DU SEUIL
IMPRESSION : CPI FIRMIN-DIDOT AU MESNIL-SUR-L'ESTRÉE
DÉPÔT LÉGAL : MARS 2009. N° 96625 (94812)
IMPRIMÉ EN FRANCE